城乡色乡风

URBAN AND RURAL

张国云◎著

中国经济出版社
CHINA ECONOMIC PUBLISHING HOUSE
北京

图书在版编目（CIP）数据

几多城色乡风／张国云著．
北京：中国经济出版社，2015.10(2023.8重印)
ISBN 978-7-5136-3806-7
Ⅰ.①几… Ⅱ.①张… Ⅲ.①散文集—中国—当代 Ⅳ.①I267
中国版本图书馆 CIP 数据核字（2015）第 096846 号

责任编辑　吴航斌　丁　楠
责任审读　贺　静
责任印制　马小宾
封面设计　久品轩

出版发行　中国经济出版社
印 刷 者　三河市同力彩印有限公司
经 销 者　各地新华书店
开　　本　710mm×1000mm　1/16
印　　张　18.5
字　　数　256 千字
版　　次　2015 年 10 月第 1 版
印　　次　2023 年 8 月第 3 次
定　　价　68.00 元
广告经营许可证　京西工商广字第 8179 号

中国经济出版社　网址 www.economyph.com　社址 北京市东城区安定门外大街 58 号　邮编 100011
本版图书如存在印装质量问题，请与本社销售中心联系调换（联系电话：010-57512564）

一个作家不管他何等著作等身，他的写作资源其实都离不开那几个生命中最朴素的词：故乡、童年、少年，那是他灵魂的底色。張国云幸运的是拥有两个故乡：一为钱塘江畔的天堂杭州，一为苏北的里下河水乡，他灵魂的底色也就更为斑斓，这些都给他的散文创作提供了繁富丰饶的生命资源。在这本散文集中，无论是写"城色"或"乡风"，文眼都是乡愁，而作者情怀之深婉，风景之峥嵘，辞采之恣肆灵动，又每每给人惊艳之感。作者曾在书中不经意地说过这样的话："生命的真谛不在于你呼吸的次数，而在于那些令你屏住呼吸的时刻。"在我看来，这本书中的好些篇章，也是会让读者"屏住呼吸"的——至少我有过这样的感受。

夏坚勇

首届鲁迅文学奖得主、著名作家夏坚勇推荐语让人类灿若繁星的文明文学。为什么中华文明历经几千年磨难而未中断，一直保持着强大生命力？随着中国大运河申报世界文化遗产脚步加快，这一命题再次摆在世人面前。面对这条静默流淌着千年京杭大运河，是一条穿越天下繁盛的彩带，是一个虎踞龙盘跳跃的腾飞，是一个如诗如画的世外桃源，那样庄重，又是那样简洁。

我特欣赏台湾作家龙应台所说的："所有的经济流通，最后都由大河走向大海，所有的生离死别，都发生在某一个码头——上了船，就是一生。"回大陆后，我就迫不及待地重走京杭大运河。时至今日，断断续续花了一年时间，走完了运河的春夏秋冬。

作者手迹

序言·舟车载不动的乡愁

叶梅*

凡好的散文，一定流动着某种气韵，如长风直入，河流奔腾，虽是千回百转，自有风骨在其中，观古往今来之经典，无不如此。所谓山川风云，草木华实，千汇万状，或喜或悲，全因有感于中，寓之以文。相对而言，有的则虽长篇大论，词藻华丽，但却空洞虚泛，无气节之支撑，好比金玉其表，烂絮其内，难成文章。

张国云的乡愁文化大散文《几多城色乡风》，让我在阅读的过程中，产生许多联想，是因为他的书写赋予了贯穿全书的气韵，这是一种舟车载不动的乡愁。他尤其擅长于怀旧思今，达叙民生疾苦，且文笔忠厚，或褒扬或忧患，都见诚恳。

他将其散文分为五章，大抵都是他近年来舟车八方的随笔，有的来自儿时故乡，有的是游历海外异国，更多的是他最为了解的一些乡村和城市，他分辨城市多彩的颜色，搜寻乡村远去的背影及悄然兴起的新风，一枝一叶总关情。而这情，是他有意着力修为的家国情怀，由近至远，又由远而近，直抵心灵。

乡愁可以说是人生的底色，藏于每个人心里最柔软之处，在张国云的散文里，它流落在骨子里，永远是一袭逸出的梦，充满韵致。在当代城市化的膨胀之下，月桥花院，琐窗朱户，绿杨楼外出秋千，碧水浮云，亭榭微漾，轻波细雨随风柳，夜船吹笛雨潇潇，人语驿边桥……成为无数人渴望回归的田园梦想。它们又如飞来燕子，落入张国云的笔下：桥如虹，水如空，一叶飘然烟雨中；个中意味，纵流波，惬意兰

---

* 叶梅，中国散文学会副会长、中国作协全委会委员、《民族文学》杂志原主编。曾任茅盾文学奖、鲁迅文学奖、全国少数民族文学骏马奖、中宣部“五个一工程奖”等评委。

桡，酹金樽、倜傥痴客，人在江南的他，希冀恬淡放达，青箬笠，绿蓑衣，斜风细雨不须归……为江南奏成一个梦，一首歌，一阕诗，一缕情。张国云的乡愁如江南水色，浓处烟雨如泪，淡处轻盈放飞，都成了图画。

上个世纪的七八十年代，在江苏兴起过“里下河文学流派”，这一带包括泰州地区的兴化，扬州地区的宝应，盐城地区的盐都、东台、阜宁、建湖和南通地区的海安等地，一批生长于此的作家相继登上文坛，也造就了张国云的文学梦。他对里下河有着难忘的儿时记忆，这块处于长江与淮河之间的洼地平原，地形如锅，河湖相连、土地肥沃，是著名的鱼米之乡。小时候他常随爷爷的船四处游走，那些如诗如画的情景深深刻在了脑海里。1973 年，海安县文化馆先后在一些乡镇办创作学习班，年龄只有十几岁的张国云便成了学员，在那个文化蛮荒的年代，成为一件惊天动地的大事。他本人也感到奇怪，问人家怎么会知道他写小说。文化馆说是邮局的人告诉的。原来他很早就往邮局去投稿，寄往各地一些报刊杂志，已经有一些散文、小说、诗歌，如他自己所称的豆腐块文章发表。但学校和老师却不知情，对他的作文，语文老师基本都不给分，以为他是从别处抄来的文章，直到后来确认全都出自小小年纪的张国云之手时，都不由得惊叹不已。那些回想就像酿酒，时间越长，滋味越浓。回想会将所有的尘埃化成蝴蝶，当年的苦涩也会化为甘甜，因为那通常是与人生最美好的青春融在一起，有什么能比青春更让人怀念呢？

乡愁在于回想，但张国云的乡愁不仅在于此，还在于更高处，对乡村历史的回望，这已经不仅是他个人的回想，它带着时代的集体记忆，带着不可避免的失落。城市化使乡村传统文化在不断消减中变异，这是一个令人惊喜又令人叹息的时代节点，高度发达的科技目不暇接，转瞬间人们所熟悉的事物突然失去踪影，无数的惆怅和失落尽在乡愁之中。它不属于简单的美与丑的评价，作为文学，更多的功能是一种记录、打捞和挖掘，正是因为失落的缘故，既有失落，才会倍感珍惜，才会重新审视如何创造。

因此，在他的乡愁中，还包含着对乡村的呵护和期待。张国云一直工作在浙江，而浙江农村人均收入已经连续30年居全国省区首位，作为美丽乡村建设的参与者和见证者，他在书中写到时任省委书记习近平在浙江期间，率先全国作出了《关于推进生态文明建设的决定》，提出要坚持生态省建设方略、走生态立省之路，打造"富饶秀美、和谐安康"的生态浙江，努力成为全国生态文明示范区，为从更高水平统筹经济社会发展与环境保护指明了方向。近年来，浙江"干在实处，走在前列"，建设"美丽乡村"的经验得以推广，张国云在《几多城色乡风》中写到了一批乡镇的昨日与今天，写到一批耕耘在大地上，用生命创造希望的人。

在过去一望无边的盐碱农田上，连地上草路边树都稀疏不见几棵，更谈不上现代工业园区，但有一位老实巴交的庄稼汉做起了现代化的美梦，虽然现实离梦想看去极为遥远，但这位庄稼汉捏紧布满老茧的手，拼命吼道：给我一个做梦的机会吧！还有领着农民跳舞，办文化传播公司的女支书，"辣妈宝贝"硬是跳到了中央电视台的舞台上……这些让人格外感慨的事情是乡村生活的一部分，是人们对乡村的守望。换言之，美丽乡村绝不仅仅只是农民房子规划漂亮，田间风景能够开发，更重要的是乡村人的精神面貌，还有道德民风。春到江南，草长莺飞，人们可以从张国云的记述中感受这些，能听到花开的声音、鸟儿的啼鸣，老人和孩子们的欢笑，青年人的奔跑。那里的乡村，有水库大河，柳树山林，乡野乡音，还有拾起的梦。

乡愁还在于坚守，在于睁大眼睛看世界，在于游子的磨砺和回报，这是张国云的人生经历给予他的启示。他曾在浙江对口支援的西藏那曲地区工作了三年，那里地处藏北，平均海拔为4560米以上，不少地方被划为生命禁区，空气含氧量仅为内地的50%，一年之中有九个月需烤火度日，正是"风刮石头跑，满山不长草，一步三喘气，四季穿棉袄"。张国云那年一到那曲，就投入到植树造林活动中，但好不容易移栽的耐寒树木，几度春秋各种努力还是难以成活，正是在这样的环境里，磨砺了他的意志和自信，还有深厚的爱。他越发懂得，孤独时要能够坚守，"在当今这样一个时代，文学创造者注定要与土地有着一样的命运。毕竟这个世界有些声音是不该消失，也不能消失的。所以我无论在何时何地，都坚持独立思考，那怕仅是一声鸟鸣，仅是一声青涩回忆”。而幸运来临之时，他越发清醒：“我喜欢一个叫自信，诞生在自己心中；一个叫幸福，降临在别人心坎。”

他说他的写作，正如有人曾说的：当我们回首历史，我们要问为什么；当我们面向未来，我们要问为什么不。他的散文常出现长短不齐的诗行，纵横奔放，温纯雅正，又常是在明白平易的语言之后有着煞费苦心的琢磨，这些自然凝成了他笔下的墨香，成为他的乡愁归依之地。当下但读《几多城色乡风》，便可解得乡愁一二。

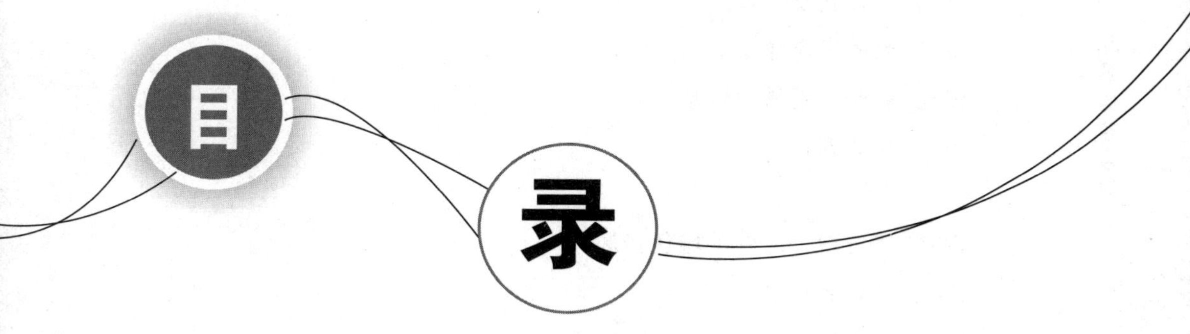

目录

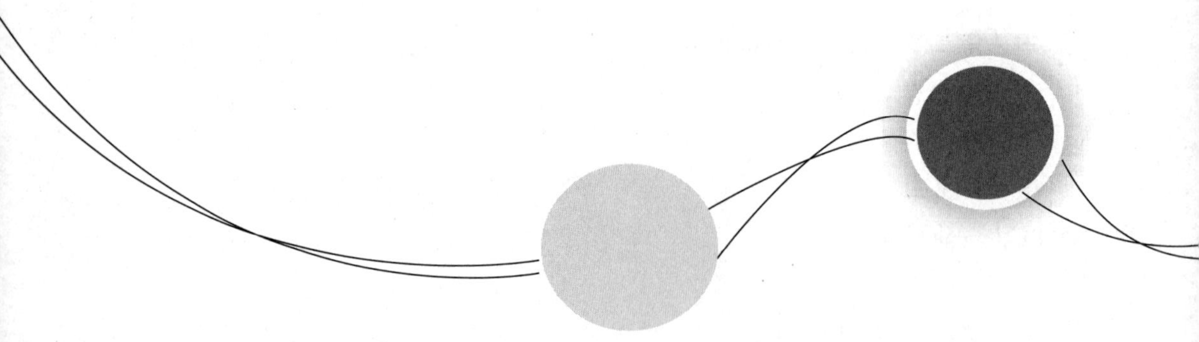

开篇　明月何曾是两乡

我们的穿行，我们的活着，最怕遭遇的不测就是『回不去的故乡，进不去的城』。

前不久，一位外国摄影师拍摄的一组照片在网上热传。照片中展示了复杂多样的北京：既有鳞次栉比的高楼大厦，也有破败低矮的城中村；既有在儿童游乐场快乐玩耍的“中产阶层小花朵”，也有跟随父母卖菜、蹬三轮的孩子……这些年来，我走过不少地方后发现，虽然这场景不止北京，也不止中国独有，但仍令观者震撼与深思。

我们每一个人，都有属于自己的出生地，或一个城市，或一个乡村，极像天平的两端，令我们喜欢，令我们忧愁，也令我们仰望。有一天，当忙碌、焦虑、浮躁，顺着汗淋挂在我们额头上，我们的穿行，我们的活着，最怕遭遇的不测就是“回不去的故乡，进不去的城”。

“我冒了严寒，回到相隔两千余里，别了二十年的故乡去。时候既然是深冬，渐近故乡时，天气又阴晦了，冷风吹进船舱中，呜呜地响，从缝隙向外一望，苍黄的天底下，远近横着几个萧索的荒村，没有一些活气。我的心禁不住悲凉起来了。啊！这不是我二十年来时时记得的故乡？”

就像我每每回到苏北老家，就会不由自主地想起鲁迅小说《故乡》开头的这几句。虽然时光早已今非昔比，但细品相距百年跨度的鲁迅笔下的感叹，蓦然发现，怎么我们的模样都是如此相似？也许，这不因我们故乡都在江南水乡，不因我们家中都有漂泊的船只，应该是那里有我们儿时遗落的梦——一个清纯而简单的梦，使得我们这些漂泊者，常常会有一阵惊慌。

中国乡村的这轮演变始于20世纪80年代，而在刚刚过去的十年达到了一个空前的规模。据报道，在过去的十年里，中国有近十万个自然村消失。人往高处走，水往低处流！在大规模的人口迁徙中，人们离开那些不适宜居住的地方，奔向城镇本无可厚非！

然而城市化高歌猛进之时，城市却并没有做好容纳乡村人口的准备。在城镇化进程中，一边是放任人口无序自流，放任农村的田地荒芜；一边又是大规模撤并乡村学校、卫生等资源。结果是乡村，尤其是偏远的乡村再也留不住青壮年人口，有的只剩几个留守老人在孤独度日。

犹记得江苏双楼农中，一幢幢老房子组成的校舍，本是当地一部生动鲜活的历史字典，也是独一无二的文化传承。1965 年秋到 1966 年春，长春电影制片厂先后两次来双楼农中拍摄纪录片，时任江苏省文联主席的李进曾写过一首七律诗："大有可为屋顶呈，改庙攻书育后生。开机用电需新手，喜听机声伴蛙声……"这是一个多么美妙的双楼农中啊！如今，乡村学校撤并了，家园田地荒芜了，人们才发现自己一旦离开，就无法再回去了，我们唯有求助记忆，感触那几多城色乡风。

拙作《水流云在——微博版〈富春山居图〉》出版之后，友人为这部中国第一本文学长篇微博版散文写评论，开题说道："城市化是反自然的，就像工厂是反故乡的。身处飞速发展的现代工商社会，所谓故乡，在地理上已经面目全非，唯有情感上那深刻的惆怅。牵挂所在，是谓诗心故乡。"

乡关何处，恐怕是缠绕在我们每个现代人心头的一个精神困惑。"苍黄的天底下，远近横着几个萧索的荒村。"踏着那些童年时依稀已经模糊的足迹，心情除了悲凉之外，还有一种感慨：是物是人非，还是人物皆非？我说不清楚！也许曾经的童年，曾经美好的一切都只能留存于记忆，或留存于历史。

回想儿时，父母将我放在爷爷奶奶身边读书。当人家为吃不饱发愁时，父亲却可以为我们读书添置自行车。那是我十岁出头光景，在那个什么都需票证的年代，一个远房亲戚通过关系，从理发店买到两百多斤头发做肥料，我自告奋勇帮助运送。

那天是星期日，我戴上一条干净的红领巾，让人帮我把两大麻袋搁上自行车架。我这才发现头发可以这么重，体积可以这么大。当时骑车路线有两条：一条顺着城镇大马路，但要走六十多公里；一条是乡村小道，可省一半路程。自然我选择抄近路，没有想到那羊肠小道，路越走越窄，想往回退都无法掉头。

突然，前面是一座小木桥，仅四五十公分宽，徒步勉强还可以，推车则很危险。当我车至桥中，桥板一摇晃，人立马失重，随车翻落大河。好在装头发的麻袋有浮力，我死死抓住袋子拼命喊："救命，救命！"好不容易等到路人发现，我早已奄奄一息。

这时，我很想退回，遗憾的是人们把车与麻袋拉到了河对岸，我只得硬着头皮上路。走了几里路，又遇一座小桥，桥面比先前宽敞些，但桥坡太陡，我拼着命将车推至半坡，还是挡不住重车倒退的惯性，连人带车摔入河中。就这样一次次，每过一座独木桥，我都被拽落河中，但我又不知道这条路上还有多少这样的独木桥。那次，我共走了十多座这样的独木桥，人早已被摔得鼻青脸肿，体无完肤，庆幸命还在……

也许，这些独木桥，就是当下我们走出乡村，走进城市的必由之路。向往和不安，对城市中的繁华喧闹。可能你发奋求学，为的是能够有一天"鲤鱼跃龙门"，从乡村跳到城市，改变命运——个人的、家族的。其实，你并不知道城市是什么。是高楼大厦，是歌舞升平，还是灯红酒绿？如果梦醒时，一旦我们发现原来城镇并不是我们能待的地方，而原先的家园我们再想回去却又回不去时，那是不是叫无路可走，走投无路呢？

回不去的故乡，进不去的城，是那份对乡土的依恋和怀念，对城市的向往和不安，以及对城与乡关系的不解和纠结。依恋和怀念，对故乡，对乡土中国的风物人情！每一个从乡村到城市的人都会有类似的体会，身在城里，心在乡土。我们在城市生活，但城市并没有给我们归属感。作为个体，我们成为了故乡连接城市的纽带，我们是城里人，也是乡下人。

我们太想从乡村走向城市，而忘记了城市化的目的。传统乡村的经济和社会结构在城市化进程中以摧枯拉朽之势被破坏，而新的结构并未形成。我们"洋装虽然穿在身"，但心依然。我们走得太快了，连灵魂都跟不上。城市内部也出现越来越多的"恐惧的群岛"，交通拥堵、环境污染等城市病已经严重困扰着我们，但我们似乎又很难逾越这个阶段。

我们必须要回望来路，找到一条回家的路。这条路，就是在城与乡、历史与现实的血脉中寻根：见得到的山水，记得住的乡愁。说到这里，我很赞赏这首诗，它不只是向我们倾诉着乡愁——

无数的匆忙都指向同一个地方
那里的月亮总是又圆又亮
无数的背影都离开同一个地方
那里的眷念总是此消彼长
归属感已在往返的旅途中迷失
你已行走在城市，却依然充满乡愁
并将感伤深刻地写在脸上

第一章　从城乡睡梦中醒来

或许，每个人都有两个家，一个是他的出生之地，一个是他心中的精神家园。诗人的写作就是在这两个家之间奔波，离不开，也回不去。在这里，我无意于去写一部家族史，但我们可以修一座教堂。仅用一首诗，也只有诗能够担当，向所有魂灵致敬！

一个见得到的山水

面朝波浪翻滚的黄河/背靠巍然屹立的泰山/一边是曲阜孔子相佐/一边是邹县孟子相佑……/在这个浪漫的夏日/把这个世界唤醒!

——作者自题

济南名自"济水之南"。因水而名,因水而美,因水而兴,连"济南"两字看上去,也是水灵灵的。十年前,我去过济南,曾有过这样的感叹:

济南有无尽泉水
是黄河的乳汁吗
济南有连绵山脉
是泰山恩赐吗
叹息的是
整座城仿佛还在睡梦中
不知何时能清醒

何时能清醒? 这是我当时对济南的强烈感受。这次,因去济南参加第六届冰心散文奖颁奖活动,当地又组织我们进行了"名家采风",使我又有了了解济南的机会,也算圆了我多年的牵挂。

从飞机上俯瞰,我发现济南这座城市:北有一条大河,南有起伏的山岭,之间是绿色掩映的城郭。这河叫黄河,滚滚东流,行至济南逐渐开阔起来;这山叫泰山,顶天立地,山脉蜿蜒至城是佛教圣地。

一下飞机,初夏热浪扑面而来,我笑说,这是济南对我们的热情,也是我们对济南“四面荷花三面柳,一城山色半城湖”的渴望。事实上,人在烈日下,最期盼的是有一片阴凉。

来到城区,这个坐落在泰山余脉下的盆地,随处可见蓝天白云,青山绿水,众泉齐涌,鱼翔浅底,杨柳成荫,鸟雀鸣叫,仿佛整座城市欲被唤醒。满城可见的泉眼,“水涌若轮”“漱石梳流”“水曲流觞”,时不时有百姓拿着水桶,担泉回家享用。在巷子深处,众人在露天泉水池中游泳,有美女有帅哥,有老人有孩子,这是当今城市绝版景象,把夏日火热的高温一下降至冰点宜人。

的确,如今济南泉水纵横,泉水之多,流量之大,景色之美,独步天下,让自古拥有“泉城”的美称名副其实。但我永远不会忘记十年前的济南,泉水濒临枯竭,河水污水横流,时不时为饮用水被污染的传闻困扰,水环境承受着极大的压力。那时我曾私底下想说:“济南,没戏了!”就像前段时间,多地市民相继请环保局局长下河游泳,乍看似笑谈,细思之下,是群众对污水猖獗的痛心,对清清河水的留恋,对全面治水的期盼。济南告诉我们:水是生命之源,也是城市之源。

面对眼前的济水之南,我为之惊叹,想起习近平说过的一句诗话:“绿我涓滴,会它千顷澄碧。”

这涓滴,不就是济南泉水吗?如杜甫“重露成涓滴,稀星乍有无”诗句中的语意。

这澄碧,不就是济南泉水吗?似李白“君去沧江望澄碧,鲸鲵唐突留馀迹”的用法。

这千顷,不就是济南泉水吗?一往无垠流淌向前,充满空明澄澈。

生生不息流淌了几千年的济南之泉,此刻,已不再是简单的一汪自然之水,而是成为一种独特的文化,融进了济南人的血脉,成为一个城市的灵魂,带给我们一种别样的诗意。

济南之泉,在这里,已成为我们在这个夏日的清冽。

我特别喜欢刘鹗在《老残游记》对济南的赞许，即"家家泉水，户户垂杨"，简单八个字，把济南的生动跃然纸上。公元前695年，"公会齐侯于泺"，泺就是指的今天的趵突泉，泉水早于济南的建城史而载入了史册。北魏郦道元赞美济南的泉："今古之奇观，寰中之绝胜。"至金代，有了《七十二名泉碑》；到明代，诗人晏璧则为每个名泉都作了一首诗，于是便有了《七十二名泉诗》。话说到这里，我一个人暗地窃笑：前些日子，我沿大运河为每个景写一首诗的举动，看来在济南早有先例。

听说济南的泉多得难以计数，"济南山水甲齐鲁，泉甲天下，盖他郡有泉一二数，独此以百计也"，这是元代地理学家于钦对济南的赞美。有人在济南老城区，这一只有2.6平方公里的区间，就发现至今还活跃着一百多处大大小小的泉水。可见"泉城"名副其实。那泉有声，那泉有色，那泉有味，那泉有形，构成了一个千姿百态、风情万种的泉水世界。

在众多泉中，"若到济南行乐处，城西泉上最关情"，按不同的地域划分，又以趵突泉、黑虎泉、珍珠泉、五龙潭四大泉群最有名。而群泉之首又数趵突泉。那日我们走进公园，只见"双御石碑前，趵突三窦美，盛世涌激湍，喷珠水澜翻；鹊华秋色里，平地涌玉壶，泉上濯尘土，荡舟大明湖"。历史上，郦道元在《水经注》中介绍的"泺水出历城县故城西南，泉源上奋，水涌若轮，觱涌三窟，突出雪涛数尺，声如隐雷"的场景，此时又一次重演。

"趵突"本义为喷涌突奔，用在此处，用于此泉，后来这个词成了专用名词，专指趵突泉。趵突泉，号称"天下第一泉"。"泺水发源天下无，平地涌出白玉壶。谷虚久恐元气泄，岁旱不虞东海枯。云雾蒸润华不注，波涛声震大明湖。时来泉水濯尘土，冰雪满怀清与孤。"赵孟頫的这首七律，成了千百年来人们吟咏大明湖的代表作，白玉壶一般的趵突泉，引来了多少文人忘情吟咏。清朝的风流皇帝也忘不了赶来凑热闹。"济南名泉多，岳阴水新潴；其中孰巨擘，趵突与珍珠。"乾隆自恃为才高八斗赛过他人，而这首咏趵突泉，比起其他诗词毕竟稍弱一等，但因皇帝亲自题诗，却为趵突泉增添了不少人气。随着人气与诗意相辉映，又形成了济南特有趵突文化。

之前，我与朋友在散步时，已误入黑虎泉。只见从三个虎嘴中涌出的喷泉，要比趵突泉大得多，为什么趵突泉成了“第一泉”？我见到一个资料反映，毛泽东看到乾隆御碑时，不客气地说道：“乾隆这个人好出风头，走到哪儿写到哪儿。”后来我才知，当时通往黑虎泉没有道路，只要是皇帝的轿子进不去的地方，任你是再大的泉，也只能付诸东流！好在如今，黑虎泉成了平民百姓取之不尽，用之不竭，随意享用的取泉口，而趵突泉则被一圈又一圈栏杆挡住，与百姓渐行渐远。

有趣的是，每个泉群由十几处到三十几处不等的泉水组成，由一条条清澈的溪流相连，最后汇流成河，形成了环绕济南老城的“绿色项链”——护城河。此时清风碧水，夏雨蒙蒙，护城河两岸一会儿古木参天，柳丝拂水，一会儿奇石斑驳，陡崖峭立。一步一景，美不胜收。十年前的臭水河，早已一去不复返了，但我这个人是刀子嘴，只觉船在一段石驳城河上，人有在下水道行走之感，十分压抑！

但我还是静静坐在船上。因为我敬仰清泉，无论她是苦是甜，对济南这座古城充满眷恋，不离不弃。莫非她带着滚滚黄河的重托，还是带着巍巍泰山的希冀，即便她知道自己的最后归属是大海，但她也要为济南添一双温柔漂亮的眼睛，在“泉城明珠”的大明湖注入苍天赐予她的玉液琼浆。我知道这是恋人的风花雪月，为我们留下一池的荷塘春色。

据说这个“蛇不见，蛙不鸣”的大明湖，已成了济南的象征。久雨不涨，久旱不涸，湖上鸢飞鱼跃，荷花满塘，画舫穿行；岸边杨柳荫浓，繁花似锦，游人如织。远山近水与晴空融为一色，好一幅美丽的富春山居画卷。

堤柳夹岸，莲荷叠翠，亭榭点缀其间，南面千佛山倒映湖中，明湖以它特有的秀美风姿赢得了古往今来众多文人雅士的赞赏。“千条杨柳数声鸥，一片玻璃一叶舟。闲看鱼儿游镜里，不知人在镜中游。”这是对大明湖的描绘。而宋代文学大家曾巩更是直抒胸臆，表达了自己对大明湖的喜爱：“问吾何处避炎蒸？十顷西湖照眼明……最喜晚凉风月好，紫荷香里听泉声。”元代散曲家张养浩更是大声疾呼：

“浓妆淡抹坡仙句，独许西湖恐未公！”置身于这些只有江南才有的景致中，想必谁都会诗意如潮？这令我们对济南更是刮目相看。

是啊，“七十二泉春涨暖，可怜只说似江南”。

也许泉，灵动的水，才是济南最大的风景。也正是有了泉，才使得济南有了水，有了湖，有了城的生气，城的活力，城的诗意！

当然，“白云怡意，清泉洗心”，观泉、听泉、赏泉、品泉，这在过去是一种诗意的浪漫或雅致。因济南有好泉，甘泉润佳茗，自然是品茶者的乐园。

相传，乾隆对济南泉水情有独钟，他每次南巡至济南都是“曾携玉泉山水而来，换载趵突泉水南去”。一位茶人叫曾巩，曾拿趵突泉水泡茶，品后盛赞其清香，“滋荣冬菇温常早，润泽春茶味更真”。可惜今天的济南大大小小的茶社中，除了趵突泉公园的一个茶社在打泉水品牌外，绝大多数茶社仍然茶是茶泉是泉。

我与朋友找了一家茶馆，本想一边夏日解暑，一边解馋，遗憾的是，已经难以感受到茶的文化，感受到泉的文化，不由得令我们扼腕叹息。

老舍在济南时说得好：如果缺了泉，“济南定会丢失了一半的美”。这也从另一面提醒我们，千万别忽略济南的另一半的美，只有这样济南的美才是完整的。

那么，这另一半美是什么呢？人们可能有许多说法，但依我判断，这济南另一半的美，当济南山色莫属。因为一个好地方，必有好山好水。

而当下济南的山色，在这个夏日，已带给我们另一种清凉。

这就是说，如果泉是济南的灵魂、湖是济南的眼睛、河为济南的血脉的话，那么山则构成了济南的风骨。走在济南，我们发现山并不多，仅有“齐烟九点”之称。诗鬼李贺的“遥望齐州九点烟，一泓海水杯中泻”，被拿来济南，指点了济南的九座小山：“自鹊华而外，如历山、鲍山、崛山、粟山、药山、标山、匡山之属，蜿蜒起伏，如儿孙环列，所谓‘齐州九点烟’也。”这些大大小小的山，构成了济南的一城山色。

可能是属于泰山余脉的缘故，济南的山都矮小，与我们心目中的山东大汉比较，形成极大的落差。但令人欣慰的是，济南的山一座比一座秀气，一座比一座诗化。我们的宾馆坐落在历山山脚，透过窗户我们就能窥见到千佛山。因“山对济南城，人言帝舜耕。登临记秋晚，几案与云平”。这座正对着济南城的山，当年舜帝曾在这里耕耘，因此也叫舜耕山。

或许，山不在高，有仙则灵。在这座有着上千尊佛像坐落的山上，刻录下济南独特的佛教文化，也向城市释放着无尽的祥云瑞气。那天，夕阳西下时，我们在大明湖波光浪涛中，竟然见到湖光佛影，万分庆幸。

而处在泰山后山的灵岩寺，我们没有时间去看，但当地人告诉我们：那里群山环抱、岩幽壁峭、柏檀叠秀、泉甘茗香、古迹荟萃、佛音袅绕，不仅有高耸入云的辟支塔，还有“镜池春晓”“方山积翠”“明孔晴雪”。“草堂栖在灵山谷，勤苦诗书向灯烛。柴门半掩寂无人，惟有白云相伴宿。”白云相伴，灵岩苦读，这是古代读书人不太奢侈的梦想，而唐人薛令之的梦想在这里可以实现了。“馆娃宫伴千年寺，水阔云多客到稀。闻说春来更惆怅，百花深处一僧归。”唐代赵珈的这首诗，说来更加稀奇，他惆怅的竟是百花深处归来的一僧。

后来我读到一位叫元好问的诗，他以清新顿挫、用俗为雅、变故作新的妙笔，描绘了济南的匡山、华山、鹊山：

匡山闻有读书堂，行过山前笑一场。可惜世间无李白，今人多少贺知章？

华山真是碧芙蕖，湖水湖光玉不如。六月行人汗如雨，西城桥下见游鱼。

吴儿洲渚是神仙，罨画溪光碧玉泉。别有洞天君不见，鹊山寒食泰和年。

这三座不起眼的山，在元好问的笔下，如诗如画欲醉。

出乎意料，山色与湖光相伴，竟然成就了济南的独具特色的美，也造就了这么多的吟咏文明。湖，是无瑕的明镜；山，是青翠的历山。这样的青山碧水，江北唯独济南，山水碰撞出雄厚瑰美的长短句，热情激烈又不失细腻柔媚。自然与文化在这里交融积淀，造就了济南永久的诗意，而济南的诗意，又因为这样的青山碧水而显得自然清新。“水光山色与人亲，说不尽，无穷好”，古今多少文人骚客，陶醉于济南的大美，把酒临风，挥毫泼墨，留下万千杰作。而这些杰作，也造就了济南的独特风景。

难怪老舍先生要赞美：“一座老城，有山有水，全在蓝天底下，很暖和安适地睡着，单等春风来把它唤醒。”济南老城鲜见高楼大厦，不像很多城市那样为钢筋水泥的“森林”所覆盖，在城市的最中心，极其罕见地保留了成片的青砖灰瓦的平房，这就是济南的老城古巷，窄窄的街巷光滑的青石板路，外面的车水马龙和喧嚣好像真的和自己毫不相干，一如穿墙过院的泉水那样不紧不慢地听凭岁月的流淌。也许过去的繁华已渐行远去，为今天的静谧所取代。

老街正慢慢失去往日商业繁忙，取而代之的是济南人的生活，在这些穿越时光隧道的老街中闪耀。我们在一个古巷尽头，见到众多百姓跳水游泳，就像那越来越罕见的二胡弦音，扣人心弦。我们多么期盼这样的淡泊与宁静啊！

垂杨柳下，清泉河边，在我的印象中，济南人热情率真，豪放刚强，说起话来掷地有声。当我们踏上济南时，看到满城垂柳婀娜，我才知济南人竟也是如此柔情似柳，刚柔兼济。“滟滟清波淡淡风，垂杨垂柳小桥东”，虽说我长在杭州，三步一棵桃，五步一棵柳，没想到济南是，三步一眼泉，五步一棵柳。在这好山好水之中，柳树如一个连接的廊桥，把整个城市装扮得分外妖娆。

原来“山泉湖柳城河”为一体的老城济南，多么平和，多么中正，多么淡泊，多么包容，就像一位阅尽人间沧桑的老人，面对喧嚣与浮躁而不惊。

在济南，走马观花仅仅停留在视觉的满足是不够的，需要我们细细品味，慢慢咀嚼，才会发现这座极富包容的平民化的老城，有许多触动心灵底层久违的感动！

3

济南不单有众多的泉、连绵的山，还有厚重的人文积淀、独具韵味的民俗风情。济南是一幅绚丽的画，济南是一本博大的书，济南是一座随时都会带给人感动的精神家园。

我们随意走到一处寻常街巷，我就猜想也许胡适曾经在这里寻访；途经一眼泉水，猜想也许李清照曾经在这里惊起一滩鸥鹭。踏过的石板路，也许曾经是文豪们谈笑着走过的地方，带着他们自信而矜持的才情。

有人告诉我们："济南的自然环境不是最美的，但人文环境绝对是最适宜居家和生活的。"这句话捕捉到了济南的精髓，再往深处想我们蓦然发现：春秋时代济南就是鲁文化和齐文化渗透、碰撞、交融的前沿；两千多年的封建社会里，济南的山水风光吸引了大批的文人雅士，成就了"书山曲海"的繁荣，南北文化在此交汇；近代济南开埠通商，东西文化又在这里繁衍共生。纳百川而成江河，传统而又开放的济南历史，沉淀了济南人厚重的泱泱大风。

在街头巷里，在溪畔泉边，那人与人之间的暖暖温情时时都会在我们心中荡起惊鸿。难怪济南众多文化是以"水"作为载体的，文学作品、书画作品、音乐作品均不例外。"济南十大泉水景观"评选、泉城形象大使暨荷花仙子评选、"认泉养泉"及民间名泉评选、泉韵茶香博览会、"泉水·美食·街"寻找济南特色美食街、济南首届中学生咏泉原创诗歌大赛等系列活动目前已相继展开。而花船巡游、万人游泉等节日期间的"泉水狂欢"活动则让人充满期待。突出"水生态、水生活、水休闲、水经济"的水文化，办好水的狂欢节日，做足水的文章，对济南而言已不是一个梦。

古人说得好："上善若水"，水深蕴着"道"；"山清水秀"，水深蕴着温柔灵动；"水可载舟，亦可覆舟"，水深蕴着百姓。因此，水的文化寓意极其深厚，而这种文化寓意的挖掘是建立在生态文明的基础之上的。我们一定要大力倡导敬畏洪水、保护水源、节约用水等水文化，让水文化浸润百姓的心田，并转化为百姓的自觉行动。

我一直没有忘记，为了写好《富春山居图合璧》，我第一次到台北"故宫"，没有见到真迹，只见到《鹊华秋色图》。现在我才知这是赵孟頫在济南为官三年之时为其挚友——祖籍济南的画家和鉴赏家周密所作的一幅画，令人叫绝。此画深得乾隆喜爱，他还将画从宫中带出，来到济南按图索骥，现场比对，并题字，赋诗歌咏。这幅名画后被蒋介石政府带到了台湾。不容置疑，《鹊华秋色图》总有一天会回到济南的。在这个空隙，容我像赵孟頫一样，我要为挚友用文字书写一幅"新鹊华秋色图"！

清清的泉水，流淌的大河，满城的柳树，绿色的山林，美丽的古巷，淳朴的乡音，唤起了我们多少美好与向往。难道说济南这里真的有我们失落的一个梦，等待我们去发现去收获？

在即将离开济南时，我又按捺不住内心激动，匆匆写下这样几句诗：

多么幸福的一个泉城
面朝波浪翻滚的黄河
背靠巍然屹立的泰山
一边是曲阜孔子相佐
一边是邹县孟子相佑
论语与孟子这两部大书
把这个世界唤醒

庆幸济南山水在这个夏日带给我们许多美好记忆，虽然它会慢慢消逝，但它毕竟是勾人魂魄的乡愁。

一个见得到的山水，一个记得住的乡愁！

北海的私会

一个人走路，才是你和风景之间的单独私会。
——龙应台

向北有海，向北是海。说起北海，人们顿升起“面朝大海，春暖花开”的诗意。

那天，广西北海的明兄来电话，对我说道：“10 月 5 日，我的工作要调动到合肥，可否抓住‘青春尾巴’，陪我最后在北海过一个节?”

我谢绝道：“明兄，今年国庆长假，我哪里都不走！就待在家里。”电话那头的明兄可能被我的话弄得云里雾里，我忙解释：“你不知道，许多人对我好奇，右手经济左手文学！譬如，今年 7 月我出了一本经济书，9 月又出了一本文学的书。在一般人的眼里，以为我很风光，可谁知我辛劳?”

明兄可能觉得他的话难以说服我了，就搬出台湾作家龙应台的话：“我喜欢走路，读书写作累了，就出门走路……一个人走路，才是你和风景之间的单独私会。”

哦，与风景单独私会？多么浪漫美妙的事情！我忙对明兄道：“兄弟，让我再考虑一下。”

因北海没去过，我还偷闲上网查阅资料，一本正经跑到杭城最大书城，可惜都没有找到有关北海的只言片语。

为什么没有北海的东西？疑惑之后，我觉得这对写作是个机会，立马向明兄说：“我要去北海！”因为迟迟才决，国庆去北海机票早已告罄，最后迫不得已我只能托人开后门。

路上，我留意了北海机场以及北海的相关景点，没有发现介绍当地风光的资料。

在北海的涠洲岛上，当地旅游部门与新浪网联手搞活动，我曾一声叹息地说："你们真的要好好宣传一下自己。别让人们问起：北海是在中国北部什么地方？"当地官方的几个人，被我说得头上直冒汗，满脸通红。所以，北海给我第一印象，总感到缺点什么，当然万万不可谓"没有文化"。

1

你是从杭州天堂
驶来的一条小船
一路向北
那是你曾经朝思暮想的航线
你要用自己的苦旅
去穿越滚滚长江
穿越滔滔黄河
那里有你向往的大海

一见到明兄，我就将在旅途写的几句俏皮诗赠他。他很开心地说："这是我收到的最好的见面礼，也是对我即将离开北海的慰藉。"为了明年京杭大运河"申遗"，他知道，我这段时间在穿越运河，忙碌着写一首长诗。所以一到北海，他先为我避开海，直接来到北海的老街。

在中国的版图上，有很多叫"老街"的地方，由于历史久远，往往以"老"居之。广西北海也有这么一条"老街"，古楼、小巷、亭台，一下拉近了我在运河与满目"小桥流水人家"的距离。二三里长的老街，我见路碑刻有 1883 年。据说 1927 年以前这里就是北海繁华的商业区，也是许多商品往来的港口路段。被历史学家和建筑学家誉为"近现代建筑年鉴”，也可以说是中华民族的灿烂文化与西方文明碰撞的产物。

漫步老街青石板路，就像置身于一座建筑艺术博物馆。这些建筑多为两层或三层，估计深受西方建筑影响，处处充斥着西洋味。临街墙面的窗顶多为卷拱结构，卷拱外沿及窗柱顶端都有雕饰线，线条流畅、工艺精湛。墙面皆有不同式样的装饰和浮雕，连绵不尽，就像空中一组雕塑长廊。

北海老街斑驳容颜，饱经沧桑。花墙头下部的长方形构图，源自于中国建筑的匾额，并未书写“某某阁”“某某楼”之类的字样，而是代之以一块梅花浮雕。在匾额的左右两旁还题有对联，韵味十足。许多骑楼上部都有“天目”“空”和“圆”。在中国传统文化里，“空”的意蕴广远，正所谓“无极生太极，太极生两仪，两仪生四象，四象生八卦”；“圆”则包含了天人合一、天地合和的中国哲学基本精神。而骑楼最能体现中国传统文化的是花墙头和“天目”，将中西文化巧妙地融为一体，令人叹为观止。

骑楼下的廊道，可以用来摆摊做生意，这也造就老街盛极一时的繁华与美丽。老街内，有一条名字居然叫“摸乳巷”的小巷，只能容下一个瘦人单独行走，要想伸开双臂拥抱从一线天上泻下的灿烂阳光，无疑是个可望不可即的奢望。行进在老街，不时会有一尊铜像映入眼帘。这些铜像大小如真人，有手持长矛的武士，有正在取景的摄影师，还有拿着酒瓶喝酒的醉汉……亦中亦西，形态各异。

穿过摸乳巷便是外沙渔港，北海的渔港也是一道独特风景线。因北海老街紧靠海洋，独特的地理位置加上中西方文化的融合，使得这个亚热带海洋气候的老街形成了独特的节日风俗、语言习惯、生活习俗、生产习俗。老街生活丰富多彩，老街教育氛围浓郁，酒肆歌坊、民间娱乐、舞龙舞狮、电影故事充满老街。这里还有最早的私塾、新式学校、教会学校等，使这里弥漫着书香画卷的气息。

明兄给我介绍说：“老街上过中央电视台，在这里举行过选美比赛，还在这里拍过电影，很多的国内外明星都到这里来过。”当然，从某种意义上看，老街又并不老，骨子里还流淌着青春的朝气和活力。北海老街里不乏咖啡馆、酒吧等散发现代气息的场所，不少中外背包客出入其中，听着柔和悦耳的爵士音乐，呼吸着有淡淡海腥味的空气，观窗外小摊在用古老的方法制作北海虾饼，即便到了桃花源也难以找到这份现代的闲适。

人们行走在骑楼下，既可遮风挡雨又可躲避烈日；骑楼的方形柱子粗重厚大，颇有古罗马建筑的风格，这在全国罕见。之后，听建筑专家白瑞德先生说，老街的历史文化价值，不但对北海有意义，而且对华南地区、全中国，甚至全世界都有借鉴意义。还有人建议北海向联合国教科文组织提出申请，将这条路作为世界文化遗产来保护。

岁月流转，繁华不再，老街上的骑楼或已残破或墙壁上长着枯草、黑苔，曾经的金字招牌也成了墙上一抹痕迹。但当所有的铅华退却后，沉淀下来的是一种沉静和内敛，这是我们当下最缺少的东西。

梦幻场景的古街，在那里我们仿佛找到了曾经遗忘的童话。

2

邂逅北海，凭海临风，此刻我既有李白的神往，也有范仲淹的胸怀。

记得李白梦游天姥，吟有名句“且放白鹿青崖间，须行即骑访名山。安能摧眉折腰事权贵，使我不得开心颜”，显示出一种顺应自然、入山求仙的愿望和不能忍受屈辱的傲骨。而范仲淹凭图遥想，留下名言“先天下之忧而忧，后天下之乐而乐”，表现了一种承先启后的人文精神。

这也让我明白，北海为什么有中国最好的珍珠——南珠，为什么北海的银滩人称“天下第一滩”，有“南方北戴河”“东方夏威夷”之美称。

当我随明兄来到北海银滩，阳光下，洁白细腻的沙滩泛出银光，估计这是银滩得名所在。令我震撼的是，那碧海、那银沙、那蓝天、那白云、那绿树与穿着五彩泳衣的人流，形成海边特有的旖旎风景。而远景烟波浩渺，近处游人如织，遮阳伞下情侣依偎，冲浪板上欢乐颠连，又凸显出北海银滩的魅力，人们仿佛置身海花波丛……

谁见过这么辽远平坦的海滩，绵延几十公里？我见银滩形状，如同一只张开大嘴的老虎，故而银滩俗称"白虎头"。谁都知道，老虎是食肉动物，会吃人的。难怪明兄在北海两年多，竟未敢下过海。我取笑他道："莫非没有美女相伴，只求金屋藏娇？"当然，银滩一定是一只温驯而充满柔情的老虎。

那沙质细而白，银滩的得名，主要是因为这满滩的银沙。整个沙滩全由高品位的石英砂堆积而成，阳光照射，细而白的沙滩会通体发出银光，这一滩碎银，便是无价的富矿。石英砂是制造玻璃、搪瓷及光学仪器等产品的上佳原料啊！不难想象，在这样的碎银之上漫步是何等惬意！在上面打个滚儿也会让你从头舒服到脚，和这样洁白、细腻的胴体零距离亲密接触，当是人生一大快事！

这里夏无酷暑，冬无严寒，春、夏、秋三季都可进行海水浴。水性温又净，海水没有污染，澄碧见底。宛若清纯妩媚的处子，热情似火不外露，轻寒薄浪不冻人。

那浪花柔兼软，我到过南方和北方多个海水浴场，感觉明显不同。青岛、大连一带，因黄海含沙量大，海水受到不同程度的污染，难见清波碧浪。广东海南一带，海水固蓝，然而鲜有如此平缓伸展的沙滩，因此浴场上的爬滩浪就比较威猛刚烈。那浪头高过人头，砸下来力量不小。初学游泳者必须时时提防大浪，见到开花浪涌上来，你得赶紧往上跳，借助海水浮力，避开海浪撞击。而银滩坡度平缓舒展，所以爬滩浪也娇媚温柔，细软可人，让游泳者倍感亲切。

那空气更清新，这更是银滩一大特色。这里的空气清新自然，负氧离子含量是内陆城市的数十倍乃至百倍，因此被世人称为"中国大氧吧"。

加之，无鲨鱼扰。许多浴场不得不设立防鲨网，规定禁区，派人守卫，而北海银滩浴场没有这样的麻烦。或许是上天特别钟爱这片净水，不许鲨鱼靠近；或许是北海银滩的妖娆妩媚，感动得鲨鱼不忍前来惊扰吧。总之，这里的浴场是得天独厚的人间乐园。

北海银滩还修建了古罗马圆形广场，并有阿芙罗狄大型音乐灯光喷泉和水上舞台。广场周围，在欧式风格的圆形立柱之间，爱与美神阿芙罗狄、智慧女神雅典娜、战神马尔斯、太阳神阿波罗等古希腊罗马诸神雕像栩栩如生，使人陶醉在浓郁的异国风情之中。入夜，在古朴幽静的风情竹楼里，有徐徐的海风、轻柔的海浪，伴你进入甜美的梦乡……

依我一孔之见，北海在旅游资源大开发过程中也有很多败笔。如有建筑物阻碍了海潮的自由，一道长而坚固的防浪堤紧贴潮线，改变了海洋动力环境，影响了海浪对银滩的哺育，使得银滩变得发育不良，如同丽质天成的美少女患上了肌肉萎缩症。银滩是温柔的，又是刚烈的；银滩是水做的，同时又是火炼的。银滩是美丽的，但又不会接受任何人对它的羞辱和蹂躏。

回到酒店我又匆匆写下这几句诗：

几多风风雨雨
几多苦辣酸甜
经过两年多的航行
他才在西部
一个叫北海码头靠岸
那里的古街青石板
还未来得及留下他的脚印
那里的海岛阳光沙滩
还未来得及留下他的影子
他又接到返航指令
是的，作为一个纤夫
他的天职
就是航行、拉纤和使命

没有想到银滩，可以还我们一段柔软时空。

金色阳光下，是万里蓝天朵朵白云；爽朗海风里，是无边大海朵朵浪花；孤岛人家中，是大片香蕉林袅袅炊烟。

因为节假日，到涠洲岛是一票难求。幸亏明兄帮忙，为我找到一张登岛船票，豪华游艇也要走近一个半小时的水路。

听说涠洲岛有“南国蓬莱”之称，但叫对涠洲两字，开始我总觉得有点别扭。通过《说文解字》得知，所谓“涠”，就是为水所围，原来涠洲岛就是被海水围住的土地。《国家地理杂志》一编辑曾告诉过我，涠洲岛被评为中国最美海岛第二名，第一名的西沙群岛和第三名的南沙群岛都不只是一座岛，且游人也很难上岛，这样涠洲岛就成了首选。

船在颠簸，人就像在摇篮里，慢慢地我忘却了所有，进入自由的梦乡。是靠岸的汽笛声，才把我从睡梦唤醒，眼前是一座绿色小岛，码头的山巅上几棵大树早被海风吹向一边，仿佛向远海张望，我更觉得是岛上渔民欢迎着我们。

也许是大雨过后，涠洲岛的空气特别清新，整座岛似刚出浴的仙女，那升腾雾气，变成一朵朵白云，又似一抹白裙。那身段，那曲线……活脱脱一个天仙般的“飙妹”。

沿陡峭的山路拾级而下，接近海平面的地方，那焦黑的山岩，如古稀老人的脸，充满沧桑。幸亏山壁上有汤显祖雕像，像下刻有汤显祖所作《阳光避热入海至涠洲，夜看珠池寄郭廉州》一诗。连老先生也曾到过这里，一种敬畏令我油然而生。上百万年之前，涠洲岛是由于火山爆发岩浆堆积而形成的岛屿。但在历史长河中，这岛又是中国最年轻的一座火山岛。我站在标有水山口的海边，留下一影。如果此时火山突然喷发，那应该是国人推崇的浴火重生吧！看来历史本来就是沉淀的火山口，是它见证了人们前行的每一步。

面朝大海，极目远眺，海天相接，有一种浪漫情怀迸发；潮起潮落，听鸟语风声，春暖花开，有一份清惬悄然而至。此时，可以追逐海浪，可以呼喊，可以尖叫，可以跳跃，人间的所有烦恼，仿佛都被抛向大海；可以渔帆点点，可以看风景，可以晒太阳，可以冲浪，把心与海风一起舞起来。

我喜欢乡间小径，极似在巴厘岛上穿行，路边茂密香蕉林硕果累累，有一座宏伟的教堂，掩在绿影婆娑的菠萝蜜林中，我心也禁不住虔诚起来。从门前石碑上得知，这座哥特式建筑的天主教堂，始建于清同治年间，是法国传教士花了二十年时间利用岛上特有的珊瑚、岩石及竹木建造而成，距今已有一百多年的历史，饱经海上的台风、浓盐海水的侵袭，教堂一切完好如初。因不是礼拜日，空旷的大厅整齐摆放着供人做弥撒的长条木椅，阳光透过祭台间后面的彩色玻璃和大厅两侧尖拱大窗投射进来，使教堂内部显得绚丽多彩。神明之下，有一种忏悔。

涠洲岛就那么隐隐约约，于不经意间弥散着一缕淡淡的恬静气息，似乎有一只无形的手，牵着每个人的衣裳，甚至连海岛上那些用珊瑚碎渣建成的民居，用贝壳铺成的路，都让人涌起关于浪漫的无尽遐想。涠洲岛的生活是简单的。这里没有豪华的酒店，可以在渔家乐摆上一张小桌和几把椅子，坐在树荫下享受悠闲惬意；可以躺在树间的吊床上，在树影下小憩。这里没有高档的餐馆，大排档就在海堤边上，可以兴致勃勃地吃着海岛上盛产的水果，看天上云的流动；可以爬上顶楼的天台，与朋友谈天说地。

海岛上，可以把自己当成岛上主人，一切顺其自然。一切？大欢喜，一切感受原始，心就会如大海般宽广，眼就会如海洋般辽阔。这里没有束缚，没有烦恼，没有压力，有的只是海涛一曲曲美妙的歌谣，有的只是大海一个个甜蜜的拥抱，有的只是沙滩一串串快乐的脚印。

涠洲岛，一切都是如此接近自然，如同生命的本质。涠洲岛的每一刻时光都是美丽的音符。顺着渔歌唱起的地方望去，悠扬的恋曲，斗笠下面的渔民，涠洲岛的原生态，给我们保留了千百年来海岛的纯真模样。

晚上，我参加了当地旅游公司给明兄举办的送行活动，公司张总为我朗诵了一首《涠洲岛》，让我赞叹：

找一个岛，太阳起得不太早，同行的陌生朋友，醒来连名字都不知道

找一个岛，月亮爬得不太高，谈天、喝酒、说笑，还有螃蟹围着客厅跑

找一个岛，走路走到快睡着，偶尔想被人打扰，只有牛过小路在吃草

找一个岛，衣服穿得少就好，实在找不出烦恼，只好翻翻口袋里的旧船票

有一个岛，北部湾上找得到，阳光、沙滩、海水，还有珊瑚和海草

有一个岛，火山熔岩景观好，万年前波涌出，还有依依相伴斜阳岛

有一个岛，哥特教堂是国宝，三婆圣庙神韵在，还有龟豖拱碧迎客到

这是一座孤岛，带给我们心灵的自我放飞。

离开北海的当日，明兄开车带我绕海边再走一圈，说是看红树林去。其实，我知道他不全是为我，是他对这里依依不舍，但今天无论如何我得陪他。

在内地我早已久闻“红树林”美名，但究竟是一种怎样的红，是秋季红枫叶的鲜艳，还是像姑娘羞答的脸红？在未见红树林时，我心里一直在盘算着。沿着逶迤蜿蜒的海堤，打开车窗，海风扑面，清新宜人。在大海与海堤之间，是一棵棵、一排排的红树，有的争高向上，直插蓝天；有的树冠雍容，营造绿茵；有的栽植不久，刚刚苏醒；有的遭受海水，顽强向上；还有的根须满枝，如花似玉。这让我想起“杨柳岸，晓风残月”的诗意景象。

我发现红树林并不红，均是自然绿色。明兄笑哈哈地告诉我：“红树林仅是木质呈红褐色，枝叶其实都是深绿色的。”一边是蓝色海洋，一边是绿色海堤，一边是海鸟的觅食栖息繁殖的场所。穿行在挺拔而又排列整齐的红树木中，仿佛天然氧吧，心旷神怡，豁然开朗。我才知红树林既有防风消浪、促淤保滩，又有固岸护堤、净化海水和空气的功能，特别是那盘根错节的发达根系能有效地滞留陆地来沙，减少近岸海域的含沙量。当然，茂密高大的枝体宛如一道道绿色长城，本身就能有效抵御风浪，称之为“海上森林”尤为名副其实。

忽而我见到一个很奇特现象，滩涂上歪歪斜斜地插着许多小树枝，我正纳闷是谁那么可爱，把树枝当秧苗插在滩涂地中，明兄告诉我，这都是红树林的杰作！红树是一种胎生的奇特植物，其果子成熟后并不坠落，而是紧附在树枝上，靠母树供养，在树枝上发芽生长。当幼苗成长到一定时候，它们会自动从母树上脱落，插入泥滩，形成刚才看到的那番景致。插实的幼苗会在本处生长，而插不好的则会随涨潮的海水漂流他处，数月不死，逢泥便生根。这是生命的又一种解读，不管是插实的，还是漂流出去的，树枝都能安身立命。也许这是生命常态，是红树林生命的另一种方式，对人生也是一种启迪。

绿色是生命之色，树林是大海的衣裙，红树林自然是大自然的精灵。哪里树林茂盛，就预示着哪里的环境优美，生活温馨安宁。记得唐代王维有一首诗："独坐幽篁里，弹琴复长啸。深林人不知，明月来相照。"此时，微风吹拂，树叶沙沙，浪潮拍岸，鸟虫唧唧，有着"蝉噪林愈静，鸟鸣山更幽"的宁静，更有不染凡尘的境界。

紧挨红树林，还有一个叫红树林的公园，中心是红树林，周边是果园。林中有鱼塘，可以垂钓；果园有鲜果，可以采摘。在靠近海边的地方，有大片湿地，里面长着大片的芦苇、菖蒲，人可以通过木栈道，走进苇塘深处，那感觉好似走进大海的深处。美哉！大海岸边红树林，仿佛就是人间仙境，是净化人们心灵的圣洁之地。正如茅盾曾说过的："自然是伟大的，人类是伟大的，然而，能够利用自然，改造自然者尤其伟大！"

就要离开北海了，我早已与明兄一样依依不舍，我又情不自禁道：

一切义无反顾
他再一次拉响汽笛
校正航向
踏上走来的栈道
这次他得沿着京杭大运河
北上，那里有他熟悉的大海
以及大海给他的
宽广胸怀
向北有海，向北是海

飞机直抵蓝天，从窗口俯视脚下的北海，我更深信向北有海，向北是海！

当然，那是一个人的世界，更是一个人的风景！

一条大河里的中国

一切都是命运/一切都是烟云

一切都是没有结局的开始/一切都是稍纵即逝的追寻!

——北岛

在人类灿若繁星的文明天穹,为什么中华文明历经几千年磨难而未中断,一直保持着强大生命力?随着中国大运河申报世界文化遗产的脚步加快,这一命题再次横亘在世人面前。面对这条静默流淌着的千年京杭大运河,是一条蓝天白云下飘逸的彩带,是一个虎踞龙盘跳跃的腾飞,是一个如诗如画的世外桃源,那样的质朴,又是那样的简洁。

2013年底,在台湾遇见作家龙应台,我十分欣赏她说的那句话:“所有的颠沛流离,最后都由大河走向大海,所有的生离死别,都发生在某一个码头——上了船,就是一生。”回大陆,我就迫不及待地重走京杭大运河。时至今日,断断续续花了一年时间,走完了运河的春夏秋冬。

一路走来,我发觉大运河,不仅浓缩着中国文明历史,而且尘封着中国几千年凄美故事,它还是一个中国梦,引领着我们滚滚东流,就像毛泽东的那句诗“大河下上,顿失滔滔”。在春有艳桃,夏有清荷,秋有幽桂,冬有傲梅的运河,我们可以寻找到人堂天堂;这里即便“已是黄昏独自愁,更著风和雨”,我们又可以在静谧的长河上,独守孤灯看一夜闲书……

或许大河的情结，所有梦想与期望都是一致的，不同的是每个人的体验和记忆。就像法国总统访华时，也不忘记到杭州看看大运河，掀开这个有着“东方莱茵河”美人的面纱。早在元代，意大利旅行家马可·波罗赞美大运河是“这个世界上最美丽华贵之天城”！

在这里，我们可以心静如水，雅致如河，所有尘世的庸俗与喧嚣都与我们无关。在这里，时光就像运河一样流淌，虽不会为谁停下脚步，但会以各种方式让我们回望。在这里，那文静的大运河，就像一位母亲，用乳汁哺育两岸。在这里，那大运河的两岸，又像纤夫的肩膀，担当起人们诗意的栖息地，让我们从这里找到了属于自己的那份神圣。

哦，大运河每天都如母亲般用乳汁滋润着我们！令人欣慰的是，这条河就在我家门前。我出生在大运河南端的杭州，长在运河下河的扬州，对运河有着与生俱来的亲情与眷恋。为此，我不知有过多少次梦萦，想让大河在笔下复活。

1

清清的运河，绿色的田野，美丽的村落，淳朴的乡音，唤起了我们多少美好与向往。难道这里真的有我们失落的一个梦，等待我们去发现与收获？

也许大运河呈献给我们的不只是一条河，当她让北国和江南、荒漠和大海、西域和东瀛、太平洋和印度洋甚至地中海牵起手时，谁都没有想到，她竟破天荒地演绎了一个跨越东西方文明的灿烂史诗。人们喜欢将她与长城媲美，构成一个“人”字。长城是一撇，运河就是一捺。

当然这是一个大写的“人”。面对这个人，我更看中几千年运河的文明史，对中国经济的提升，对中国百姓的滋养，对中国文明的推进，所以我一直以为运河带给我们的文明享受，比长城抢先了一步，这可能是一家之言。

在那个差不多穿越大半个地球的漫漫长途上，驼铃清脆，帆影连云，弦歌嘈杂，灯红酒绿，这是怎样一种令人神往的盛世风华！那天，我见到了少年时的一个朋友，他叫夏坚勇。作为首届鲁迅文学奖获奖者，当他将新作《旷世风华——大运河传》赠我时，我感觉这不是一本书，倒像一块厚重的砖，打在我心灵最柔软之处。

可以说，夏坚勇是我进入文学创作的领路人。他独具慧眼，通过一条河的历史，写出了一个民族的文化性格和心灵史，有理性地追溯大运河两千多年的政治风云和人事沧桑，也有富有感性的笔触，充满诗性的激情。同时，他的书又勾起我们共有的某段时光、某段旋律，如同茧一层层抽丝，直至又把我们茧缚。

那是 1977 年 8 月，我们在苏北一个小说创作学习班上相遇，他代表县文化馆专业选手，而我因高考还没有恢复，15 岁高中毕业到农村插队，以一个地地道道农民的身份参加。整个学习班，集中了当地全部写作高手，也不到十个人，我的年纪最小，夏兄年纪最长。

我们集中在苏北著名的“五七干校”，正逢高温酷暑，干校没有空调，没有自来水，洗脸洗澡直接到运河（属里下河段）边。据说，这里溺水的、自杀的很多。学习班考虑我的安全，每次涉水都有一个人相陪。看似一个很高的待遇，可我不领情。私底下我对夏坚勇说：“在我五岁时，哥哥姐姐不小心跌落古运河。眼见他们被淹，我一个鱼跃入水。问题是我不会游泳，忙中添乱。这时挣扎的手，突然触到一根细弱芦苇，急速下沉的身体被止住。”

对此，我十分感慨：“没有运河赐我的救命草，我们仨生命早已消逝化为污秽！”可以说是运河给了我们第二次生命。上学时，我的人生第一篇作文，写的就是一根芦苇，记下与运河这段刻骨铭心的生死恋。我还与夏坚勇发誓：“知恩图报。待我出道，一定要写大运河！”

夏坚勇立马表态：“支持老弟。”紧接着他也神秘地说：“有时间，也要写写门前这条河！”我特好奇：“大运河，对夏兄而言也有故事?”夏坚勇眨着眼睛，诡异地瞄了我一眼，令我不敢追问。

一晃几十年过去，夏兄这本大运河的书，无疑是对他当初承诺的兑现。可我呢，也许运河一直在等待着！对于这些，仿佛是一个千年的回首，刹那涌上心头，种种思绪已压得我喘不过气。

此刻，窗外阳光明媚，大河春华秋实，心潮逐浪高。这些年来，我业余时间忙忙碌碌，写下了几十本书，可以说是著作等身。但是爷爷走了，父亲走了，姐姐走了，他们至今都没有离开过运河半步，他们的坟头安放在河岗高处，莫非也在等待我的落笔，去记录他们对运河的朝思暮想，以及那些没有说完的故事？

遗憾的是，我一直没有找到写作的载体。我翻阅过好多当代文学作品，以运河为背景的特别多，但写长诗的我还没有检索到。这让我眼前一亮，我是喜欢挑战自己的人，没有人写的，可能就是我要寻找的突破口。可惜写诗不是我的强项。

直到去年两会期间，大运河"申遗"再度成为新亮点。我在旁听全国政协十届五次会议新闻发言，听说"大运河像长城一样伟大"时，我的心又一次被燃烧。后来见到中国文物学会会长罗哲文教授，他告诉我："没有大运河北京城就可能修不起来！"这让我也慢慢有了一种清醒认识，没有大运河，长城就可能修不起来。

此外，我还有这样的担忧：一方面，随着经济发展加速，运河变化加快，如果有一天不再是原来的运河，水干涸了，船停航了，运河就会从我们视野彻底消亡。另一方面，如果大运河"申遗"成功，京杭大运河届时就不只是中国的，而是属于全世界。到那时，我要写，也轮不到我，或者没有资格去写。

作为一个寄居者，我也恨不得立马写出一个永恒的运河，供那些流离失所的人，还有如我这般漂泊在外的人去居住。出于对运河的一种敬畏，我提起诗笔，用自己的全部业余时间，走向大河深处的大街小巷。我要尽快将心中对运河的一腔热血描写出来，讴歌出来，让梦想成真。我也坚信，一个人的思想走多远，他就有可能走多远。

"春水碧波满河，夕阳倒映如画。"欲写出如同历史画卷般厚重的诗歌，不仅需要与此相匹配的智慧和才华，更需要有坚强的毅力和勇气。为此，我从去年冬天开始，历经春、夏、秋、冬，仿佛是从河水里捞上来的一样——水灵灵的，有大家闺秀的明朗，有小家碧玉的玲珑剔透，也有浑身上下洋溢着运河水一样的脉脉温情，那种清新的灵气让旁人很难拒绝。

运河，莫非是我要追寻的"第一眼美女"，所以才有了"从云水国中还”，以及清澈的河水，温暖的炊烟，清亮的月色，绚丽的风采？而人生，也许就是一次没有归途的航行，每个人都有自己的航道，每个航道都有风起浪涌或者失去航灯的时候。在这里，我相信我的一位诗人朋友对我说的一句话：“诗人是为这个世界守成的！”

一条大河从家门口流过，有时波澜不惊，有时涓涓细流，看不见大起大落，看不见气势磅礴，为什么几千年如一日，就是这样缓缓而过？

大概正是大河的这种行走姿态，才让一些人学会了慢生活，开始修筑自己心中的梦。当我航行在运河，每次我都会停留许久，在天风河雨、波浪涌动中，寻找内心的释放与共鸣。前面说到的运河、长城一撇一捺叫做“人”，到这里“人”字拦腰多了一横，叫“大”字，大之为大，这就是我们常说的大河情怀吧！

如此大境界，就如孟子所说，充实之谓美，充实而有光辉之谓大。所以，穿越在大运河，我会用心去触摸大河的脉络，感受民族历史与文化的深厚瑰丽和博大，体悟着生生不息、百折不挠、一往无前的运河气魄和精神。

正因为大运河的这种大情怀，对她的开发与保护，提出了新的更高的要求。前段时间，我碰到东莞作家村办公室主任陈昕，他十分惋惜地说：“莫言差一点就是我们作家村的村民。如果我们沾上诺贝尔文学奖的荣光，作家村肯定声名大噪。”

言外之意，这个大时代需要名人效应。此刻，我的心一阵隐痛，几千年的大运河人们都是逐水而居，谁也没有为了追求几个人物，来谋求自己生存。我把这件事，告诉我熟悉的一个地方官员。他望着我，有一种拨开乌云见太阳的味道：“文化创意产业各地都很重视，对于引进名人更是不惜工本。”他举例说：“在杭州的西子湖畔、西溪湿地中，都能找到这样的名人工作室。”他提示我：“你也可以申请呀！”我忙推托：“别开玩笑！”又道，“我真的要，我会选择到运河边。”

真的，说者无心听者有意。没有过几天，有几个部门联系我，算是赶一回时髦，我说："以我个人名义建工作室，至少目前条件还未成熟。可否以组织名义?"对方当然是举双手欢迎。

那天，我们来到大运河南端的杭州超山。自古以来，这里是士绅达人归隐静心的幽隐之地，是人们访道问禅的佛山道场，也是游人相携踏春野游的赏梅之地，还是近代艺术大家吴昌硕晚年痴爱流连、最终寄骨于此的艺术之地。在这种地方创作，想必灵感会如大河之水源源迸发。

走到超山山脚，见那里横卧着吴昌硕的墓地，抬头往前是一片梅园，那里留有先生曾经对这里梅花的赞叹：" 十年不到香雪海，梅花忆我我忆梅。何时卖棹冒雪去，便向花前倾一杯。"

再往前是一条运河，码头上曾留下先生进进出出的脚印。直至临终，他还捡些碎瓦片，在河边削水片，看着那跳过一个个水圈的涟漪，先生最后将生命也托付给了大运河。

也许，每个人心中都有一条清澈的河，才最终有人们的记忆与寄托。这让我记起幼时参与"运棺"的一个场景。说起来，我自己都不敢相信，这是真的吗？为此我多次问过老妈，那时我多大呀？老妈说我才出生六个月。事情是这样的：因一位同乡领导，老家在苏北，其老母在杭州病故，要落叶归根。刚好我家祖上有条私家船，爷爷就主动担起护送灵柩的担子。我不知船在水中是如何行走的，就知道与带着漆香的棺材一起搭船回故乡。

这一幕如漆般印在我脑海中，这对一个出世不久就与一个亡灵穿越运河的人而言，本身就是一件不可思议的事。难道正是因为有了这次特殊相遇，运河才成了我生命的保护神：亦如前面说到我五岁时，不会游泳，但我可以从运河救起哥姐两个生命；记得我十八岁时，当兵在部队演习，后排枪走火，战士们以为我牺牲了；记得我二十六岁时，做一家国有大企业厂长，在排除电机故障现场，强电弧把我卷入火海，职工们以为厂长烧死了；记得我三十六岁时，援藏那曲，成为全球高海拔写书第一人……我知道人必须要经风雨见世面，不畏惊涛骇浪。冥冥之中，我总觉得有人暗中庇护。

可能我是运河边长大的苦孩子，上苍才对我特别宽容，才让我随遇而安。这也让我对运河有了一种敬畏之情并害怕稍纵即逝：

这个春天
我们不谈情说爱
只请你认认门
只请你见见父母
只请你看看我小时模样
还请你尝尝运河边的桑果
我们要在河边一起垂钓
像鱼一样自由
我想把人生
拉回到生命原点
带回到运河起点

感谢我的爷爷,我的父亲,我的姐姐,你们是我运河最早的启蒙老师,让一个曾经沮丧的人勇敢起来,拿起自己的笔,敲动自己的键盘,发出自己的声音。父亲十分器重我,曾说过英国一谚语:“宁可失去英伦三岛,不能失去莎士比亚。”因为莎士比亚代表的是文化,文化是人存在的根基与活着的理由。譬如,今天的黄鹤楼不在原址,照旧吸引游客,原因是崔颢与李白的诗在。我的祖先,包括我的姐姐都先后告别人世,他们为什么要坚守在运河边?因为也许只有大河可以将他们未完的梦圆了,将伤口愈合!

就在我苦思冥想时,昨天,从我的老家扬州传来消息:今年3月,在扬州市发现的疑似隋炀帝陵,经过考古发掘论证,确认为隋炀帝杨广与萧后最后的埋葬之地。

作为一代皇帝的隋炀帝,他的出名,在于他修建了京杭大运河,直到现在,未曾断流。我的朋友,浙江大学陈志坚教授悄悄告诉我:“隋炀帝在扬州待了十年,开通了贯穿中国南北的大运河,自己却从没有来过天堂杭州。”

诚如鲁迅的一句话:“幼稚并不可怕,不腐败就好。”从这一点看,隋炀帝是运河上的好官,最后把生命也静悄悄交给大运河。这几千年来,竟没有人知道他的葬身之地,也就谈不上有人为他扫墓,为他烧纸钱。但大运河一直静静流淌，也许没有把他忘却。

看来运河不只是漕运，还可以大浪淘沙，经过千年涤荡的人生，才会有古栈道的坚强，河水的温柔。所以，我们对杭州超山经过几番考察后，立马确定在那里建立一个文学创作基地。开心的是，我们的创作基地将正式挂牌，让我们祝福吧，中国又一个文学航船，从运河扬帆起航。

史诗创作需要沉下心来，用美丽的语言，用特殊的韵律，抒发炽热的情感，迸发思想的火花。

不可否认，当下是作家最好的时代，也是最坏的时代。好在现实的纷繁复杂和光怪陆离如果能梳理清楚，处处都是经典名作的绝佳素材，坏在作家在这些现实面前充满无力感。一句话，没有底气。

而当我们面朝运河，背靠青山，在这个具有灵性与诗意的地方，可以轻松地写作，自由对接地气，灵感一定会如大河涌动。

是啊，为什么大运河总让我长相思，泪湿一个秋天？为什么大运河又让我长叹，会在大河掀起狂澜？难道这只是一种思念，一种忘却，一种忧伤……

或许，每个人都有两个家，一个是他的出生之地，一个是他心中的精神家园。诗人的写作就是在这两个家之间奔波，离不开，也回不去。在这里，我无意去写一部家族史，但我们可以修一座教堂。仅用一首诗，也只有诗能够担当，向所有魂灵致敬！

3

记得王安石赞叹过运河："千里澄江似练，翠峰如簇。归帆去棹斜阳里，背西风，酒旗斜矗。彩舟云淡，星河鹭起，画图难足。"千年流淌的运河啊，为什么有大河宽广，有航行壮阔，有纤夫的爱？

这些春天美梦般的故事，随着时间慢慢尘封在多少个古城古镇古村，当有一天记忆把我们唤醒，从古运河或许会遇见自己青春的影子，那是一个多么好的良辰美梦！当运河从一个人、一个大，到这里"大"字头上多了一横，该叫"天"了。此时，运河呈现给我们的是波涛万顷，是水天相接的辽阔，也是王勃的浪漫痴情："落霞与孤鹜齐飞，秋水共长天一色。"

我是八岁在运河学会游泳的，当年暑假就跟爷爷上船。风帆升起时，爷爷站在船头，他让我掌舵，说要让我"过把当船老大的瘾"。我说："我左右分不清。"爷爷说："别怕，听我指挥！"因为船右舷是放桅杆之处，靠左是放锅灶之地，所以爷爷给我的指令一会儿是"锅"舵，一会儿是"桅"舵。

谁都知道，大海航行靠舵手。但在大河掌舵更难，因为河面窄，扳舵力气过猛船会偏向，力气过小则航向难调。自然，我乐意干力气活，特别愿意做纤夫："一步步走呀，嘿哟嗬嘿！走不完的岁月，嘿哟嗬嘿，嘿哟嗬嘿！直不起的腰，嘿哟嗬嘿！闯不完的险滩，嘿哟嗬嘿，嘿哟嗬嘿！跨不尽的沟，嘿嗬哟嗬……"

运河也带给我过忧伤。那时高考还未恢复，我高中毕业下乡插队。一天劳动时，要挑约三百斤的泥担，这对才 15 岁的我而言，太残酷了。可能我劳动表现不佳，第二天，被生产队长派工与当地一地主分子到运河罱泥，此举对我人身是一个极大侮辱。但考虑我的家庭出身不好，加之父母都在外地工作，只能忍气吞声。我永远不会忘记，在那个寒冬，有一个少年手握竹篙，鲜血从冻裂的手心流出，将竹篙染红。

我对运河还有与常人不一样的情结。爷爷奶奶的住宅，为明清的青砖黛瓦，坐西朝东。房屋雕梁画栋，木椽薄砖，地上铺着方砖。正房外配有佣人房。屋后是一条小河，有私家码头。从房子南边可以直通古运河。20 世纪 70 年代初，爷爷对房屋进行了翻修，一年后古运河弯道取直，将家划入河西，我读书的学校划为河东，每天靠渡船进出。此景约一年时间，爷爷决定，"再不方便，也要方便孩子读书"。

于是，我的家由河西搬到河东。一砖一瓦经过运河接力，新房给我们带来了往日便捷，亦算当地赫赫有名的豪宅。但好景不长，因屋基处理问题，新房马上变为危房，此时又逢当地闹地震，考虑安全起见，房子折成半墙，改作地震棚，木头屋梁做成木排，以便运河发大水时逃生。为了运河，五年造了三次房，这可能创了全国纪录。就如上海浦东人的理念那样，宁要浦东一张床，不要浦西一套房。

直到前不久，我独自跑到杭州运河博物馆，在那里邂逅运河民俗风情画家吴理人时，我对运河上的苦辣酸甜，又有了自己独特见解。当时，吴理人正一边作画，一边向参观的人们介绍运河的非遗风采。见到我，马上递来一张名片。他说对运河的感情太深了，“我是一位土生土长的杭州人，一直生活在古运河畔。小时候，曾在运河里摸过螺蛳，游过泳，几十年来，我的画笔始终没有离开过运河。”

我见周边墙上挂的、地上摆放的，都是他的运河作品：有运河民俗风情，有街巷旧影，有老宅庭院，有街头集市。他惋惜地说：“如今许多运河边的民俗风情已消失了！”我说：“这些绘画和画作旁的文字，让运河历史和那些生动的场景又一次再现在我脑中。”

我告诉吴理人：“我刚出生时，因家中姐妹多，被隔壁邻居抱养，直到我六岁离开杭州，至今还未找到奶妈！”吴理人问：“家在什么地方？”我说：“我曾问过我父母，他们印象中奶妈的家就在杭州运河博物馆附近。”

我补充说：“记得奶妈的名字叫娟花（读音），她丈夫叫老陈！”吴理人满口答应帮我查找。我表示感谢后，言归正传地说：“我正在写一首运河长诗，出版时拟用先生的运河民俗风情画，舍得吗？”

他笑嘻嘻地说：“只要是宣传运河，一百个支持！”哈哈，是运河情结将我们系在一起。只见吴理人从案头拿起一本油墨飘香的新书——《运河杭州风情》，用毛笔为我题字。我忙掏书钱，他执意不收。我说：“吴老师，你已经不容易了！也许你不缺钱，但我是对运河艺术的尊重！”他接过钱后激动地说：“我已给自己订了一个目标，就是完成一幅《京杭大运河民俗风情全景图》，希望它能成为一幅运河版的‘清明上河图’，流传下去。”

在运河可以如此作画，那么写诗呢？我想努力从千里运河中，截取一个个最能表现运河气势、力量、神韵和诗意的角度或瞬间。如今一气呵成，前后用了一年时间，算是我人生全部体验，亦为“十年磨一剑”的结果。当然，面对运河质朴自然的古韵与风情，我力求自然而然、有感而发、用心写就、水到渠成，使得整个作品充满灵气。尤其是诗中体现的那种悠远而又古老的运河风韵，不仅与笔下所选择的再现手法相得益彰，而且给人以无限美感与深远记忆。

一本书如一条运河长卷图画，是永远的山水诗，是最美的桃花源，是献给母亲河的歌！为此，我极力以高度的原创性和丰富的想象力，对人生的敏感、对世事的洞察，以及独特的语词、句式的创造来完成运河诗篇，期望在新诗界有自己的影响。我以诗关切底层小人物的悲苦，不施以廉价的感伤和怜悯，融入时间的维度而增强历史的厚重感和沧桑感。

我一直以为“炼字不如炼句，炼句不如炼意，炼意不如炼人”。有什么样的人，就有什么样的诗，人的高度就是诗的高度。真正的诗人，其气质风格会笼罩其所有的篇章。也许读一两首诗没有什么感觉，但合在一起，会感受到其完整、独立的精神世界，这也是我为了不让运河诗歌碎片化所进行的一种尝试。

诗是一种信仰，宗教家可以一生寻道，而诗人可以一生寻美。也许诗歌早已成为我生命中最崇高的精神殿堂，但在这个“飙诗”的岁月里，创作量少总使我感到惶惑与汗颜，因为在诗神面前，我始终是一个忏悔者。

“笔底明珠无处卖，闲抛闲掷野藤中”，作为献身艺术，用笔墨来抢救母亲河的宝贵文化遗产的艺术家及其作品，有谁会不肃然起敬呢？我感叹，这次来杭州运河博物馆没有白跑，但我还是恨自己来晚了，在运河边我敬爱的奶妈，你在哪里？一切安好吗？

千年的大运河，是从母亲血脉中流淌出来的。我们是喝着运河水长大的，或许她也不知道谁是她的孩子，但她默默无闻、心甘情愿与不离不弃，用自己的乳汁滋养着沿岸的我们。此时此刻，我已无以言表，泪流满面，但我找到了运河的电光石火：

我庆幸
一出世就躺在
有着八千年文明(跨湖桥文化)曙光
怀揣着光荣与梦想的摇篮
在这里，我听到
大河的脉搏

在这里，我见到
大河的桨声帆影
在这里，我还看到
一个民族的梦

可见，"功夫在诗外"，运河已是我心中挥之不去的情结！我希望通过自己的作品，给人们呈现一幅运河鲜活的画卷，留下一段历史的记忆。我期盼我的这本诗集，在我们杭州超山创作基地，在那万亩梅田的香雪海，在那千年流淌不息的大运河，为人们抵达而觅渡。

中国之所以成为一个多民族统一的国家，大运河的作用不可替代，而且至今仍保持着活力，是世界文明史上独一无二的遗产。目前运河"申遗"已进入冲刺阶段，衷心祝愿运河能"申遗"成功。最后借帕乌斯托夫斯基的话，寄托我对运河的一腔爱："当我们在观赏美的时候，心头会产生一种骚动感，这种骚动感乃是渴求净化自己内心的前奏，仿佛雨、风、繁花似锦的大地、午夜的天空和爱的泪水，把荡涤一切污垢的清新之气渗入了我们知恩图报的心灵，从此永不离去。"与大河的白帆同在，还洁净到一尘不染的天空，船工们"浪里白条"的身影，勇闯急流险滩的"纤夫号子"。

"鸟去鸟来山色里，人歌人哭水声中。"京杭大运河，有太多的故事等待叙说，有太多的人物等待追忆，有太多的爱情等待呵护，有太多的诗篇等待歌唱，有太多的梦想等待延续。在这里，我仅是一个搏击风浪的侠客，高举诗歌的灯盏，沉淀人性的善良，扬起生命的风帆，照亮着灰色的航道，给人一种温暖。

一路上，我沿着大运河，洋洋洒洒写了这么一组长诗，还有一个意图，就是以此对抗当下碎片化的生活，让浮躁的心得以清净！真诚期待读者朋友能用一颗虔诚之心，去聆听美丽自然，去感受大河脉动，让纯净江河滋润心田，涤荡人生，长出一片绿洲。

青春不逝的底色

山水为我们慢慢舒展/金色的飘带/扬起一座座青山/落下一江春水
我用山峰作巨笔/邀漓江为我泼墨/绘就一个爱情与她喜悦的地标!

——作者自题

在中国大西南的深山,有一座城,依山傍水,似一朵盛开莲花;有一条江,穿城而过,这是一条美丽母亲河;有一首歌,民族诗史,从古至今源远流长。

这城是什么样的城?这水是什么样的水?这歌是什么样的歌?

按习惯思维,中国的产业一般是呈梯度由东向西转移,而作为中国西部区域的广西,自然难逃污染严重、臭水横流、尘土飞扬的厄运。当有一天,世界银行的专家走到我面前,夸说广西生态文明,值得一看。我说:“兄弟,千万别给我们东部发达地区的人讲这些。好像天方夜谭!”直到前不久,世行专家又十分较真的对我说起,在无退路之下,我带着一批利用世行贷款进行“美丽乡村”的建设者们,或许还带着将信将疑,或许亦算慕名而去!

当我直面眼前一个真实的那山那水那城时,已彻底颠覆了我对它的印象。仿佛是相恋中的男女,一见钟情,相见恨晚。

1

这山,就是独特的喀斯特石山,遍地奇峰异石;

这水，就是百里画廊柳江，满眼波涛碧水；

这城，就是柳州，工业巨子和山水交融的秀美城市。

柳州是我们踏进广西的第一站。作为我国大西南地区的工业重镇，柳州工业总量约占广西的三分之一。但她天空湛蓝，太阳从薄薄的云隙中钻出来，柔和地照着这座充满生机和现代气息浓厚的城市，顿觉空气格外清新，精神格外抖擞。

或许是“千峰环野立，一水抱城流”的感染，使得这里奇石嶙峋，风光旖旎，人杰地灵。遥望那一座座绵延的青山，与那一幢幢色彩鲜艳的高楼，巧夺天工，相得益彰；那一江宽阔透彻的江水滚滚东流，与那一座座风格迥异飞架两岸的桥梁，春江花月，相互交融；一江碧水仿佛一下涤荡了我旅途的疲惫，宁静了心中的陌生和忐忑。走近相视，那浓郁的树木，那宽阔的街道，那整洁的路面，那穿梭的车流，一切显得那么井然有序；那山，那水，那楼台亭桥，一切都是那么完美，如花似玉，般配绝美！

是谁，让一座昔日污染严重的工业城市华丽转身？是谁，在这张图纸上绘出了美丽画卷？我在柳州寻找答案——

来到柳州，我去寻找柳州生态文明发展的过去、现在和未来。来到柳侯祠，我在静默碑文前，感受到刺史大人抱负为民的荣耀。柳宗元曾任礼部员外郎，因参加政治革新运动失败被贬，晚年官居柳州，做了许多有益于百姓的事。穿行在祠中，恍惚又见到那位叱咤风云的文坛巨匠，饱经重重历史的凄风苦雨，穿越千年的时光隧道，衣袂飘飘，风尘仆仆地向我们走来。

在白莲洞，我深深体验“柳江人”的炯炯风采与厚重文化。千万年来，蜿蜒曲折的柳江就用她那甘甜的乳汁，不废万古地滋润着浇灌着这片张扬生命和钟毓灵秀的热土，孕育了灿烂夺目的柳州史前文化。壮族的歌、瑶族的舞、苗族的节和侗族的楼，堪称柳州“民族风情四绝”。

踏上游轮，我开始领略柳江两岸的流光溢彩。岸边柳树随风摇曳，清澈的河水衬托着两岸如林的街市，美轮美奂；柳江上一座座大桥，五光十色，桥风迥异，以不同的姿态点缀着柳江之美；临山有蟠龙双塔，一古朴一秀丽，如双剑插天，傲视苍穹；依山傍水，有人工大瀑布出水面宽几百米，落差十多米。事实上，这组人工瀑布飞落柳江，声势浩大，气势恢弘，实为罕见；江面的音乐喷泉，冲天水柱，炫耀光鲜，缤纷异彩。百里柳江，百里画廊，令人身临其境，如梦如幻，如在画中。

走进这座城市，融入这座城市，你会发现，是山给了这座城市以秀气，是水给了这种城市以灵气，舒适的环境给了人们生活的福气。这是一座底蕴深厚的历史文化名城：中国南方人类的祖先——“柳江人”的发祥地；唐宋八大家之一的柳宗元曾任柳州刺史；这是一片汉、壮、瑶等多民族聚居的和谐之地；这里“山青、水秀、洞奇、石美、林茂、草丰”。柳宗元诗中“岭树重遮千里目，江流曲似九回肠”，徐霞客笔下“千峰环野立，一水抱城流”，便是柳州最形象的写照。

柳州人自豪地对我们说：“柳州是工业城市中山水最美，山水城市中工业最强的城市。”

可谁曾想：从工业柳州到山水柳州、生态柳州、宜居柳州，这其中浸透着柳州百姓多少孜孜不倦的努力和永不懈怠的执著。为拯救家园、恢复良好的生态环境，柳州高举生态大旗，推进植树造林，播撒绿色希望，打造“城在山水园林中，山水园林在城中”的特有景象。

“既要经济发展，又要碧水蓝天”，柳州人以“开明开放、敢为人先、创新创业、自强不息”的精神，在发展中始终坚持“三个同步”：“工业发展与环境保护同步推进，宜居城市与国民经济同步发展，城乡人民生活水平与经济社会发展水平同步提高”，绘就山水美、环境美、形象美、气质美、和谐美。经过多年的坚持，目前柳州建成区绿化覆盖率达 40.37%，绿地率 35.08%，人均公共绿地 10.13 平方米，森林覆盖率达 64.4%，等等这些，都为我们东部发达地区提供了宝贵经验。

如今，柳江水面宽阔，两岸绿柳翠竹、群峰倒影、水波涟漪，漫步在柳州的大街小巷，幽雅别致的花园、绿树掩映的小区、层次丰富的绿化带、寓意深刻的雕塑……这样优美的景观几乎遍及城市的每个角落。

没想到作为工业城市的柳州山水竟是如此秀美，2006 年时任国务院总理的温家宝到柳州视察，称赞柳州“山清水秀地干净”，把柳江河称为“广西最大的品牌”。令我更为惊叹的是，据有关资料反映，当前世界夜景美丽度排名中，柳州已列美国拉斯维加斯和纽约、法国巴黎、中国上海之后。

没有记错的话，有这样一句话值得铭记：因为爱上一个人，爱上一座城。

这山，就是鬼斧神工的喀斯特石山，自然风光迤逦；

这水，就是“两江四湖”，满眼碧波绿水；

这城，就是桂林，山水甲天下和现代工业迸发的城市。

桂林是我们踏进广西的第二站。从柳州出发，有美景，有好心情，来到桂林，看到的那山那水那云都觉得她什么都是快乐的，像是一个欢快的小鹿。

桂林市是“五岭皆炎热，宜人独桂林”的风景旅游城市，以“山青、水秀、洞奇、石美”著称于世，素有“山水甲天下”之美誉，百里漓江“水绕青山山绕水，山浮绿水水浮山”，构成桂林山水的精华。市区千峰环立，一水抱城，景中建城，城中见景，城景交融，世所罕见。

我们到桂林时间正是 3 月，山水跟潮湿的空气一样氤氲，整座城都笼罩在一层层薄雾中。青山好似穿戴一袭轻纱，若隐若现，若即若离，让人有望穿秋水之感，勾起我一段往事。我 13 岁时考入一所重点高中，那天喜逢新生典礼，刚从桂林出差归来的校长，开口就是“桂林山水甲天下”，闭口就是学校要“桃李满天下”。后来，校园大兴木土，到处“小桥流水人家”，校长被批斗，说是搞封资修的东西，最后逼得他跳楼自杀……

也许有些阴影，我曾几次路过桂林，都没有勇气去直面桂林的山水。今天逢周末，当晚我就泛舟桂林“两江四湖”，在漓江、桃花江、木龙湖、桂湖、榕湖、杉湖上，那里“群峰倒影山浮水，无水无山不入神”，面对高高耸立的日月双塔金光闪闪，听说那座日塔是世界上最高的铜塔，也是世界上最高的水中塔，特别壮观。在那里，我深呼吸着那水的清新，深邃着那山的奇秀险美，仿如穿越到桂林最辉煌的宋代水上游，方才觉得“舟行碧波上，人在画中游”，难道这就是我儿时的梦境？

如此优越的地理条件，奇特的山水景观，丰厚的历史文化，共同构建了旅游名城的发展优势，是什么支撑桂林能赢得如此诸多的发展机遇？带着这个问题我开始埋头梳理——

翻开经国务院同意、国家发改委批复的《桂林国际旅游胜地建设发展规划纲要》，着实令我惊叹：一个区域旅游，在这里竟被上升为国家战略。桂林山水是广西乃至中国与世界交流的一张名片，也是桂林人的骄傲。《规划》把生态文明建设放在突出位置，要求把桂林建设成为“全国生态文明建设示范区”和“生态山水名市”。朝着这个方向，桂林连续 5 年环境质量在全国 46 个重点城市综合考评中名列第一，连续 6 年在我国内陆城市中名列第一，在长江中下游流域污染防治工作考核中名列第一，通过城市环境综合整治，广西成为首个国家级低碳试点城市。

用美丽拥抱世界，形成全方位、多层次、宽领域的开放格局。桂林是我国最早一批对外开放的旅游城市之一。早在 1979 年，就与日本熊本市结为友好城市，之后又与新西兰黑斯廷市等结为友好城市，与多个国家和地区建立了经贸联系。2011 年，世界旅游组织把桂林视为在亚太地区的前沿研究基地。同时，利用国际金融组织贷款，解决生态环境问题，创造了闻名全国的“养殖—沼气—种植”三位一体生态模式。

此外，两千多年的历史，又使得桂林具有丰厚的文化底蕴。据说在盛唐，桂林就有“小长安”的美誉，无数文人墨客趋之若鹜，以在桂林为幸，刻下两千余件石刻和壁书。鉴真和尚第六次东渡日本前，双目已经失明，仍到桂林栖霞寺休整一年，最终获得东渡成功。历史还在这里留下了许多古迹遗址，以及众多广为人知的故事和模糊的碑文，向我们佐证千年文脉郁结桂林。

桂林的山，平地拔起，千姿百态；漓江的水，蜿蜒曲折，明洁如镜；山多有洞，洞幽景奇；洞中怪石，鬼斧神工，琳琅满目，于是形成了“山青、水秀、洞奇、石美”的桂林“四绝”。记得小时候在语文课本曾读到过：“我看见过波澜壮阔的大海，玩赏过水平如镜的西湖，却从没看见过漓江这样的水。漓江的水真静啊！我攀登过峰峦雄伟的泰山，游览过红叶似火的香山，却从没看见过桂林这一带的山。桂林的山真奇啊！”

走在满是桂花树、榕树和枫树的小径，不知怎么来到白先勇小说《花桥荣记》中提到的花桥（又叫风雨桥），这里既有男女的风花雪月，也有爱情的生离死别。而在花桥不远处的浮桥（又叫解放桥），第三次回到故乡的梁漱溟，在桂林山水中不但找到性情的顿悟，而且还在这里收获了自己的爱情。甚至在他背井离乡的遗嘱中，仍叮嘱后人将一半骨灰埋在桂林。

“不愿做神仙，愿做桂林人”，一个值得托付终身的地方，可见不一般，这就是桂林山水的魅力啊！

如果有人问我桂林的灵魂是什么？我会斩钉截铁地回答：是山水自然风光。桂林找到了她自己这个灵魂，为此她没有在热闹喧嚣的虚幻中迷失自己，而是定力做足“水文章”。

在这里，水文章就是要做好环保文章，如果漓江的水质越来越脏，水位越来越低，水文章做起来肯定就没有根基。

在这里，水文章的核心是“上善若水”的自然文化和人文传统，当桂林不惜工本，不惜国外贷款、去保护环境、保护庄园时，无疑最后也保护了她自己。

所以，中国还有哪一座城市能像桂林一样，因山水而如此娇媚，因文化和民俗而如此独具神韵和魅力？

这也是人们意料之中的，当文化与山水相遇，在桂林这一绝色倾城中碰撞出激情澎湃的火花时，我仿佛也已在这里触摸到她肌肤的体温与一个伟大的灵魂。

这山，就是举世无双的喀斯特石山，重峦叠嶂，风光秀丽；

这水，就是人间仙境的漓江的水，烟云朦胧，碧水清清；

这城，就是旅游名地的阳朔，山水交融，世外桃源。

阳朔美景是山水赋予的，阳朔的歌是刘三姐传唱的。当阳朔人用动听的壮族山歌《世上只有藤缠树》告诉我爱情是什么时，我被惊住了。“连就连，我俩结交定百年，哪个九十七岁死，奈何桥上等三年”，这是多么优美的旋律，这是多么悲壮的歌词，这是多么坚贞的爱情，以生死相许，此曲或许天上有，人间只应在阳朔。

可以说，我到阳朔，不是旅游。然而，我的身心又深深被那里梦幻如诗的山水所吸引，陶醉在优美的自然风光之中。

满是山水风情的阳朔，那天风雨中我们从竹江码头上船。两岸奇山异石翠竹，中流碧水浅滩深潭，江面或窄或宽，山势迂回曲折，移船换景，变化万千。朝前远眺，层峦叠嶂，群峰林立，逆光时朦胧依稀，恰似瑶林仙山；回首后窥，又似美丽画卷，缓缓舒展开来，美不胜收。往江面，清流潺潺，清晰可见水中卵石和绿草。

一路景点甚多，像什么玉女峰、望夫崖、书童石、鲤鱼岩、田螺山，等等，形态各异。而“画山”的九匹马，则更多需要想象力和洞察力，让人有感自然之精妙。原以为，看过张家界的山，其他山就没什么看头了；看过九寨沟的水，其他的水也就平常了。没想到阳朔山与水的完美结合，竟是绝无仅有的。美中不足的是，阴雨中难见群峰倒映，天光云影。

是的，满是山水风情的阳朔，虽只是桂林山水一角，但是她传承着桂林山水甲天下的真、善、美。阳朔并非如长江三峡那般磅礴壮观，她带给人们的是一种如羞涩女子般的秀雅，那种让人毕生都难以忘怀的美。

那日登岸，阳朔在春暖花开时节里，菜花已黄，一座座平地拔起的山峰，有的宛如平地忽然冒出来的大蘑菇，有的如平地钻出来的大竹笋，还有的好似从天外飞来的神女，身材修长，亭亭玉立，含情脉脉。偶然见到几峰相拥，宛如几位神女惊喜地簇拥在一起翩翩起舞，玩耍在如梦如幻的瑰丽山水之间。她们的裙裾多褶皱，被葱绿的草木浸染之后，如烟如黛，像水墨染晕的部分，朦胧如画，令人恍若步入了神话世界。正如唐代诗人沈彬说："陶潜彭泽五株柳，潘岳河阳一县花。两处怎比阳朔好，碧莲峰里住人家。"阳朔分明是一个"江作青罗带，山如碧玉簪"的山城，一个"游山如读史，看山如观画"的乡趣城。

我要申明，阳朔不纯粹是一个观光的地方，比如说在这里还可以攀岩，正因为它的山很独特，很有魅力。现在阳朔已成为全国最大的攀岩基地，光国外的攀岩俱乐部这里就有几十家，阳朔已成为攀岩爱好者的乐园。

当然阳朔山水之美，我以为是与刘三姐的歌艺之美的结合，这自然又归功于《印象刘三姐》了：渔家的灯火，渔家的歌炊，渔夫乘着渔舟风追浪逐，鱼鹰的敏锐与捕捉，还有渔人、鱼鹰、渔舟的和谐。而这一切都以中国红为背景，红得如渔家灯火，红得如"三姐"在金色月光中起舞，这都是阳朔渔人的生活，有一种清水出芙蓉，有一种悠然的洒脱。

不可否认，阳朔还是一个欠发达县域，与全国大多数县市最大不同的地方，人们一定会说老天对阳朔赐予那么多的好山好水。但当我与阳朔官员或百姓接触后，我发现阳朔不只是山有多青，水有多秀，歌有多美，而是阳朔肯花力气，善待这些生态环境。

于是，当阳朔向国外举债，当阳朔率先建设"清洁乡村""生态乡村""宜居乡村""幸福乡村"，当阳朔竭力守护老天恩赐的这份宁静、祥和，打造自己永远一种处事不惊的美丽时，也许这才是山水以外赋予阳朔人特有的，也是时下罕见的宝贵精神财富。

如果说桂林山水甲天下，那么可以不客气地说阳朔山水"甲桂林"。阳朔的厚重在于，既书写这个自然世界的优美和谐、风姿神韵，也抒发人类对于大自然保护的一种责任，尤其强化大气、水和土壤污染的治理。

想起贺敬之的诗话，在这个春风桃李盛开的地方，我说，下回一定要带着爱人去，聆听那美丽的爱情故事，探究那青春不逝的底色：

云中的神啊，雾中的仙
神姿仙态桂林的山
情一样深啊，梦一样美
如情似梦漓江的水
水几重啊，山几重
水绕山环桂林城
是山城啊，是水城
都在青山绿水中

第二章　又听到乡间曲调

漫步古镇街巷，仿佛可以听见几百年前悠扬的笛声。这里的人们至今说着保留较为完好的古声方言，穿越百年时光隧道，静静地诉说着流淌的历史。在镇上百姓的生活中，当下仍能体会到那一份闲适与安逸，徜徉在古典园林、历史街巷，远处的古刹依旧诉说着昆曲遗韵。

一个有戏的地方

问天，暗自神伤，何时拍雅曲，明月度新声？
问地，潸然泪下，何方佳人在，良宵觅知音？
——杨守松

前些日子，到昆山参加长三角的省市外资工作会议，得知昆曲是从这块富庶土地崛起的，原来昆曲的前身，源自“昆山腔”，是一种民间曲调。明朝中叶，魏良辅集南、北声腔之长，加以改造，使“旧声泛艳”形成了一种新的唱腔，即当地人喜好的水磨豆腐发出的“水磨腔”。

对不喜爱戏曲的我来说，这些无疑都是对牛弹琴。因为我从小，总是听到爷爷的唠叨：“人间最苦的工作是‘行船打铁磨豆腐’，但再苦也别去唱戏。”可能受“唱戏低人一等”的旧习影响，家人让我从小远离戏曲。没有想到，如今昆山竟用“昆曲搭台，外资唱戏”，干出了一番惊天动地的大事业。

1

如果我没有记错的话，应是在公元 1543 年，这是昆曲发展史上非同寻常的一年。这一年，魏良辅写成了《南词引正》，确立了昆曲的正式地位。同一年，昆山人梁辰鱼创作完成了《浣纱记》，第一部专门为昆曲创作的传奇作品诞生。昆曲传奇的问世，加速了昆曲作为一个剧种的形成。

时至万历年间，家庭昆班开始大量涌现。在江南园林中，一个个昆曲舞台被搭建起来，点点滴滴的戏曲元素加入进来。配器从简单到齐备，表演从无到有，行当从少到多，舞台从简陋到富丽堂皇，昆曲最终“粉墨登场”。大师们压根没有想到六百年后，本土昆曲可以成为招商引资的法器。

此时，我想到台湾作家白先勇，因为他是昆曲行家，我第一时间向他求证。白先勇告诉我，他的小说《游园惊梦》就是受昆剧《牡丹亭》启发而作。白先勇对昆剧艺术一往情深，用他的话说，“做了二十多年推广昆剧的‘义工’”。近年来，他更热心向年轻一代介绍昆剧，经常在港台地区与昆剧艺术家合作，作公开演讲。他制作的青春版《牡丹亭》，是对昆曲的又一种创新。

白先勇先生的故事，让我慢慢明白：他努力吸收西洋文化，融合到中国传统的昆曲中，描写出的新旧交替时代的风流人物，深含历史兴衰和人世沧桑感，除了弘扬中国昆曲这一国粹之外，正是为大陆与台湾搭建了另一种桥梁啊！

昆曲这枝兰花，在百花齐放的大环境下悄然绽放。浙江昆苏剧团排演的新编昆曲《十五贯》正式在北京的广和剧场上演，《人民日报》竟然为此发表了社论《从“一出戏救活一个剧种”谈起》。这篇社论的发表，正式宣告昆曲的发展已经进入了一个新的历史时期，无疑也是昆曲发展史上浓墨重彩的一笔。各地的昆曲演出团体也纷纷成立。

后来，遇上特殊时代的暴风骤雨，几乎将昆曲这枝兰花连根拔起，但昆曲挣扎着、顽强地活了下来。曾几何时，昆曲仅是中国文人雅士的一种生活方式，一如唐诗对于唐代文人士子的影响。唐诗在当时是有强大的群众基础的，而昆曲呢，只依托于文人及士大夫阶层，只在梨园行和戏迷朋友中流行，不能不说是悲哀！

直到 20 世纪 80 年代初，在苏州举行的江浙沪“两省一市”昆剧会演上，国家首次提出了昆曲工作的八字方针：保护、继承、创新、发展。国家、剧团和民间的曲社几股力量共同推动着昆曲的复兴。自此以后，昆曲，这笔古老而又年轻的文化遗产，才真正把过去和未来、世界和中国紧紧联系在一起。

说到这里，我要提醒人们：如果说戏曲是艺人创造的，那么昆曲就是文人创造的，是多个有深层次文化修养的人化合而成的。看来不能把昆曲简单归为戏曲，应当从更高的层次对待。

譬如发声音色，东西方各有千秋。西方的美声唱腔之所以好听动人又能流传久远，是由西方高大人种决定的，毕竟人家长有高高的鼻梁，有浑厚的音色，发出的声音肯定高亢、挺拔，有立体感。而东方人长得纤细娇小，发出的声音必然莺声婉转，余音绕梁，更像是涓涓细流源远流长。而昆曲能把东方人这种美好声音表现得淋漓尽致，这个流传了六百多年的戏曲艺术文化就这样走到了今天，连外国人都钦羡我们的艺术瑰宝，而我们自己却陌生了不少。

庆幸戏曲无国界，文明不分前后，而且文明都是平等的。2002年，昆曲被联合国教科文组织授予中国唯一的人类口头非物质文化世界遗产。至此，昆曲这一中国戏曲里的阳春白雪，作为一种高雅艺术，其超然，其高雅，让水磨腔脱去凡间烟火。

就在我沉醉于昆曲之中时，曾从遂昌山里来我单位挂过职的小李突然来电，盛邀我去遂昌的石练镇欣赏汤显祖文化。原来四百年前，昆曲剧作家汤显祖曾任遂昌县令五年。在遂昌，他不仅有班春劝农、兴教劝学、传授昆曲、纵囚观灯、打虎除害等作为，深受百姓的爱戴，而且还创作了他视为一生最得意的名著——《牡丹亭》。

我们知道，在昆曲艺术达到鼎盛之时产生的《牡丹亭》在当时就已经成为中国文学和戏剧的不朽之作。作者汤显祖和英国的大文豪莎士比亚一样，都被公认为是世界上最伟大的戏剧家之一。在这两个东西方戏剧家身上有着太多的巧合，莎士比亚的《罗密欧与朱丽叶》和汤显祖的《牡丹亭》都被视为世界文学宝库的瑰宝。因昆曲而生的昆曲传奇最终超越昆曲本身，为中国戏曲的传承和发展提供了一批最为经典的剧目，并成为中国人乃至全人类的宝贵精神财富。

那天，姹紫嫣红四月天，多情最是《牡丹亭》。当地人为了表达对曾在遂昌担任“老县长”的汤显祖的怀念，万名百姓齐声吟唱昆曲《牡丹亭》——“原来姹紫嫣红开遍，似这般都付与断井颓垣。良辰美景奈何天，赏心乐事谁家院?”清丽婉转的唱腔，风情万种的演绎，让我近距离感受到了一番别样的昆曲文化韵味。

如今石练已成为国家级非物质文化遗产“昆曲十番”的发祥地，是国家级非物质文化遗产“班春劝农”的重现地，有着农民狂欢节之誉的“七月秋赛会”渊源所在，浙江省春节特色文化艺术“石练台阁”起源地。那里庙宇错落，宗祠林立，牌坊历历。

四百年前，汤显祖在这一班春劝农；四百年后，“新汤公”籍此重图宏略。四百年来，昆曲演唱早已成了遂昌当地老百姓喜闻乐见的文化活动，无论是田间车间，还是大街小巷，百姓放下锄头、放下工具、解下围裙，马上就会哼起昆曲，这是令人始料未及的。

我手头有一本加拿大人史凯蒂在二十年前研究《牡丹亭》后写成的一本《牡丹亭》演出史的专著，包含了在中国的演出史，在海外的演出史，以及改编成歌剧版的演出史。后来，我还补看了青春版的《牡丹亭》，让今天的观众为四百年前的梦境感动，剧中的至情超越了不同政见，不同人群，不同年龄以及不同时代。一代又一代国人，在感时伤春时，仍然喜欢轻叹一声：“如花美眷，似水流年。”说的是戏中词，道的是人间情。

回头看昆山，谁又会想到这里诞生了曾经风靡全国的昆曲呢?

美的东西，人人都会喜欢，国学的美，昆曲的美，使国人的自信力被西方文化冲击得四处逸散的时候，又慢慢凝聚起来。现在国学回暖，昆曲回春，我们的文化复兴还有多远呢?

或许每个民族都有一种高雅精致的表演艺术，深刻地表现出那个民族的精神与心声，希腊人有悲剧，意大利人有歌剧，俄国人有芭蕾，英国人有莎士比亚戏剧。他们对自己民族的“雅乐”都引以为傲。我们中国人的“雅乐”是什么？现在要我回答：“非昆曲莫属！”

在浙江遂昌,不少人都误以为那里是昆曲发源地。我这次在昆山的最大收获是证实昆山是昆曲的发源地,而且发现了诞生于明朝嘉靖年间的昆曲,虽说只有六百多年历史,可谓中国戏曲的“百戏之祖”,中国人的音乐韵律、舞蹈精髓、文学诗性和心灵境界,尽在昆曲之中。

我从一本叫《寄畅园闻歌记》的书中查阅到:“南曲盖始于昆山魏良辅……而同时娄东人张小泉、海虞人周梦山,竞相附和。”在昆曲界大名鼎鼎的魏良辅,正是在当时属于昆山管辖的太仓的一幢小楼上,十年没有下楼,潜心研究,最终将江南小调昆山腔改造成形制规整的雅乐。这一雅乐受到了公侯缙绅以及富裕人家的欢迎。昆曲问世以前,他们“凡有宴会、小集,多用散曲,或三四人或多人唱大套北曲;若大席,则用教坊打院本……后变而尽用昆曲”。

可见,魏良辅十年用心,改造昆曲,其目的很可能和贝多芬、斯特劳斯们一样。当然,作为作曲家,他也成功了。

在昆山,我极力寻找魏良辅那幢大名鼎鼎的小楼,但一直没有找到,好在位于昆山境内的玉山还在。元朝末年,昆山人顾阿瑛创建玉山草堂。这座草堂有 24 座亭馆,园池亭榭声伎之盛甲于天下。其实,这里是一个唱曲的沙龙,当时的名士杨维桢等是玉山草堂的常客。

正是他们的诗酒唱和、歈皆雅音、座无杂言,才使得昆曲最初的形态露出端倪,也给魏良辅改造“昆山腔”提供了素材。当地人告诉我,在昆曲创作领域有三大流派:

一个是以《牡丹亭》《邯郸记》《南柯记》《紫钗记》饮誉剧坛的江西临川人汤显祖,这四部剧被称为“临川四梦”,后来学习汤显祖写作技巧者形成了临川派。

一个是吴江派,吴江派的代表人物是冯梦龙,大家都知道他是中国古代图书出版界最著名的编辑,有《三言二拍》流传至今。《三言二拍》的许多故事正是冯梦龙亲自改编昆曲剧本的好材料。

还有一派就是昆山派。昆山派的代表作是梁辰鱼的《浣纱记》,讲述了西施作为“间谍”帮助越王勾践复国的故事。也许是因为昆山魏良辅潜心音律，带给昆山派的创作影响，昆山派讲究文字的工整华丽，想尽一切办法把昆曲的各种构成要素推向极致。

3

为了倾听到字正腔圆的“昆山腔”，我还利用周末，走进当地一个叫千灯的古镇，那里的居民住宅缘河而筑、临水而居，驳岸列排、河埠成市，至今仍保留着“水陆并行”“河街相邻”的棋盘式格局。那里的河道当年曾停泊着大大小小的船队，都是唱昆曲的江湖戏班。

那绵延数公里的千年石板街，宽度最长的也不足两米，狭窄的空间，两人遇到须侧身而过，堪称为江南古镇中保存最长、最完整的石板街道。行走于古街窄巷石板之上，两侧楼宇挑檐而出，小楼相依，形成江南古镇“足踩青石板、头顶一线天”的特有风貌。

这个小镇，据说有着两千五百多年悠久历史，在这里我见到了昆曲鼻祖顾坚的故里，“流丽悠远，出乎三腔之上”的昆山腔便始于此，被著名昆曲评论家白先勇誉为“昆曲仙乡”。顾坚纪念馆坐落在古镇棋盘街转弯处西侧，环境非常幽静，这是清末民初建筑风格的庭院，有一个用石板铺成地面的小天井，两侧各种一棵石榴树，古人寓意多子多福且四季常青。门楼正中砖刻着“四宜小筑”四个醒目的大字，此地是一个宜奏丝竹、宜听评弹、宜唱昆曲、宜品香茗的幽静之地。顾坚，作为南曲专家，作为“昆山腔”的代表人物、昆曲的鼻祖，是千灯的骄傲！全馆以昆曲为中心，以历代各种戏剧人物为展品，表现中国戏曲发展史。此刻，历史在昆曲中幻化为瞬间。

漫步古镇街巷，仿佛可以听见几百年前悠扬的笛声。这里的人们至今仍说着保留较为完好的古声方言，穿越百年时光隧道，静静地诉说着流淌的历史。在镇上百姓的生活中，仍能体会到那一份生活的闲适与安逸，徜徉在古典园林、历史街巷，远处的古刹依旧诉说着昆曲遗韵。

昆曲对于中国人来说，真的是有一种挡不住的诱惑。她之所以既得到墨客骚人的喝彩，又得到贩夫走卒的激赏，是因为其音乐来源既有古典的雅乐，又有流行于市井乡村的俗曲，不同阶层、不同身份的人，都能从中得到让自己快乐的音调。从这个意义上来说，昆曲是华夏民族真正的声腔。

先前爷爷要我远离戏曲，一定不是冲着昆曲，可能他不忍后生沉浸古戏的苦煎吧。从昆曲的前世今生里，探寻民族艺术形成、发展、生存的土壤，在昆曲的大美至美中，重拾中华民族传统美学，重树中华民族传统自信。在“花雅之争”中节节败退的昆曲，香火并没有从此熄灭，它的传承和如今重返舞台的光辉，使得这门古老的艺术更显珍贵。

在昆山想看看和昆曲有关的内容，除了在昆山昆曲博物馆看得到今人仿制的古戏台，还可在周庄古戏台观看苏州昆剧院的演出。而和周庄有关的昆曲剧目《聚宝盆》已经失传了。人们到周庄沈厅，想象着当年周庄最大的财主沈万三是何等有钱。而《聚宝盆》讲述的则是洪武皇帝朱元璋怎样将沈万三的油水榨干的故事。我边看边流淌着激动的泪，想不到爷爷让我别学“戏”，在那些濒临消失的文化背后，掩藏着多么博大精深的瑰宝啊！

我还专程跑到昆山博物馆，平生是第一次翻阅昆曲剧本。不看不知道，一看才知昆曲字字锤炼、句句生香。兼有散文、方言和诗歌，散文及方言主要用于人物对话或独白，诗歌主要用于歌唱。昆曲音乐的旋律美妙婉转，以优雅的风格受到文人和士绅阶层的欢迎。与这种音乐相适应，昆曲的唱词也充满了动人的诗意。从戏曲的表演上说，昆曲的特色是熔歌、舞、诗、画于一炉，风格优美、舞蹈性强、极富感染力。即使没有布景、道具，光凭演员表演，也能扣人心弦，引人入胜。昆曲以后各剧种的诞生都汲取了其精华的成分，所以诗歌和音乐构成昆曲的灵魂。昆曲被誉为“百戏之祖”，当之无愧。

可惜，今天的人们少了“家家收拾起，户户不提防”那个时代的从容与纤细，昆曲舒缓的节奏、迤逦的曲调似乎已不适合现代人快节奏的生活。正如《中国的昆曲艺术》一书中所说：“昆曲中没有现代人的嗔喜怨怒，它实在也不必有这些东西，要到它那里寻找现代的感觉，本身就是一种误解。我们应该有的态度是，不一定要强求昆曲来适应我们，它就是在展示当时整个社会文化精英倾注着的人生理想和文化追求，那是值得我们礼遇和尊敬的。”

当“慢活”的概念，重返人们的脑海，人们开始讲究回归自然，享受宁静。记得于丹说过：“有多少人在这个世界上寻寻觅觅，寻找自己的真心所依，终其一生不得结果？”在这个什么都“快餐化”的时代，职业不一定代表自己真正的梦想，婚姻不一定代表发自内心的厮守终生，每个人在这个体制化的世界像行尸走肉般忙碌着，灵魂终究找不到托付。

昆曲中的闲适安逸也许不属于我们，因为我们的情感中有太多的粗糙，但昆曲中那种诗化的意境是每个现代人都为之心驰神往的。所以当昆曲重返舞台，生活在喧嚣中的人们便渐渐乐于去倾听昆曲那悠扬婉转的声音，体会那样一种“静听苹果花开，细数桂花声落”的细致心境，品悟人生至情至性。

在昆山，在舞台，在心底，我们一起醉心于古老的艺术和现代的文明。“昆曲是中国梦的一个符号，一个图腾，一个折射政治、经济和文化起落兴衰的标志。”

在昆山，我终于听到了“昆曲搭台，经济唱戏”的故事。早些年，昆山人听说有几个台商到了上海，他们从机场就开始接了，接了以后台湾人根本不理他们，然后就住到酒店里去了，这些昆山人就等在外面，一等就是一个晚上，就在酒店的门前，也没住进去，没有钱，那个时候酒店也不能随便住。等了一两天，这些台湾人也不理他们。为什么？因为他们要在上海投资，不在昆山投资。然后再等，台湾人天天喝酒，一喝就喝到两三点，这些昆山的引资干部就等在那个地方，一直等到让他们感动，说一定要到昆山去看一看为止。当台商到了昆山以后，还不相信，昆山什么啊？什么都没有，上海多好啊，要什么有什么，昆山那个地方要路不通，要水电没有，说给你办个工厂吧，这片地给你，什么都没有。昆山说你再过三个月来，环境什么都给你做好，台湾人听听而已，不相信。过了三个月过来，一看全部做好了，要电有电，要路有路，什么东西都给他们准备好了，晚上又搭台唱昆曲。台湾人就这样被感动了，把自己的钱放在了昆山。

我仍记得，当年靠贴牌生产上海金星电视和凤凰自行车的昆山，改革开放后迅速成为中国制造产业的明星城市，拥有令人羡慕的物质条件。也许这一切本身和昆曲无关，虽然这些年来，昆山努力借助“昆曲”打造它的文化形象。

这个让中国人为之翘首的地方，确是另一种意义上的“人间繁华地，温柔富贵乡”。几条主要街道的空气中隐约飘散着台商身上浓重的香水味道。几百年前，昆曲繁荣的时候，这里也曾充满着脂粉香。

当地作家杨守松，得知我来昆山，第一时间送来他的新作《大美昆曲》，从江浙沪到京湘，从两岸四地到美国欧洲，不拘一格，随手拈来，由经济昆山的报告转至文化昆曲的大写。

是啊，繁忙喧嚣的生活里，人们铆足了劲儿埋首打拼，最容易忽略的，往往是自我的心灵。当一个人邂逅古典昆曲，得到的，是浸润心灵的土壤；当一个城镇邂逅古典昆曲，收获的，是文化与经济成长的空间。

当然，邂逅需要等待，更需要创造。不论是降低门槛把观众“请进来”，还是放下身段主动“走出去”，种种尝试，都是在降低昆曲高雅艺术的飞行高度，使之成为大众皆可便利享受的公共服务。

当昆曲艺术主动触碰大众，它便不再是空泛苍白的概念。人们一睁眼，就能在身边发现活生生的昆曲艺术之美，城镇也由此跃动起丰富多彩的文化脉搏。闻着守松兄的墨香新书，我暗暗发笑，仿佛这是昆山人印发的招商引资文本。

六百年的昆曲，两百年成形，两百年辉煌，两百年衰颓。那是从昆山，飞流直下瀑水，激荡出的文辞美、声腔美、身段美、服饰美、水袖舞蹈美……

高雅艺术的昆曲终于从往日被搁置的殿堂走下来：在雨丝风片，断井颓垣，残梦一线！已不再是杜丽娘游园、惊梦、寻梦、离魂、回生、圆驾。

难怪昆山青春不逝，昆曲大美无疆，又因这真是一个有戏的地方！

牂牁的崇拜

江南千条水/云贵万重山/五百年后看/云贵胜江南!

——刘基

第一次去西南边陲的贵州,飞机上有人告诉我两个成语:夜郎自大,黔驴技穷,让我猜一个地名。

考虑有一个黔字,我断定是贵州。而对夜郎指何地,我是后来知道的。战国时期,贵州把牂牁国改为夜郎国。据说古老的夜郎文化,有如河南的中原文化,河北的燕赵文化,山东的齐鲁文化,江浙的吴越文化,两湖的荆楚文化,两广的南越文化,四川的巴蜀文化,有着灿烂悠久的历史。有关贵州的成语,带有明显贬义。但作为一种调侃,一种戏语,一笑了之,倒也无妨。

记得《史记》中有这样一句话:"夜郎者,临牂牁江,江广百余步,足以行船。"现在我才忽然大悟,夜郎古国的牂牁江与我所在江浙的吴越方言,一脉相承。在吴越古语里"牂"指男根,"牁"指柱状之物,也喻男根,那时的原始初民祭祀祖先神灵,必要先拜一拜"牂牁神柱"。前不久,我在绍兴还见到众多"云石"的牂牁神柱遗物。在我祖籍的扬州老家一带,旧时还流传着无嗣妇女"偷桩"求子习俗。看来,贵州与江浙一带都遗留着原始初民生殖崇拜的底蕴。

夜郎古城和吴越的民俗信仰相似,使得贵州和我老家的距离一下缩短了,相互交流切磋自然要投机和方便得多。

飞机在贵阳上空盘旋，我从机舱窗口俯视，只见一片云雾笼罩了整座城，“不见庐山真面貌”，令我很扫兴。

谁都知道，高原能见度高，常常是万里无云，一目千里。尤其在西藏坐飞机，整个天穹都不见云层，蔚蓝的天像一只锅倒扣着，人在机上不管处于什么高度，都能清晰地见到地面。

看来贵州高原与西藏高原不好比较，难道这就是浙江大学人文学院院长金庸先生告诉我的，贵州是充满了苗女放蛊、鬼魅丛生的地方？

直到飞机进入跑道，我那颗悬在云海里的心才踏实下来，这里是贵州近年刚刚开通的龙洞堡国际机场。龙洞堡，位于一个削平的山头上，在淫雨霏霏的机场周围，我既未见到龙洞也未见到堡垒，一个神秘兮兮的名字。

走出机场，沿着蜿蜒的山间大道向城里进发，丘陵峻岭，此起彼伏，很不平坦。贵州人将山间的盆地称作“坝子”，坝子和高山相间，大起大落，坐落在崇山峻岭间坝子上的贵阳城，坝子突出了四周高山的惊险与峻美，山头躲进云雾中，形成烟波浩渺，让山城更加清新秀逸，景色如画，可谓山随画活，水为诗留。据说古往今来，众多文人墨客专挑水雾漫天之日，到贵阳喝酒作诗，“波间塔影双双出，雾里帆影一一生”，说的就是这里。

多雨的贵州，在我几天的活动时间里，天天都碰上了，让我不知道贵州的晴天该是什么滋味。潮湿多雨的气候，使贵州人有“食不可一日无辣”之说，贵州人对辣椒的酷爱，可以说到了疯狂地步。黔菜中仅辣味就有麻辣、酸辣、香辣、糊辣、糟辣等之分，辣味吃得多了，就连贵州人的爽直也透着几分辣气。这些年，最让人事部门恼火的是，贵州人纷纷演绎“孔雀东南飞”的故事，可到了异乡，“孔雀”们又纷纷念旧贵州的好日子，说夏无酷暑，冬无严寒，连那恼人的细雨也演绎出许多动人的故事。

对于江浙人来说，总是难以承受贵州那种如雾雨茫茫的辣味，所以我到了贵州，每餐饭都讨饶，吃怕辣，怕吃辣，辣怕吃。有趣的是明代著名哲学家兼教育家王阳明，这位从江浙来的才子，独喜贵州这里满地的辣味，内地忍气吞声夹着尾巴做人被磨钝的个性棱角，在贵州辣的呵护下得到伸张。有一次，王阳明来到贵州黄平桥城东的飞云崖，在崖间发现有一巨型的奇特穹隆，壁立十数仞，檐垂百尺，覆如华盖，其上垂珠滴乳，状若小尖椒，引得王先生诗兴大发，他在《月潭寺公馆记》中道："天下之山，萃于云贵，连亘万里，际天无极……惟至兹崖之下，则又皆开豁，亦皆徘徊顾盼，相与延恋而不忍去。"

后来，有人把通往滇黔和缅甸的古驿道，修到飞云崖前，引来众多官员、使者和商旅，络绎不绝。凡过此者，都感王阳明的盛赞名不虚传。清代鄂尔泰手书"黔南第一胜景"，勒于大门之上。林则徐在虎门海滩一把火烧光鸦片，给洋鬼子当头一棒，凯旋归来的道上，恰逢过飞云崖，面对林木蓊郁，景色幽美，林先生是人逢喜事精神爽，借黔辣诗兴大发：

老山出山蹑山魄
飞入九天化为石
天惊石破云倒垂
欻起悬岩一千石
岩头古柏森青青
岩底清流鸣泠泠
行天日月不到此
重阴欲雨无时晴
云耶石耶谁得名
但见万窍开玲珑
夜半仙风倘吹散
仍恐变幻归青冥

中有古佛立亭亭
苾刍合十朝讽经
催落山泉作钟磬
秋色满岩云有声

以后每逢“四月八”这日，方圆数百里百姓纷至沓来集会，或吹奏芦笙，或跳花歌舞，或赛牛斗鸟，人们借辣发泄，抖尽贵州人的泼辣。

向有“地无三尺平，天无三日晴”之称的贵州，因多山日照短，黔地往往终日笼罩在浓浓云雾之中，因此火辣辣的阳光对贵州显得格外珍贵。但多云雾的山城贵阳又不似雾都重庆，虽也多阴天，但又无火辣重庆的酷热，红辣椒般的红土高原，气候反倒更加清爽宜人，这就是雾中的贵州。

小时候，从外婆手中的烟壳上知道有种叫“黄果树”的香烟，“飞流直下三千尺”的大瀑布，深深吸引了我。之后每当有人提及贵州山水，我都斩钉截铁地说：“不就是有个黄果树瀑布嘛。”

因为在我心目中，江浙雁荡山的大龙湫瀑，那才叫风光呢。从近两百米高的连云嶂奔腾直下，气势十分壮观。明代徐霞客写道：“龙湫之瀑，轰然下捣潭中，岩势开张峭削，水无所着，腾空飘荡，顿令心目眩怖。”雨季水多时，“六龙卷海上霄汉，万马嘶风下雪城”。清人袁枚说得更绝：“龙湫之势高绝天，一线瀑走兜罗棉，三丈以上是珠帘，五丈以下全是烟。”

所以这次到贵州，我仍大说特说江浙一带的瀑布，友人提醒我别小看贵州。

这天一大早，我坐车前往黄果树，路上走了约两个多小时，找到一个叫镇宁布依族苗族自治县的地方，由县城向西南再行十来公里，有一条河，从山峦重叠的山腋中泻崖直落，水势汹涌，波浪滔天，流经黄果树地段，因河床突然断落而形成九级瀑布，成为世界罕见、中国唯一的喀斯特瀑布。原来我以为黄果树瀑布周围一定有很多黄果树相伴，结果什么也没见到。现在看来，江浙的瀑布仅是“牂牁柱”状的一束，难与黄果树铺天盖地的大瀑布相抗衡。

数十里外，我就听到黄果树瀑布翻江倒海的轰鸣声，瀑布扬起的蒙蒙“细雨”，让周围的山村全都埋没在烟雾朦胧中。

走近黄果树瀑布，数十米宽瀑布，从近百米高层崖之巅跌落，如高速织机中吐出的一匹匹白丝布，排山倒海直泻而下。飞瀑跌落处掀起“轩然大波”，像炸弹爆炸，浪花四溅，水珠轻扬蒙蒙“细雨”，直冲云霄，水汽翻腾。起初我用伞挡“雨水”，结果身上还是让瀑布扬起的绵绵“细雨”淋湿了，忙改用雨衣才勉强抵住。突然，我见那随风飘洒的“淫雨”，经阳光折射，化作一道彩虹，五彩缤纷，美不胜收，成了峡谷中一道亮丽的风景线。

我发现黄果树大瀑布由顶潭瀑布、水帘洞和潭脚组成，瀑布因观赏的方位和角度不同，呈现千姿百态状。我在翻阅《徐霞客游记》时，见到徐先生对黄果树瀑布有这样一段描述：“珠帘钩不倦，匹练挂遥峰，俱不足以拟其壮也。……高峻数倍者有之，而从无此阔而大者。”

读后让人拍案叫绝，明显感到徐霞客对黄果树瀑布的称道比对大龙湫瀑的赞赏要老道得多。遗憾的是，我注意到徐霞客仅是从瀑布之上俯视，没有走到瀑布之下仰观，也许那时还没有路。现在好了，可以从上、下、左、右、前、后六个方位观赏瀑布，每个角度都给人迥然不同的感受。顶潭位于瀑布之顶，形似一蚌壳仰卧，由上游跌水冲刷形成，成为黄果树大瀑布的水头。潭脚由瀑水从高处泻吐冲刷而成，潭水呈墨绿色，水珠凝成的水雾在潭面终年不散，构成了一幅泼墨的水墨画，煞是好看。远古时期，据说有犀牛常常出没于此，潭脚又被称之犀牛潭。传说，吴三桂兵败路过这里，曾沉宝于犀牛潭中，至今在这深不见底的潭中，到底留有多少珍宝，恐怕一时谁也弄不清。

在瀑布飞落处的后面，有一长达上百米的神秘崖廊洞穴，我见洞前立了块“水帘洞”的石碑，钻进洞内，通道很狭窄，有些地方人要低头才能过去。洞内光线还可以，因为通道有好几个不规则的洞口伸向外面，把光线引了进来。从这些洞口能看到飞流直下的瀑布，但已不见大瀑布的惊心动魄气势，而是由若干个小水帘组成秀丽、清爽、娟美、妩媚的小瀑，听说电视剧《西游记》中的许多镜头，曾在水帘洞拍摄。昨天，我参加了一个会议，恰巧碰上到会的原浙江绍剧院院长六龄童，这位在50年代就主演过电影《孙悟空》的演员，我问他有否到过黄果树，他说："没有。我的三儿子六小龄童到黄果树水帘洞参加过拍摄。听他说，那里的水帘洞真漂亮。"已是77岁的六龄童，非常惋惜没到过，但他还是乐呵呵地说："有生之年，我一定要到黄果树水帘洞，大闹一次天宫。"应该说，贵州有如此鲜活神奇的水帘洞，让人宛如进入到一个神话的美妙境界。

通向黄果树大瀑布的古驿道上，有早年修建的古色古香的观瀑亭。有人告诉我，明清时期此处建过望水亭，但后毁于兵燹，望水亭只图个虚名。对此我不敢苟同，因为从《徐霞客游记》中得知，至少他来这里时还没有望水亭，假如有，他留下的诗句可能会更美。好在现在有观瀑亭替代了传说中的望水亭，使此亭成为观看黄果树大瀑布最佳落脚点。至今亭上还留有名联一副：

白水如棉不用弓弹花自散
红霞似锦何需梭织天生成

读后，让人在惊心动魄中，萌生一种崇高壮丽的美感。

瀑布下游的景色也毫不逊色，荒古的通天河，奇妙的水上石林，惊险的天桥，令人叹为观止。我原以为黄果树仅一个大瀑布，岂料周围处处是景，构成瀑布成群、洞穴成串、星潭棋布、奇峰汇聚的世界罕见的自然景色。当地人无不自豪地说："这里无山不洞，无洞不奇，无树不榕，无榕不荫。有水皆成瀑，足石总盘根。寨多石头赛，城有石头城。左手拎芭蕉，右肩挎黄橙。相逢毋须问，十九布依人。"遗憾的是我没有过多的时间来一一考证，但黄果树瀑布作为举世无双的自然文化遗产，是任何人都无可非议的。

3

贵州几日,我徜徉在古牂牁江畔,感受到了夜郎古族的辉煌。作为一个多民族的贵州,成了苗、布依、侗、彝、仡佬、土家、水、回、壮、瑶等民族的大家族,这里的苗家村落、布依山寨、侗乡鼓楼、吊脚民居、土司古堡、三合小院、竹桥铁索、庙殿亭台、巫师祭坛……众多别有风光的民族景观,令人刮目相看。更有那奇特的民族节日,醉人的酒文化,悦目的蜡染和刺绣,动听的铜鼓与芦笙,粗犷的民族舞蹈,奥秘的傩戏和跳神,如痴如醉的跳月及浪哨……说不尽的独特风土人情,展显出这片土地民风的悍勇、慷慨、诚实和古朴,把人与自然连接得天衣无缝,领略到一种充满原始生命的乡土情调。

在这片红土地上,我始终顺着那条苍茫古老的历程向前走,感到没有任何一段际遇可以省略,没有任何一种心情可以超越,凡留在这一历程中每个阶段上的人,都会为诠释着这个民族某个年纪上不可替代的一种心态而去。我怀揣着这样一种心情,抓紧在贵州不多的时间,全身心地融入到民族激情中去。

那年浙江余姚人王阳明,在任南京兵部主事时,为了营救被害百姓,仗义执言,话中贵州辣味很浓,触怒了当地那位专横跋扈的阉臣。阉臣哪里受得了这种辣气,一个指令,把王阳明派发到贵州的穷山恶水沟中充军,仿佛是说,你王阳明不是喜欢贵州辣吗,那就成全你,让你享个够。

王阳明在这插翅难逃的深山老林中,过着与世隔绝的生活,好在随身带有几本书,整日有书相伴,小日子也过得不错。慢慢地,有猎人得知深山中有一个孤老头,一传十、十传百,引来众多同情者。于是,王阳明收他们为弟子,给他们灌输知识,一不经意,竟开启出贵州教育一代新风。王阳明面对如黄果树大瀑布般的人生落差,心胸豁达,处之淡然。后来人们为了纪念这个孤老头,在贵阳修建了一个阳明祠。

那天我来到阳明祠，只见祠正殿五楹，占地上百平方米，殿前院内植有百年桂树两株，枝叶繁茂。人们知道桂树是杭州的市树，想必这是王先生当初从家乡带去撒下的种子。我在殿内看到了王阳明冕服石刻像，殿外廊壁上刻有王阳明家书和《桥亭记》手迹，这让我想起王羲之在绍兴兰亭留下的千古流芳的《兰亭序》手迹。当然，虽说两人都姓王，但此王非彼王，无法相提并论。因为一位是书法家的豪情，一位是哲学家的严谨。清朝乾隆皇帝对王阳明曾御题"名世真才"，正如祠内一石碑上所刻写的：

不谢东君意，丹青独立名
莫嫌孤叶淡，终久不凋零

整个阳明祠回廊曲径，绿树掩映，洁净清幽，十分宜人，我边走边疑惑，是什么力量，让已经给世人留下"百年臣子悲何极，夜夜江涛泣子胥"绝命诗的王先生，能在贵州红土高原上回心转意，重整雄风，焕发春华？

看来人生的落差，也是一种气势，一种力量。上有高瀑，下必有深潭，落差越大，积蓄的力量也越雄厚。那黄果树瀑落入深潭之后，水流积之越深越厚，才形成一发而不可收、一往前行的瀑布。一个人是如此，一个民族的激情不也是这样产生的吗？

离开阳明祠，我又高一脚低一脚地来到当地一个村寨，人坐在车上，老远就看到连片的石头垒成的建筑，像埃及的金字塔，像江浙的石头坟，走近才知道是布依族人的石头寨。我蓦地回头一看，发现远近的山岭都是怪石嶙峋，村边的小河是巨石横卧，周边的田野也蹲着大大小小的怪石。遍地的石头成了当地的一大景观，那一个个村寨依石而建：墙壁是用一块块石头垒的，门框是用粗石条架的，窗棂是几块石条拼凑成的，台阶是石条，连屋面也用大大小小的薄石板覆盖。从高处俯视，一堵堵石墙，一个个石头院，组合成石街石巷，引来村寨一片白生生亮闪闪。在寨民家中我还发现，这里人家的日常用具，都是石头打造的：石臼、石锛、石灶、石桌、石凳，连厨房里的水缸也是石头做的。用石头建造住宅，一般来说比较坚固耐用，据说当地的造价比用砖瓦盖房便宜。前些日子我出国，在以色列圣城——耶路撒冷，也见到类似的石头屋。可惜石头屋不是固若金汤、一劳永逸的，当地人告诉我："屋面石板经风吹雨淋日晒后，极易风化，石板会一层层剥落。用上十来年，又需更换新的石板。"

村寨的石头房多为三层楼，一楼为牲畜圈，二楼住人，三楼较低矮主要作为储藏层。这与我在西藏南部见到的藏民住房有点相仿。有意思的是，这里石板房一般为三间，偶尔也见到五间的。为何选单数？民间认为，单数属阳，对于生活在阳间的人来说，方能世世代代安居乐业。反之我疑问，江浙一带的石头坟，莫非都是双数了，要不阴气就不足？对此我弄不清，想回杭后再向人讨教。

让我纳闷的是，这里的石头房门窗都开得很小，就连一些机关用石头砌的办公房也一样，像我老爸两百多斤体重的人根本甭想进门。那窗户远远望去似一个个枪炮眼，向人打听得知，过大的门窗，石头难以承受上面的重压，易断裂。联想到以色列石屋所开的小窗口，我一直以为这是几千年来以色列饱经战争创伤的需要，现在看来这是一种科学的选择。

石头村寨给人以独特、坚固、憨厚以及不需修饰的本色，使心灵得到了从未有过的洗礼和震撼，看来这是一种民族激情的作用，一种最原始、最朴素的激情。

记得有句风靡世纪的"精美的石头会唱歌"的流行语，在贵州我找到了答案。

在石头寨里，我见忙碌的妇女们一有空闲就点画蜡染，或在染缸旁浸捞染布，或在河中漂洗蜡染布，或在竹竿上晾晒蜡染布，那白闪闪的石头屋与蓝莹莹的蜡染布，成为这个世界的主色调，别有一番情趣。我不知道，蜡染原来就是蜡画和染色的合称。这里的石头寨早已成为贵州著名的蜡染之乡，人们能在这里看到村姑们专心致志做蜡染，倒也不啻是种艺术的享受。只见她们用铜片制成的蜡刀从炭炉盆的瓷盅里蘸上熔化了的蜡液，便在白布上点绘出各种花纹图案。由于蜡液易于凝固，附着力强，能渗附到白布的两面。画毕将布放进蓝靛缸里浸染时，用蜡画过的地方染不上色，这样经过煮沸脱蜡漂洗晾干，显出了蓝底白花的各种花纹图案。加之蜡容易龟裂，染色时染液便顺着裂纹渗透进去，于是布上就永久留下人工难以描绘的天然纹路。

我见蜡染图案因民族不同，其风格不一。布依族妇女爱画漩涡形和珍珠似的圆点，可能与夜郎古域“牂牁神柱”图腾崇拜的传统有关系。苗族蜡染图案多为夸张变形的花鸟虫鱼，当地村姑更喜欢以蕨菜芽（生长在洼地的蕨菜，当地人称之“龙爪菜”）为画，这里至今还流传着一个动人的故事。相传，有一年石头寨里那位最善做蜡染的姑娘病了，家里几次请仙婆来赶鬼，都未显灵，眼看着病入膏肓，奄奄一息。一天，她母亲上山采回蕨菜嫩芽，这种含多种维生素和粗蛋白的蕨菜芽儿，既是菜又是药。想不到姑娘吃了后，便觉得身体好起来了，母亲又连着上山采，最后姑娘靠吃蕨菜芽儿，恶病竟奇迹般地好了。她一高兴，便把这种救命的龙爪菜画到蜡染布上，以表感恩之心。后人一看，龙爪菜图案美丽又大方，纷纷模仿起来，这样龙爪菜演变成了布依族蜡染常见的图案。惹人笑的是，我的好友陶先生为了解决夫妻分居问题，从王阳明的老家追到阳明祠不到两个月，他送给我的就是一幅风格粗犷豪放的龙爪图蜡染。回到杭州，我托人与绍兴“云石”的牂牁神柱遗物相比较，竟如出一辙。看来江浙与贵州不是一般的文化相连，就连民族激情也相通，这是了不得的事。

走出石头寨，来到县城一家宾馆就餐，穿着各式民族服饰的迎宾队，吹响芦笙、月琴、勒浪、木叶等乐器，让我融入到一个民族大家庭中，有种飘飘然感。陶先生向我介绍到，芦笙在苗族的祖先神告且和告当的古远时代就出现了。相传那时，告且和告当造出日月后，又从天公那里盗来谷种撒到地里，可惜播种的谷子收成很差，为了解忧，一次告且和告当从山上砍了六根白苦竹扎成一束，放在口中一吹发出了奇特的乐声。奇怪的是，地里的稻谷在竹管吹出的乐声中长得十分茁壮，当年还获得了大丰收。从此以后，苗家每逢喜庆的日子就吹芦笙。

勒浪，作为一种布依族特有的乐器，类似笛子，哨头用薄如蝉翅的竹片做成。听说第一把苗族勒浪的哨头，是直接用蝉翅制作的，其音有如蝉鸣，清脆而响亮。如今勒浪成了小伙子传情示爱的乐器，声声勒浪勾起姑娘们的动情对唱，仿佛是专为怀春的少女而吹奏的，所以勒浪又叫姐妹箫。

木叶，属于就地取材的简易乐器，山里的香樟树或冬青树的嫩叶，只要顺手采上一片含入口中，想吹什么调儿就有什么调儿。

而月琴作为一种弹拨的民族乐器，在这里还留下了一个动人美丽的传说。古时候，有位叫勒木的布依族小伙子和一名叫妹丝的姑娘相恋。当地一个土司头人也相中了妹丝，想拆散这对年轻的恋人。为了相爱，这对恋人逃进了深山老林。有一天，一只美丽的狐狸把这对逃婚的恋人引到一处风景奇美的山泉边，他们听到从高山上淌下的泉水注入岩脚，发出叮咚悦耳的乐曲声。当时，正好月亮倒映在水面上，这对恋人受此情景启迪，仿水凼造琴盘，仿高山悬岩造琴把，仿流淌的泉水造琴弦。这样，世界上第一把月琴，从这对恋人手中诞生。我知道，世界上有许多民族乐器都是传递异性情爱的乐器，而作为贵州的芦笙、月琴、勒浪、木叶乐器，我认为是当今最令人陶醉着迷的、最富有情感的乐器，也许这也顺应了夜郎古国对牂牁的推崇。

宴席上，歌手们踏着乐器轻盈的节拍，为我唱起了欢快动人的敬酒歌：

贵客千里来我家，好似莲花水上开
难得贵步龙离海，口衔珍珠照席台
这杯酒来亮堂堂，情意酿成酒一缸
莫嫌淡酒无滋味，杯杯美酒请客尝
这杯酒来亮堂堂，我家客来喜洋洋
愿得西湖酿成酒，千杯万盏表衷肠

附近村寨的男女老少闻歌而集，不请自来，一起加入到酒歌的对唱和合唱之中。美丽的歌声把人心醉，甜蜜的美酒把人灌醉，这是一个古老民族激情的释放。

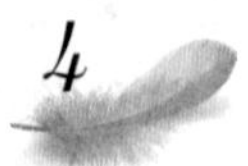

老实说，贵州岂只有黄果树瀑布和古朴的习俗风情。贵州的山，东有巍峨的武陵，西有磅礴的乌蒙，南有秀丽的苗岭，北有雄险的娄山；贵州的水有乌江，有赤水，有南盘江，有北盘江，有清水江，还有红水河。在这些山水之间，有数不清的飞流、暗河、溶洞、奇花、异草和怪树。这些得天独厚的生态环境，自始至终保持着原始风貌，成了现代人的时尚追逐。

十分可惜，贵州山水仍处在“养在深闺人不识”的境地，与周边省份相比，贵州好像被人冷落在一旁。我的好友陶先生来贵州工作没几天，就已意识到这个问题：“贵州人历来让人瞧不起，这就有了夜郎自大、黔驴技穷的成语。根本原因是过去太封闭，现在开放不够。”对此我不敢妄加评说，但走在黔北的高速路上，我还是感悟到了明天的希望。

沿着历史时空隧道，我找到遵义市红旗路（原名子尹路）中段80号的遵义会议会址。听说这里原是国民党一个师长的私邸，为当时遵义最宏伟壮观的建筑。由毛泽东书写的“遵义会议会址”六个金光闪闪的大字横匾，高悬在正门门楣上，格外庄严肃穆。进入便可看到“慰庐”“慎笃”牌坊，过牌坊便来到以青石铺地的小天井，南侧有一小门，进门后见是一个自成格局的四合院，算是这里留下的最早旧宅。

天井北侧为会议主楼，是幢一楼一底的青灰色楼房，坐北朝南，为中西结合的砖木结构建筑。遵义会议曾在楼上东走道的小客厅内举行，会议室呈长方形，面积有三十来平方米，东壁墙上有一只挂钟和两个壁橱，西壁是一排玻璃窗，室中央放一张赭色长方桌，四周有一圈木架藤边折叠靠椅。中国共产党在这里挽救了红军，挽救了革命，遵义会议成了党在历史上一个生死攸关的转折点。

这引发我想起浙江的南湖，中国共产党从那里的一条游船上宣告诞生，使南湖成了党的一大会址之一。现在南湖与遵义，同时成了党的发展重地，看来这不是偶然巧合，至少说明江浙与贵州有一种缘分，有一种亲情。

有人发现目前世界仅存有十大基因，我想江浙与贵州五百年前或许就来自同一个基因，因为我们都是牂牁崇拜者的后代。

不久前，我在浙江温州调研，发现那里有许多贵州罗甸官员，暂别“乌纱”来打工。地处贵州边远地区的罗甸县，出台了一项“放飞凤凰，借地育才”的土政策，规定县直机关和各乡镇35岁以下的在职干部必须轮流到沿海经济发达地区打工锻炼一至两年，打工期间，工资照发，级别保留。打工期满原则回县工作，根据实际能力优先提拔使用。如愿继续打工，经本人申请和组织部门批准，可延期回县，但县里不再发工资。如打工，干部申请调出，县里开“绿灯”。调走后又想回县工作的，县里同样敞开大门。此举一出，舆论哗然。支持者称此做法有利于罗甸人观念更新，提高官员素质。反对者则抱怨，如此大规模放飞，不是浪费人才吗？争论归争论，首批近百名罗甸大小官员，还是暂别“乌纱帽”，来到温州打工。

在闯荡中学，是罗甸人到浙江后的最大收获，为此他们付出了许多。现为温州正泰集团宣传处处长、《正泰报》主编的廖毅说起自己初来温州的感受，用“想说爱你不容易”来形容。一次，他参加一个协会的换届选举，人们都说温州方言，他连一个字也听不懂。看见代表举手，他猜想是表决了。看见鼓掌，他想一定是通过了。这样的滋味让他苦闷彷徨了好一阵子。但对温州打工仔来说，语言这一关还不算最难的。经济发达的地方，人们的工作节奏快、效率高，让初来乍到的贵州人确实有种跟不牢的感觉。特别是在老板身边的工作人员，更是如此。温州老板像一个不停息的陀螺，要跟上这个节奏，非得下番苦功不可。

谈到这里我想冒昧说句不是恭维的话：“贫困而美丽的贵州，随着西部开发号角吹响，未来定会大有希望。”这正如美国著名作家哈里森·索尔兹伯里，自遵义会议召开，经过半个多世纪之后写的《长征——前所未闻的故事》一书中断言的：“遵义会议结束了。长征继续进行，毛泽东在掌舵。中国的道路——至少今后半个世纪的路——就这样确定了。”

一个外国人来到遵义，都会情不自禁地从内心发出崇敬和赞叹，那么作为一个中国人来到遵义，还有什么羞答答不敢张扬的?

日出东方

独立寒秋/湘江北去/橘子洲头……/问苍茫天地/谁主沉浮?

——毛泽东

120年前,毛泽东出生在偏远而古老的韶山冲,这里成了红太阳升起的地方。

如今,中国经历了无数跌宕起伏,但韶山在我们记忆中历久弥新,难以忘怀。

那天,来到长沙,我立马就想到毛泽东《沁园春·长沙》中的诗话:“独立寒秋,湘江北去,橘子洲头……问苍茫大地,谁主沉浮?”

时逢“清明时节雨纷纷”,我出完差就直奔韶山毛泽东故里,算是祭祖,也算弥补到韶山的空白。

去韶山一路油菜花开,丘陵起伏,为什么近代这里出了许多伟人?按常理,平原上交通便捷,文化融合有优势;而山区相对闭塞,吃苦耐劳可能更明晰。难道丘陵地带的人们,两者兼有?这是我的猜想。当地韶乐优美,有“韶乐九成,凤凰来仪”之说,这也成了韶山的名字来历。当地人对山间小块平原,又称之为“冲”。可见,这里自古属于风水宝地。

作为偏僻而又质朴的小山村,远眺美丽的韶山,钟灵毓秀。那韶峰气势雄伟,那崇山巍然壮观,那山谷虎踞龙盘,那韶河泉洁流长,那茂林雾绕云环,好一派秀丽山川。记得我儿时就会唱的那支歌:“浏阳河弯过了九道弯,五十里水路到湘江,江边有个湘潭县,出了个毛主席，世界把名扬。"

位于韶山市韶山乡韶山村土地冲上屋场的毛泽东故居，系土木结构的"凹"字形建筑，坐南朝北，背山面水，东边是毛泽东家，西边是邻居；屋前是一湾水池，由荷花塘和南岸塘相毗邻，两塘绿水盈盈，波光粼粼，微风过处，荡起层层涟漪；屋后是一座韶山峰，青山起伏，苍松茂盛，翠竹葱茏。正应了风水"前有罩，后有靠"一说。也许，只有这样的山水，才能滋润韶山，才能造就一代伟人！

踏着古老韶乐，沿着古老韶河，我在绿水、苍松、翠竹、农舍中，仿佛穿越到她的远古，她的过去，以及她的神秘或神奇，见到她那纯真壮美的景观和如火如荼的革命岁月。1893 年 12 月 26 日，毛泽东诞生在这个家境比较殷实的农民家里，在这里度过了他的童年和少年。

父亲毛顺生，谱名毛贻昌，勤劳务农，颇善经营，对子女则极严厉；母亲文七妹，温情体贴而心地善良，富有同情心，常帮助、接济亲友和他人。作为人生第一任导师，母亲的性格和作为，深深地影响了毛泽东，甚至于他的一生。

这些奠定了毛泽东的平民本色。当地人记忆犹新地告诉我：一次毛泽东的父亲买猪，交付了订金。等毛泽东去赶猪的时候，猪价上涨，毛泽东感到心里不安，自作主张退还了订金，觉得不应"赚心灵不安的钱"。

距离毛泽东故居不远处的青砖黛瓦，白色粉墙，是南岸私塾，想不到七岁的毛泽东，可以在自家门口读书，令现在的孩子汗颜。我徘徊在毛泽东的桌子前，不知是要寻觅什么，还是要破译什么。

塾师邹春培先教《三字经》，接着教《论语》《诗经》《孟子》等儒家经典，使少年毛泽东深受古代文化的熏陶。在南岸读书两年后，邹春培这样评价毛泽东："天分高，会读书，文章做得好。"还称赞说："毛泽东才学比我高，我已经教不了了！"

韶山作为毛泽东青少年时期生活、学习、劳动和从事革命活动的地方，在中国革命史上占有特殊的地位。据南开大学著名演讲家艾跃进所说，1910 年，年仅 17 岁的毛泽东第一次到达长沙，当时也是他第一次看到世界地图，就在不停地找。那么，他究竟找什么呢？"韶山在哪儿?”旁边有人答:“你能找到长沙就不错了。”毛泽东则说:“这世界得有多少受苦的人啊!”

这年秋天,毛泽东为解国家于积弱,救万民于水火,毅然离开魂牵梦绕的韶山,走向广袤无际的世界。临行前,他怀着激动的心情写下一首小诗,夹在父亲每天必看的账簿里:“孩儿立志出乡关,学不成名誓不还。埋骨何须桑梓地,人生无处不青山。”从毛泽东辞别的话中,可见毛泽东从小就有志存高远、胸怀天下的抱负。

到长沙第一师范读书时,他又发出“天下者我们的天下,国家者我们的国家,社会者我们的社会,我们不说谁说,我们不干谁干”的呼喊。这一切的动力,可能源自毛泽东的“天下气质”。

毛泽东这一天下气质的背后,是一种担当,是一种境界,是一种责任,更是他对大势的一种把握和驾驭。

当然,这也是一个来自中国农家孩子毛泽东之初最伟大的中国梦。从那以后,毛泽东就将全部身心奉献给中国革命的伟大事业,从而创造出可歌可泣的伟大业绩。

在毛泽东故居右厢房,靠北一间是毛泽东少年时代的卧室兼书房,我在那一盏普通的油灯下,仿佛又见到毛泽东彻夜未眠读书,以及他为革命不辞辛劳工作的情景。

那是1911年辛亥革命爆发后,志在四方的毛泽东加入湖南起义的新军。随后,在湖南第一师范学校学习,成绩优异,与蔡和森等组织新民学会,创办进步刊物《湘江评论》。

那是1920年在湖南创建共产主义小组,1921年7月23日,于上海参加中国共产党第一次代表大会,是年28岁。1923年6月,毛泽东出席中共三大,当选为中央执行委员。1924年在国民党一大、二大上当选为中央候补执行委员,任宣传部代理部长。

那是1925年2～8月,毛泽东偕杨开慧回韶山开展农民运动时,也居住在故居,并在这个卧室的阁楼上召开秘密会议,培养和发展了毛新梅等加入中国共产党,建立中共韶山支部。

那是1926年主办第六届广州农民运动讲习所。11月到上海担任中共中央农民运动委员会书记。

那是 1927 年初，毛泽东考察湖南农民运动回韶山时曾在这里召开调查会。1927 年到武汉任全国农民协会总干事，主持中央农民运动讲习所。

那是北伐失败后，组织秋收起义，后率部抵达井冈山，创立第一块革命根据地。

所有这些，都给韶山涂上了基准色，即韶山那火红的色彩，是红太阳放射出的光芒。难怪毛泽东 1959 年回韶山时，回想往事，顾盼今朝，夜不能寐，心情激动不已，最形象的是他“为有牺牲多壮志，敢教日月换新天”的诗句，这也是对韶山一个最经典的概括。

同时，从毛泽东的身上，也折射出他的一种英雄气概，这是他最为鲜明的特质。无论是广大人民群众、毛泽东的战友还是他的敌人，都不得不承认毛泽东身上存在的这样一种与生俱来的气质。毛泽东的英雄气质可以用英俊威武、英姿焕发、雄才大略、一代雄杰等词语来表达。

记得在毛泽东十六七岁时，一首“独坐池塘如虎踞，绿杨树下养精神。春来我不先开口，哪个虫儿敢作声”就已向我们呈现出一种少年“霸气”。他在重庆谈判期间发表的《沁园春·雪》，“江山如此多娇，引无数英雄竞折腰”，不知令多少人折服，也不知令多少人看出江山最后归属。

至此，这“学不成名誓不还”，在毛泽东那聪颖睿智的大脑里，早已为拯国救民的“业不成功誓不还”所取代。千古风流的毛泽东除了有“自信人生二百年，会当击水三千里”的豪言，还有令人奋进的壮语：“与天奋斗，其乐无穷；与地奋斗，其乐无穷；与人奋斗，其乐无穷。”是啊，韶山在这里，让我们见到中国革命胜利的前奏。

“欲溯河源到星宿，韶山风物耐人思。”开国元帅叶剑英参观韶山时留下的这两句不朽诗语，不仅恰当地表达了到韶山参观的敬仰之情，而且是对韶山人文和自然景观的绝妙写照。

当地友人向我推荐了周定宁先生写的《韶山记》，让我对韶山的山川胜景和人文掌故，又有了一个全新的认识：

韶山，楚南一名山也……介三湘而远七泽，发岳麓而控东台。潆洄地涌，水飞雪浪之花；笼天开，山横玉枕之案。绵亘百余里，蜿蜒来八面之龙。山苍莽，际无隆，狩幸致南巡之；凤音亭，丹凤含书；胭脂井，紫龙吐沫。上麓天马凌空，岱上灵鱼不老。褒忠，贞女来朝，相随鹏山白鹤；护，石人抱子，引将东骛凤凰。乌台石岔，草衣崖畔，湘西狮子，石羊入山……青草湾，金鸡观，秀丽花园；铁陂塘，枫梓山，恢宏乌石。平地斑竹，竹山青葱四季。南岸创石，石洞雄壮……

“山川资俊秀，时势造英雄。”韶山作为一块红色的土地，用自己灵秀的山水哺育了一代伟人毛泽东，韶山也因为毛泽东而扬名。在毛泽东的感召下，韶山人民前赴后继，浴血奋斗，铸就了足以影响中国历史的韶山精神。

韶山，更是因为这种革命精神的折射而光芒永照。韶山人的那种坚忍不拔的精神，那种战天斗地的豪情，可谓是惊天地、泣鬼神、感日月。韶山不仅有毛泽东一家牺牲的六位亲人，而且出现了“韶山五杰”——毛福轩、钟志申、庞叔侃、李耿侯、毛新梅，创建了中国共产党最早的农村党支部，并先后有一百多位先烈为中国革命献出了生命。

难怪几年前，我在北京见到原毛泽东的机要秘书张玉凤，说到毛泽东，她竟声情并茂地朗诵了一条毛主席语录：“下定决心，不怕牺牲，排除万难，去争取胜利！”听后，当时我还很费解，她为什么在这个时候抽出毛主席这样一句话？而如果你能到韶山走一走，你就会明白她的一腔热心。我以为毛泽东思想的产生与形成，都是因为有了这样一句话做动力，最终中国革命才走出苦难。

正因为韶山有了一个良好的自然环境，毛泽东才能静心在那里汲取深厚的传统文化，去获得新兴文化。

正因为故乡是一个人的根，也是生命厚度形成的地方，韶山才赋予了毛泽东改造中国的第一股力量。

对于这个曾经哺育过的孩子、后来的伟人，韶山有着深厚的情感，这也是韶山独有的。

于是，在韶山一切关于毛泽东的事物，都得到了呵护。毛泽东广场就是韶山的缅怀之作。广场建于毛泽东诞辰百年,立有一尊毛泽东的铜像。背靠韶峰,面朝故居,让人在大气雄伟、庄严肃穆的氛围中,感悟到一代伟人不平凡的精神气概!

那日一早天气还阴沉沉的,不时还飘几滴雨点,润物无声。可我一到韶山时,天气突然放晴,让我感受到韶山的温暖。当地人说我是有福之人,叫我先到毛泽东广场拜一下老人家。在通往广场的入口处,有一块景观石,上面刻有"中国出了个毛泽东"几个遒劲大字。当地人告诉我,毛泽东铜像重 3.7 吨,高 6 米。基座高 4.1 米,全身高 10.1 米,暗寓中华人民共和国成立的日子。入目的毛泽东铜像,身躯高大,体态稳健,着中山装,双手握书卷,置于胸前,脸部饱满,神采奕奕,眼中流露出深藏在心底的欣慰和笑容。

显然这是毛泽东在刚刚向世界宣告一个新中国诞生后,向城下欢声雷动的军民,向全国四万万同胞以及全世界仍在受苦受难的人民发出最深情呼唤的形象。

这是一个成功者,胜利者,但没有骄矜自满;这是一位伟人,巨人,仍在瞩望未来,稳健,沉着,自信,坚毅,人们能从他身上感受到巨大的力量。基座上是江泽民题写的"毛泽东同志"五个金光闪闪的大字。

我特别虔诚地向老人家三鞠躬,这时太阳真的从我头顶直射下来,我忙绕铜像一周,向老人家寄托哀思。同时,我还在寻找捐款箱,但没有找到。我恍然明白过来这里不是寺庙。

毛泽东,这个响彻人间的名字,为什么竟如此牵动着亿万华夏儿女的心弦?20 世纪,作为我国改革开放后首批援藏干部,我与藏北游牧民打交道时,说自己是援藏干部,他们还一下不明白,说是毛主席派来的,牧民们立马肃然起敬。我知道毛泽东在西藏影响非常大,解放西藏时,翻身农奴将毛泽东的士兵称为菩萨兵。后来我在藏民家发现,每家每户至今仍悬挂着毛主席画像。

的确,毛泽东时代早已远去。但你了解毛泽东吗?你知道的是一个真实的毛泽东,还是一个被符号化的毛泽东?

无论如何评说,但谁都不能否认的是,毛泽东在 1949 年以前,以卓越的思想和至高的境界，完成了世界上最不可能的事情——推翻了中国几千年的旧世界，让天地变色，让日月换颜。

在残酷的政治斗争中，毛泽东都把故乡当做最安全的地方。毛泽东在韶山祖坟附近的山下择地建了滴水岩别墅，当政治斗争激烈和觉得不够安全时就待在那里，蓄积力量。1966 年 6 月 8 日，毛主席最后一次回韶山，在那里隐居 11 天，回武汉后毛主席在给江青的一封信中说道："离开武林(指杭州)以后，在西方的一个山洞……"

西方山洞？带着一种神秘感，我想作进一步的探究。滴水洞位于韶山冲西边，离毛泽东故居有二三公里，由滴水幽壑、虎歇坪、龙头山等自然风光与滴水洞一号等建筑组成。我重点参观了滴水洞一号，这是一栋青砖青瓦的平房，现已辟为展室，内中有毛主席当年住在这里使用过的办公室、卧室、会客厅、会议室等。办公室内有一张大办公桌，桌上有毛笔架、砚台。卧室素雅而洁净，毛主席的床极宽极长，卧室中还有两张书桌。会议室比办公室大，毛主席曾在此开会，会议室与餐厅相连。娱乐室正中放乒乓球台，墙上有很多照片，内有毛主席握球拍的照片。

此外，还有防空洞，具有防震、防毒、防核爆等功能，从此洞伸延进虎歇坪山岩中，长百把米。我从这里上山，拜谒了虎歇坪上毛泽东家的祖坟。

毛泽东少年时期曾作诗说"自信人生二百年，会当水击三千里"，他倾诉自己的志向，表达自己的自信，让我再次寻找到诠释。如果说青年毛泽东的自信是一种志向和责任，那么参加革命后，实践斗争的锤炼又使他增加了一份能力和智慧。因为他找到了施展抱负的舞台，就是农村根据地；找到了在这个舞台上演出大剧的功夫，就是武装斗争；找到了这出大剧的脚本，就是农村包围城市最后夺取城市。

在离毛泽东故居不远处的山坡上，有一座毛泽东图书馆。为伟人、名人建纪念图书馆，在国外几成风气，在我国却不多见。关于毛泽东的这座图书馆，未建在北京等大都市，而是在他家乡的小山冲里，令我十分好奇。在韶山毛泽东图书馆，我与毛泽东思想研究资料中心的负责人做了简单交流，在一个展厅，深入了解主席一家为了新中国、为了人民过上幸福生活，先后有6位亲人献出自己宝贵的生命的具体情况，可说是满门忠烈。

在那里，我还近距离欣赏了毛泽东的书法作品，毛泽东8岁研字习墨，渐渐迷上了书法这一艺术。毛泽东首先是一位政治家、思想家、军事家，然后才是诗人、书法家。正因为如此，作为政治家和军事家的毛泽东的书法成就和魅力才有别于其他众多的书法家，具有他人无可比拟的倾海之气！毛泽东在别人惊异于为何对文房四宝特别情有独钟时，曾开玩笑地说："我要用我的文房四宝打败国民党的四大家族。"

馆内收藏的各种毛泽东著作版本约两千种，1949年以前的有700种，有很多珍品。毛泽东一生酷爱读书。也许是一种巧合，他在中南海的寓所就名菊香书屋。读书是毛泽东生活的一部分，生命的一部分。他平时睡一张大木板床，半张床上堆满了书。他在延安时说，假如只能再活10年，也要读9年零359天书。后来，直到去世前7小时他还在阅读，真正是伴书食，伴书眠，伴书工作，伴书而终。

毛泽东用他的业绩、他的理论、他的诗词为他一生挚爱的祖国赢得了辉煌的昨天，创造了灿烂的今天，预示了美好的明天。

从南岸私塾到毛泽东图书馆，一个伟人就这样走过了一条读书之路。这两处的空间距离也许就一里地，但时间跨度是80年。80年的读书、思考、奋斗造就了一个伟人。而80年的血与火，情与泪，功与过又全部留在他的书里，藏在山坡上的这座图书馆中。

这次我是来韶山祭祖的，现在看来，此行更是对自己思想的一次教育，对精神的一次洗礼，对灵魂的一次净化。毛泽东是共和国的缔造者，人民军队的缔造者，毛泽东思想的创立者。邓小平同志说："没有毛泽东同志，我们可能还要在黑暗中摸索更长的时间。"老百姓说："毛主席使我们站起来，邓小平使我们富起来。"

在伟人面前我感到自己非常渺小，我们这些后生晚辈，没有理由不为革命和建设去奉献、去努力、去奋斗。诚如习近平总书记所说："毛泽东思想是中国共产党的根本，丧失根本就会亡党亡国。"

是什么原因让这个由韶山山沟里走出的农家孩子，成为伟大共和国的领袖，历史为什么选择了毛泽东？韶山已经给了我们答案。借用纪伯伦的话：“假如一棵树来写自传，那也会像一个民族的历史。”假如一个村庄——韶山来写自传，那也会像一个民族的历史。毛泽东就是一部伟大的历史，他的过去、现在和将来都是中华民族最可宝贵的精神财富。

120 年前，一个太阳正从韶山冉冉升起。

也许 120 年，只是一个开始，毛泽东思想未曾老去，伴随着韶山源远流长！

寂静的春天

离别黄昏后，相会在断层底，泪眼美丽岛，为君生为尔泣。

——罗大佑

在我居住的城市，一年雾霾天气已高达两百多天，在新年到来时，我就想赶紧逃离这个城市，寻找一个“面朝大海，春暖花开”的世外桃源。

那天，有人碰到我问：“过年回家吗?”这一中国式问题，取代了平时寒暄的“吃了吗?”

我笑道：“回不回家，如今成为漂泊在外的人们心头最大的惦记。”我知道父母期盼的是你，不是你的衣锦还乡。而我选择逃离，还有另外一个重要原因——

因长年忙碌的机关工作，人仿佛打了鸡血，更别说有时间享受什么年休假。一个长年绷紧发条的人，是多么期盼过年放松一把。

加之在老家人眼中，你在省城工作，便是一个人物。记得过去每次过年回家，都要面对父老乡亲各种请托，找工作、选学校、打官司、揽工程……而这些事并非个人能力所及。如果拒绝，会遭遇两种吐槽：一说你没本事，或说你没人情味。如此冷嘲热讽，足以让你父母家人蒙羞。

也许，“过年回家不需要理由，不回家才需要”。所以今年过年，我选择到菲律宾自由行。朋友担忧地说，这几年国内旅游，纷纷回避此条线路，“你也敢试水?”

我哈哈一笑:"中央'一带一路'大战略都敲定下来了,为什么不能享受菲律宾的城色乡风?"

身后传来一阵爽朗的笑声……

1

大年初一,正是国人相互拜年问候之时,我悄悄背起行囊,开始菲律宾自由行。

这几天外出,我最放心不下的是家中那条叫"皮皮"的宠物小狗。去年外出时,女儿在家将它丢失。也许缘分未尽,一周后又失而复得。这次与女儿一起外出,就将它寄养在亲戚家。分别那天,"皮皮"拼命咬住我的背包带,那可怜巴巴的样子,活脱脱一个调皮的孩子,令人忍俊不禁。

出港时,我们走的是上海浦东机场。安检查出了我随身带的瑞士小刀,说要没收,真的令我不开心!这东西,跟着我走南闯北,不知到过多少国家。甚至"9・11"我在美国时都是随身带的。

安检冲着我,说了一句凶巴巴的话:"这叫不怕一万,就怕万一。"

对此,我已无语。时下一些执法部门,不问青红皂白,看似严格执行规章,但这种缺乏实事求是,"一刀切"的做法,其实是对法规的最大蔑视。

晚上 23 时 45 分,搭乘的东航 MU211 航班,一路气流很大。联想到这些年,这一带空难不断,让我不寒而栗。好不容易熬过三个来小时的飞行,终于安全抵达菲律宾马尼拉国际机场,这才长长舒了口气。

出关时,海关人员见我护照上的中国地图,马上脸色一沉,盘问起来。开始我是丈二和尚,后来得知他们对中国版图有争议,并拒绝在我们的护照上签证,这让我气不打一处来。但考虑在异国他乡,我仍克制自己,想等一等有更多的中国人一起来抗议,遗憾的是这趟航班就我们一家几个来自中国,显然势单力薄。

想到"不在沉默中爆发,就在沉默中灭亡",我们不得不站出来,据理力争。最后,菲方同意为我们出具一张纸质证明。这就是说,你来过菲律宾,但护照上没有任何记录痕迹,使得国际规则今天在这里失效。

如此折腾,耗了很长时间才出关。接着,我们还要赶紧转菲律宾国内航班,飞长滩岛。在机场请当地人确认,说要转到国内二号航站楼。

上了机场巴士,七拐八转,好不容易找到航站楼。机场工作人员又说我们走错了,应转三号楼。这让我们着急起来,忙打听了几个人,确认要转三号航站楼时,我想到中国一句骂人的话:"真二!"

我不知道欲骂谁。只得原路返回,来到机场巴士站等车,说要45分钟才有一趟班车。为什么不多配些巴士呢?我们见一辆商务车靠到路边,说明来意,司机开始没有同意,后来同意顺带。其实,航站楼之间路途不太遥远,但有意思的是,车辆全在飞机场上穿梭,令我惊叹不已。因为这在中国是绝对不允许的,何况我们已出了国际机场,再转国内机场。我不知道这是机场疏忽,还是制度设计的问题?

来到三号航站楼,进了候站楼,见许多人东倒西歪地躺在椅子上,我私底下叩问:"这与菲律宾国际机场形象匹配吗?"也许以人为本,这是第一要务,哪有我这么多讲究的。大概是一夜未眠,在那长长的躺椅上,我并没有感到冬日寒意,相反很快就"入乡随俗"。

几家菲律宾国内航空并用一个机场,似乎多数东南亚国家的国内航空都是如此,可能这样的廉价航空,更像国内搭乘公交汽车,大家排队候机,别有一番乐趣。50分钟的航程,飞机缓缓地降落在KALIBO机场,这是去长滩岛的一种廉价行程。

出机场,外面是岛上拉客的村民,多数是摩托车加一个车斗改装成的边三轮,这是我"大姑娘坐轿子——头一回"。一上车,我的头就撞在车厢的横梁上,这时老天突然"噼里啪啦"下起雨来。岛上唯一的道路,是蜿蜒的乡间小道,无论遇到多大风雨,心里总是暖暖的。

车子在崎岖的山道上一颠一颠,时不时听到摩托车冒着浓烟喘息的吼声，车行了约两个小时，抵达了一个叫 CATICLAN 的小镇。从这里，我们再搭螃蟹船上岛。这种船身很窄小，两边加装了如螃蟹的触角，远看亦像船的两个翅膀，这样的船既轻便，又抗风浪。据说，这种交通工具是当地人历经百年自行创造和设计的，是生活经验的累积。

码头上，有一支由上年纪的老人组成的欢迎乐队。不知道是自发组织，还是由当地政府组织的。听到那悠扬的旋律，让人充满憧憬。在 CATICLAN 需要购买分别为 50P/人的环境税和码头税，小孩也不例外。

登上船，突然雨过天晴，东边太阳羽化成气，腾空而出，那么鲜艳，那么温暖。接踵白云朵朵，蓝天高悬。我敢说，这是我久违的景色。短短 15 分钟上了岸，我们直奔网上预订的酒店，位于 S2 上（请原谅我，这里不点该酒店名字），说要下午两点之后才能入座，这时我顺便到斜对面酒店，发现人家酒店的客房阳台可以直达游泳池。单这一点，比网上预订的那家酒店不知强多少倍。我们马上交涉，要求退房，但酒店不同意。最后勉强答应：待预订房租出后，再退款。我们觉得酒店言之有理，也不为难人家了。

中国推进“一带一路”大战略，菲律宾这边主要涉及打通海上丝绸之路。对于拥有世界前列游客量的中国而言，如果中国游客像今天我们这样艰难，先乘飞机三个多小时到马尼拉，再转机坐 45 分钟到卡里波，然后坐摩的两个小时到卡里夫兰，最后搭螃蟹船在海上行驶半个小时，需要经过海、陆、空三种立体交通的体验后，才能抵达长滩岛，显然有诸多不便。看来尽快打通中菲海上“丝绸之路”，首先问题是要解决双方的互联互通。

当然，这一天一夜，无论路途如何艰辛，我并没有遗憾。因为天气为我放晴，朝阳为我灿烂。

最令人赞叹的是，长滩岛空气真清新！

如果没有记错的话，那次我是在台湾，碰到著名音乐人罗大佑，不知怎么说起海岛，他向我极力推荐起长滩岛。

我不假思索地说："还有什么岛屿，比台湾宝岛更美的呢？"

他肯定地回答："长滩岛有着最迷人的沙滩！"罗大佑还悄悄告诉我，他曾躲到长滩岛，创作了他的新专辑《美丽岛》。

后来我找到罗大佑的专辑，百听不厌，心中一直有一个谜：长滩岛是靠什么魅力，让他从一个'美丽宝岛'到另一个'美丽岛'，才能写出这样旷世之作？

也许在罗大佑的眼中，长滩岛就是一座绝世的村庄，可以看尽沧桑，可以埋葬悲伤，所以才有了他的凄美："离别黄昏后，相会在断层底，泪眼美丽岛，为君生为尔泣。"

老实说，这次我去长滩岛，也有一个小小的秘密：手头上一本《致青藏 2》书稿刚刚杀青，诺贝尔文学奖得主莫言先生看后，欣然为我题写了书名；中国佛教学会副会长珠康活佛，专门为我用藏文题字；中国作协副主席何建明，著名作家麦家，有"西藏文学教父"之称的王宗仁将军，为书出版写了推荐语；文学评论家谢有顺还为书写了序。

书到此时，本已功成名就。但我的助理审稿后，提出了书稿中一些细节问题，我感到得找一个静谧的地方，好好进行一次修改，以对读者负责，也是对抬举我的大师们负责。

长滩岛的英文拼写是 BORACAY。就名字，朴素得不见什么诗意。但如果谁告诉你，"这个岛屿，名列世界十大最迷人的海滩中的第三位、东南亚第一位"，你难免会怦然心动。

这是一个位于菲律宾中部未狮耶群岛东南的小岛，长约九公里（从易经角度，这个数字本身很吉利），岛中部最窄处仅一公里，仿佛是岛上盛开的喇叭花，一朵朝南，一朵朝北。

走上小岛，我的感觉是与其他岛屿别无二致，甚至整体环境更显得破败落魄，就像一个从穷乡僻壤走出来的孩子。但当我们走进他的心灵，才知道什么叫淳朴，什么叫美丽，什么叫阳光。那一望无边的温柔细白的沙滩，蓝天白云，碧海风帆，阳光椰林，古镇小街，彰显出长滩岛的青春活力。这个纤尘不染的小岛，值得人们一生享用。

我喜欢那迷人细腻的沙滩，在阳光下没有白得耀眼的光鲜，反倒特别有温柔的婉约。据说是珊瑚年老后，经海水或自然风化等现象的作用，大片珊瑚被磨碎，与细沙融为一体。即便是炎热的中午，白沙滩的沙子温度，绝对不会让你有炙伤感，反而有一股丝丝的清柔，如爱人握手的缠绵。许多游人在那里堆沙成塔，当地不少沙雕艺术家们，还创作了许多经典作品，标上日期，成为“到此一游”的最好证明。而每天夜里，这样的沙雕又会被涨上来的海潮抹平，一切又重新开始。

那天，我们打三轮摩的，来到普卡海滩，这里以盛产贝壳而出名，当地人骄傲地说：“20 世纪七八十年代，这里的贝壳被选作优质的原料，制作的工艺饰品风靡全球。”很多人蜂拥而至，来此收藏贝壳。如今还可以看到当时留下的痕迹。用珊瑚垒起了一道道篱笆，山脚下用珊瑚筑起了护坡，而我喜欢至今仍然是人头攒动的贝壳一条街，摊位上各式贝壳工艺品琳琅满目；更喜欢追着海潮后面，可以捡到心仪的贝壳或珊瑚。

这里的贝壳以洁白、透明和形态美丽而著名，尤其是小贝壳非常适合用来做项链。白的如茉莉花，绿的如山野果，美丽的姑娘拥有这样一串贝壳项链，一定更加淳朴秀色。考虑资源保护，当地政府已明令禁止成批出口。当然，这里的沙子要比其他沙滩的沙子来得更加粗大些。我猜测，正因为有了普卡海滩这里沙子的粗犷，才有了别处海滩沙子的迷人细腻。

我喜爱那蓝天白云的碧海。长滩岛海水清澈透明，在阳光照耀下犹如液体宝石。世界似乎就在这一线天、一片海之间，面朝大海，春暖花开。随着风向的不同，小岛两边常常出现截然相反的景致。在岛西，海面风平浪静，温顺如处子，特别适宜游泳，开展各种水上运动。那天是跳岛游，我们冒险爬上一艘扬起绚丽风帆的船，分别坐在船体两边的“兜网”(在桅杆上用网绳绑成的)中,船开动时,任凭海水打在身上。

半路突然一阵大风扫来,眼睁睁见邻近一艘帆船栽入大海。幸亏我们的船老大紧紧拽住大风帆,助手收紧小风帆,才免于一难。我们的帆船,停泊在一个无名岛之畔,我抢先跳入海里,那干净苦涩的海水,一下扫去刚才翻船的胆战心惊。船老大用英文招呼我:“戴上眼罩和吸收管,可以窥见海底美妙世界!”当我按要求埋头海中,我这才惊叹万分:“世界可以如此美丽!”海底一片繁花似锦的珊瑚礁,每一处都有不同的风景,而无数五彩缤纷的鱼儿,在身前身后自由地畅游着,我想用手去触摸它们,也许它们都是大海的精灵,这是常人无法实现的。

当地人跟我说,这里的海域,集中了菲律宾海域所有珊瑚的百分之四十。“二战”时期,这里不远处发生了一场叫莱特湾的战役,日本战舰遭美军突袭,在长滩岛北部海域大量沉没。如今这里因为珊瑚和沉船,成了许多人潜水追逐的胜地。

在岛东,海浪滔天,一浪高过一浪,全是冲浪的。那天上午,我们来到布拉波滩,可能是得天独厚的地理位置,使得这里不仅是冲浪者的天堂,也是摄影、探险和艺术家审美的宝库。我们很想体验一番,可当地人不同意,说“需要培训两天,合格后才能冲浪”。因为冲浪的人踩着脚板,腰部牵着巨大的海风筝,冲浪的动力与方向,全靠如何操纵随风而飘的风筝。不能体验也没关系,望着满天五颜六色的风筝,踏着浪尖飞速掠过,照样感到惊心动魄。

我喜欢那古村老街的纯情,长滩岛不仅拥有完美的天然美景,而且还保存了最原味的菲律宾风情,一般建筑不超过三层,全掩映在椰林之下,令人有着莫名的惬意。加之,岛上仅有三个村庄,北面的 Yapak、中部的 Balabag、南面的 Manoc-Manoc,每一个都很袖珍。当地人依然保持着懒洋洋的菲律宾海岛生活气息,日出时并不急着劳作,日落时也不赶着歇息,大家都按照小岛独特的生活作息来生活,因此最早也只有在早上十时之后,我们才能从长滩岛的乡村田野中发现早起的当地人。当然,这对游客来说,也因此赢得了一个难得的安宁环境。

夜幕降临时，可以说是倾城而出，人们向着劳作一天的太阳行注目礼：只见光芒万丈的太阳，慢慢收拢成一个燃烧的火球，隐入到海平面中，直到耗尽最后一抹彩霞。沙滩路旁的酒吧餐厅，都会将板凳搬到沙滩上来，顷刻各色各样的露天酒吧，在靡靡之音中律动生辉。岛上居民天生喜好音乐，很多酒吧设有不插电的现场弹唱，可以听到无比深情的菲律宾情歌。

几乎每天晚餐，我们都是到岛上农贸市场，自买一些海鲜，拿到农家餐厅加工，那番鲜嫩，那番醉美，真的令人垂涎欲滴。不可否认，这就是家的感觉，也有过年的感觉……怪不得菲律宾当地人以及精通玩乐的欧美游客，那么喜欢原汁原味的长滩岛，韩国人甚至把长滩岛当做是最佳的蜜月圣地。

美中不足的是，有几天，在白沙滩上，我见到被污染的海水，繁衍出墨绿色的蓝藻，夹带着海草被海浪推向岸边，时不时发出异味。在布拉波滩的最南端，有一个名叫死树林的古老鱼塘。形态各异的、干枯的、扭曲的树枝，纷纷探出水面，又留下涟漪与昏寂，令我望而却步。

此外，美丽的沙滩，与破烂的乡镇，特别是居民连成一片的用铁皮和木板搭建的简陋住房，形成了强烈而鲜明的对比。长滩岛进出乡间小道，时不时被怒吼的三轮摩的阻塞。如此等等，这些涉及基础设施建设的问题，都向我们“一带一路”战略提出了新的更高的要求。

当然，长滩岛的好空气、好景致，又是一俊遮百丑。

四天之后，我们离开长滩岛，前往菲律宾的马尼拉。这天，真的有一种惆怅，而想到家中的“皮皮”，又有一种愧疚。其中有不可调和的矛盾，但又是发自肺腑，或许这是一个生命对另一个生命的尊重。

走进菲律宾的首都马尼拉，我发觉这是一座具有悠久历史的城市，既有印度文明、中国文明及中亚古文明，又融合了西班牙文明、美国的西洋文明，具有典型的东西合璧文化。

后来我查阅历史得知，15 世纪中叶西班牙殖民者黎盖斯比从马尼拉登陆，入侵并占领了菲律宾，然后在马尼拉市中心，巴石河南岸建立了城堡和炮台。自那时起，这里便成了西班牙殖民统治当局的首府。18 世纪末美国人打进马尼拉，取代了西班牙对菲律宾的统治，随后又征服了附近的尼格罗族，把四周的乡镇和地区并入马尼拉，使马尼拉逐渐扩大，马尼拉被辟为菲律宾的特别城市，成了美国统治菲律宾的基地。从此，巴石河北岸的商业区内，大银行、大公司、大饭店等高楼大厦拔地而起。19 世纪中期日本取代了美国在菲律宾的位置。第二次世界大战中，马尼拉遭到了严重破坏，城堡要塞周围的建筑物全部被炮火摧毁。

马尼拉百姓经过几十年如一日的浴血奋战，如今已把这里建成一座市容整洁的热带花园城市，也是一座具有现代气息的国际商埠。作为菲律宾最大的港口，这里港阔水深，现代化设施齐备，使之成为重要的国际航运港口，通往全球。

走在城市那条叫罗哈斯的海滨大道上，沿街是为纪念战后的第一位总统罗哈斯而命名的。街道两旁，到处可见洁白如玉的菲律宾国花桑巴吉塔。此花让我震撼，她是忠于祖国，忠于爱情的象征。那里青年们常把她作为献给心上人的礼物，国际交往活动中她又表示纯真的友谊。

该街南岸有一个新区，是用椰子树建造起的一座现代化的宏大建筑——椰子宫。它是有两层楼高、六角形屋顶的菲律宾式典型建筑，褐色屋顶由椰木板构成，立柱用的是椰树干，砌墙壁用的砖，是由椰果毛壳的纤维混合高强度水泥制造而成的。据说，建造椰子宫共使用了两千多棵树龄在 70 年以上的椰子树，林间绿草如茵，花木扶疏，别具情致。

马尼拉保留了很多古建筑，那些布满着苔藓的古教堂外表古老，式样别致，建筑水平高超，与现代建筑互相辉映，形成东方与西方、质朴与繁华、古老与现代的混合体。菲律宾是基督教国家，基督教徒约占全国人口 90%以上,其中 85%信奉天主教。

马尼拉大教堂位于西班牙王城内,是马尼拉天主教大主教管区的主要建筑,最初的教堂建于 1581 年,在以后的岁月中教堂因台风、地震和战争的火焰不断被损毁,曾先后重建 6 次,最近的一次是在 1958 年由梵蒂冈出资修复,应该是战后唯一获得重建的教堂,由建筑家 Fernando Ocampo 和 Archbishop Rufino J Santos 于 50 年代下半期设计,借鉴了老教堂的石雕和玫瑰形雕刻窗子。彩玻璃窗因有天窗而放出异彩,边上三个小教堂用马赛克装饰,更加增添了教堂的神秘色彩。

另一所叫圣·奥古斯丁的教堂建于 1599 年,是菲律宾最古老的西班牙式天主教堂,也是菲律宾境内最古老的石造建筑之一。马尼拉大教堂是菲律宾最重要的罗马式天主教堂,位于黎利尔公园西侧,这个大教堂是为圣母玛利亚修建的,教堂内珍藏有意大利、德国和西班牙等国的著名艺术家奉献的大量青铜制品、镶嵌工艺品和雕塑等。许多人在那里祈祷,我蓦然也有要忏悔的冲动。

创立于 1611 年的圣多汤玛士大学,是亚洲地区最古老的大学,也是世界上最大的单一校园区的天主教大学。校园建筑几乎都是欧洲古代式风格,相当优美,在此校园内漫步,让人犹如置身于 16 世纪。为了表扬彰显贵族的成就制度,许多重要的高官达人来此朝拜。此校在国际上的评价相当高,已跻身世界上第一流大学之列。在校区转了一圈,有点像在西藏转经朝圣,充满了一种神圣感。

SM 城市广场,号称是亚洲最大的广场,有点令我出乎意料的是,老板施至成开始是开鞋城的。施至成先生是位慈祥的老者,他那简朴的装束让我很难将其和高达 30 亿美元的净次产联系在一起。尽管年事已高,他仍然驾驭着他的 SM 零售连锁企业,并以惊人的眼光和魄力进军地产、银行、金融业,打造其令人高山仰止的“百货航母”和“金融王国”。他经常乘坐螺旋桨飞机,颠簸 40 小时,从美国进货,并利用各种机会观察当地人是如何经营生意的。在美国停留期间,施至成渐渐对零售业产生了兴趣,并开设了一家属于自己的商店 SM (鞋店),这便是后来名闻天下的 SM 名字的由来。

我十分欣赏施至成说的那句话:“成功并不全靠好运气,它是辛勤劳作、良好信用、机遇、时刻准备和恰当时机的化合物。当机遇突然降临时,你必须时刻准备抓住它,否则它将很快落入其他人手中。当然,成功并不是永久的,除非你能很仔细地呵护它。”

施至成一般选择位于交通枢纽、极具升值潜力的偏僻城郊建 SM 城。有一次我在厦门乌石浦,见到他在中国斥巨资开发的位于城郊的“荒地”时,我们都笑他疯了,只有他相信自己的判断,现在那里早已成为新兴的商业休闲区。施至成彻底改变了我对菲律宾工商不敢恭维的观念。不错,每个国家、每个民族都有自己值得称道的壮士。施至成是菲律宾的骄傲。

马尼拉城里的交通真不敢恭维,我们要去黎刹公园,四五公里的路,出租车花了近一个小时。这里曾关押过菲律宾国父——黎刹。1896 年,因“思想犯罪”而流亡海外的黎刹一经回国,他的亲舅舅就把这个消息透露给了正在四处悬赏捉拿他的殖民者。黎刹在公园的一间黑屋内,度过了 12 天令他的母亲和姐姐揪心的日夜,判决一下来,立马被枪毙。

那一天黎刹双手被反绑着,从古堡步行到刑场去。后来人们以镶嵌在地面上的铁皮脚印,将他当日行走的路线形象地展示在游人面前。黎刹为这个国家留下的财富,是让他的同胞第一次清晰地认识到:菲律宾应该是一个独立的国家,而非西班牙的附属国;而生长在这个国家的他们,则是菲律宾人。黎刹在就义前写就的《我之诀别》一诗,现在镌刻在黎刹就义地的纪念墙上——

如果有一天你看见我的坟头上迸生出一朵朴实的花儿,在茂密的丛草间,请把它放在你的唇上,吻我的魂灵,那时在寒冷的墓里,我额上将感应你的爱抚的亲切,你的气息的温暖。

走遍马尼拉,我一直默默叩问:这里的百姓为什么会如此勤劳勇敢,充满底气?从黎刹这首荡气回肠的诗篇中,我终于找到了答案。瞻仰黎刹的铜像,看见年轻英武的黎刹身着敞怀的风衣,手里捧着一卷书，眺望着美丽的马尼拉湾。刚好我手上也抓着我的《致青藏2》手稿，我遥祝大洋彼岸的祖国。

在菲律宾期间，当地人，时不时地向我打听中国的“一带一路”战略，担忧中国的“一带一路”会绕开菲律宾。他们的理由是，因为菲律宾一直与中国就南海问题大打主权官司。

听后，我大笑：“多忧了！”自古以来，菲律宾与中国的贸易、文化和人员交流都是通过海上进行的。两国的友好交往历史长达千年。相信菲律宾是“21世纪海上丝绸之路”的组成部分，也是中国与东盟国家加强海洋合作的一部分。

这时，国内亲戚来微信催促我，说“皮皮”在家见到有人敲门，都要冲出来看一看，不见主人，它就闷闷不乐地扑到窝里，现在已是两天不肯吃饭了……

或许出于对生命的尊重，我不得不提前返回中国。站在菲律宾斑驳的城墙，这里记录了一个逝去的时代，正如一首歌唱到的：“围着老去的国度，围着事实的真相，围着浩瀚的岁月，围着欲望与理想……”

在这个寂静的春天，我见那不远处是大海，一股暖流迎面扑来，仿佛是那朵洁白如玉的菲律宾国花——桑巴吉塔花，绽放在我们心间。多么美好的一件事，“走着走着，花就开了”。守得花开是一场幸福的等待，也是一段艰辛的征程。就像当下中国的雾霾虽然可怕，但只要敢于治理“APEC蓝”，不是照样美丽夺人。还是相信中国那句话吧，“儿不嫌母丑，狗不嫌家贫”！

是啊，如今“一带一路”的春风正劲，给了我们享有人生出彩的机会，享有梦想成真的机会，享有同祖国和时代一起成长与进步的机会。那么，就让我们向着春天进发，远处有我们更为动人的风景……

第三章　何以书声消乡愁

没有智慧，『三农』扶不起来；没有『中国梦』，越扶越贫穷。不管是扶智还是扶志，必须靠对口教育。这样才能让农村农业留得住当地年轻人，引得进外来年轻人。如通过教育，就像许多大量兴起的观光农业一样，实现农民在家门口创业就业，年轻人才自然愿意留在村里当农民，高素质的人才也愿意从事农业生产。

富春山居图

重重似画/曲曲如屏……/但远山长/云山乱/晓山青!

——宋·苏轼

“云山苍苍,江水泱泱,先生之风,山高水长。”这是北宋范仲淹对富春江风景的题记,用来品评黄公望的《富春山居图》可能最恰到好处。

也许杭州的富春江是人间天堂,她的每一滴水珠、一朵浪花、一座山峰、一棵草木,都滋润了黄公望那支笔,才有了那幅荡气回肠的《富春山居图》,带给我们生命的震撼,精神的愉悦,笔墨的凝重。

也许杭州的西溪是《红楼梦》原型,林黛玉临终的“焚稿断痴情”,才会再次发生在黄公望的《富春山居图》上。当那些达官贵人爱不释手,巧取豪夺地为临终瞑目焚画时,那熊熊烈火中映印有我们的枯藤老树昏鸦,古道西风瘦马。

也许《富春山居图》是不幸的,但又是不幸的万幸,当被投入火海,即将灰飞烟灭的刹那,多亏那一江滚滚东流的富春水,那曾经被流淌的浅滩、激流、山川、水草的惊醒,才赢得了被抢救的时间。不幸已烧成两截,庆幸的是野火烧不尽,春风吹又生。

因为我知道,富春山居中有我们生命婉转起伏的山峦,有我们激情迸发、万马奔腾的大潮。在那里，我们可以仰望星空；在那里，我们可以长歌当哭；在那里，我们可以追逐着、述说着人生的执著与领悟！

富春山居分明是一对风花雪月中亲密的爱人，面对生离死别，难分难舍，前端收藏在浙江博物馆的一段，早已化为“富春”的爱，而后端收藏在台北“故宫博物院”的一段，可谓是“山居”的情！

这是一个断裂的爱，至今仍还在流着爱情神圣而缠绵的血与泪，留下生命最美丽而忧愁的情与爱。

富春山居，她在哪里？

无论她在天涯海角，还是在那湾浅浅海峡，都挡不住激情燃烧——爱的呼唤，也隔不开这有情人终成眷恋——爱的重逢。

所以我们深深记住了 2011 年 6 月这一刻，目睹并见证了《富春山居图》在台北“故宫”合璧。

这是一种缘分，这是一种真爱。

这是千年等一回！

谁都没有想到黄公望的旷世之作《富春山居图》，断裂了 660 年的爱，仍能从杭州赴台北“故宫”合璧，难道都是黄公望之“望”的含义？

世传黄公望养父一见到他就说：“黄公望子久矣。”从此他才有了名叫公望，字称子久。黄公望几乎一开始就活在人们期望中，想不到自《富春山居图》绘就，这一望就是 660 年呀，好长好长啊！

当年苏轼面对富春江，一声感叹：

一叶舟轻，双桨鸿惊。水天清，影湛波平。鱼翻藻鉴，鹭点烟汀。过沙溪急，霜溪冷，月溪明！重重似画，曲曲如屏。算当年，虚老严陵。君臣一梦，今古空名。但远山长，云山乱，晓山青！

我想以此作为对黄公望的《富春山居图》的诠释，也作为我对那一江春水的寄托。

那是我十多岁时，当兵来到杭州的富春江边。每天晨练，我们都要从当年黄公望隐居的地门前走过；每次泅渡，我们都要从当年黄公望经常放舟的江面蹚过。

那时仅知那里是“风烟俱净，天山共色，从流飘荡，任意东西”。只听到懂艺术的人常常说起，黄公望曾用他那轻松、随意、率性的笔墨横扫而过，有时江面辽远开阔，渺沧海一粟；有时逼近岸边，可以细看松林间垂钓渔夫的闲逸安静。在那山脚水波，风起云涌，一舟独钓江上，无疑听到更多的是民间传说，根本没有机会接触或欣赏到大师的《富春山居图》。

那是我十多年前，带团赴台考察。发觉在这湾浅浅的海峡，确实有最大的国殇，最深的乡愁，“一二三，到台湾，台湾有座阿里山；阿里山，有神木，我们一齐回大陆”。

在台北“故宫”，我曾打听过《富春山居图》的下落，见到了一些仿制品，以及一些图片或文字资料，根本无缘见到真迹。

有趣的是走过台湾，发现遍地有黄澄澄的相思树。在离台那天，我走进一片相思树林，黄灿灿而浪漫的相思树，婆娑花海充满诗意，一阵风起，我被滴滴答答的水珠惊住，不知那是富春山居的露珠，还是相思泪?

直至我十多个月前，有幸参与浙江与台北“故宫”《富春山居图》合璧前期工作，又先后三次赴台。每当提及“清水出芙蓉，天然去雕饰”的《富春山居图》，那千岳万壑越出越奇，那重峦叠嶂越深越妙，我才懂得了什么叫“画中兰亭”！

而每次回到杭州，我都会抑制不住有写作“富春山居”的冲动。但每每都因工作的繁忙，望“富春山居”心叹！

没有时间去写富春山居，太遗憾了！因为她不只是一张绘画，她是一本文学，一个哲学。

当然，她更是一种境界！

贡性之在《富春山居图》中留白处写下的“此老风流世所知，诗中有画画中诗，晴窗笑看淋漓墨，赢得人呼作大痴”，也一直刻在我心中。

在我的博客中，至今仍能见到我工工整整的摘录。我曾想就富春山居题材写个一醉方休，但又苦于没有时间，仅能仰望黄公望隐居静谧的做事风范。

直到有微博那片处女地，我立马去跑马占地，安营扎寨，梦想做一位原始部落的印第安人。

在这个红尘滚滚，越来越浮躁的社会，微博一次仅许说 140 个字，逼得我们得重新学会说话，这对我这样缺少时间的人来说，可能是最佳选择之地，一块“少说话多做事”的世外桃源。

但是，微博是“有什么新鲜事想告诉大家”，常以文字、表情、图片、视频、音乐或投票等发声，如果想每次仅用 140 个字，表达富春山居这一宏大文学题材，恐怕是很有难度的。

这需要我们一方面要有还原历史的能力，对那段遗忘的历史进行一次全景式梳理；另一方面要有足够的学识与水平相匹配，必然也是对自己的一个挑战。

于是，有了我台湾@梦——

遥望台湾，一种乡愁升起，就像当年黄公望的古典式乡愁，“碧云天，黄叶地，秋色连波，波上寒烟翠……明月高楼休独倚，酒入愁肠，化作相思泪”。

同时，我又有黄公望不老的现代式乡愁，“富春”的歌是一支不停顿的笔，仿佛“山居”云雾里的挥手别离。

乡愁是模糊的惆怅，一棵没有年轮的树，永不老去！

于是，有了我红色@魂——

大家知道，红色是中国色，是中国象征。红色灯笼、红色婚礼、红色春联，红成了国人主旋律。

当黄公望选用红色，还有红色激情、红色美丽、红色浪漫、红色时尚、红色自信。我一直思寻，为何在黄公望时期，大师辈出？

之后众多学科都与这些大师名字相连。难道必须“三代承风，方称世家”？所以，我想通过大师的生活背景，来寻找或来延续我们曾有的优良传统，在与当代碰撞融通中，希冀在不久将来见到新的大家！

于是，有了我杭州@情——

在那个深藏在湖光山色，带着多元人类文化因子的杭州，让我从中领教到人类文化最先迈出几步足迹——良渚文化、湘湖文化。使得黄公望笔下的山更青，水更秀、天更蓝，人更美！

为什么？每每在湖边漫步，我总有在柳浪闻莺、曲院风荷之外，遇见另一个湖，这湖如少了爱情，西湖梦幻之美可能黯然失色。

记得张爱玲说“西湖的水，是前朝名妓的洗脸水”。话刻薄点，但西湖水又都是从富春江流淌而来的，应该还有黄公望大师的洗脚水，不否认西湖是最经典、最文化、最风流的一个湖。

难怪在富春山居，总觉被爱情撞了一下腰！

……

这是一个精彩的“富春山居”。所以一开始，我就设定每篇140字既能独立成篇，又能在每日每季的生活中，找到相对应坐标，使得台湾@梦、红色@魂、杭州@情成为三个版块，这是《富春山居图》的梦魂情，也是贯穿微博的一条主线。

这里，我尝试解决了人们对微博“碎片化”的争论，做到形散而文不散。

其实，只言片语恰恰正是微博自身的特色与特长，当140字经过“链式反应”的转发，就会酝酿成巨大能量，形成轰轰烈烈、惊天动地的微博春潮涌动起来。

这里，我慢慢举起手中的笔，追着日子写意。

在不经意中，让人们感受到时间的流逝，感受到历史的沧桑。同时，瞬间又让人们得到记忆或怀旧的心灵，给予了一种温暖，一种寄托。

这里，我梦里富春微博求。

在微博这块阵地上，“我将穿越，但我永远不会抵达”。

上月底，收到北京寄来的《水流云在——微博版〈富春山居图〉》(以下简称《水流云在》)一书小样，我正好路过杭州的湘湖，茫茫人海中，突然见到湘湖北岸一牌坊，写着“水流云在”四个大字，我心中一惊。

要知道，出版社为取这个书名，绞尽脑汁。最后多亏高才生吴航斌先生“眉头一皱”，他说“水流云在”四字取自杜甫的诗《江亭》，“水流心不竞，云在意俱迟”。前一句是说江水如此滔滔，好像为了什么事情，争着向前奔跑；而此时观水，却是心情平静，无意与流水相竞争。后一句是指白云在天上移动，那种舒缓悠闲，与此时的闲适心情全没两样。

大家都赞叹“水流云在”这个书名。想不到在我出生地，在我喝着湘湖水长大的咫尺，祖宗早已取好了这个名字，这不能不说是一个巧合，也许这就是缘分吧，莫非都是我“云”的情结？

据说，《水流云在》是迄今国内第一本长篇微文学书籍。

但这次，对我而言的确是一次冒险的写作。我这个人喜欢挑战自己，可以说，很多时候冒险可能就是创新的筹码。

如果冒险能打开一条新通道，闯出一片艺术新天地，那么这种冒险的牺牲有什么不值得呢？亦如当年黄公望，人到黄昏，才冒险开始创作《水流云在》一样。今天拜请大家记住这个微博名字，叫“钟国人有话”！

如果《水流云在》一书，能带给我们见证历史的机会，让我们触摸到至真、至善、至美，那么我近一年微博的耕耘，正如普希金所说的，“无论多大的痛苦在回忆里都会变得甜蜜”。

以画为媒，以画传神。昨天是六一儿童节，喜逢《富春山居图》两岸“山水合璧”一周年，来自台湾的 10 位小朋友，与来自杭州的 12 位小朋友，在黄公望隐居地，携手绘制了一幅 22 米长的“富春山水”长卷。当我除步拾遗，穿越牌坊、筲箕碑亭、小洞天、南楼、灯台瀛，还有那若隐若现的净音院禅音，仿佛又慢慢回到了 660 年前。

而在黄公望隐居地入口处，坐北朝南的黄公望纪念馆正式落成。今天它倒真的“水流云在”，如一片祥云，快乐降临在这个美丽富春山谷中。

或许，这才有我汉魏风骨，盛唐气象，写下时代的金戈铁马、气吞山河；

才有我雄浑生命，舍我其谁，抒发人间的浩然正气、博大情怀；

也才有我忠实梦想，记录激情，摒弃玩弄，引吭高歌，做一个“最雄桀”的人、大写的人。

正如台北“故宫”何传馨先生在杭州的感言，富春山水正朝着唐代诗人吴融所描绘的“水送山迎入富春，一川如画晚晴新”发展，等待着我们去感悟，去描绘，去赞美！

而六一儿童节的第二天，我正好要去钱江源，那里也是富春山水的源头。

蓝蓝的天空，高高的山峰，滴滴的翠绿，涓涓的溪流，轻轻的鸟语，幽幽的仙境……让我明白了黄公望为何长年守望在富春江口。

可能受黄公望诱惑，当我站在古田山国家级森林公园山脚，蓦升一股强烈攀登与征服欲。当地人告诉我，到山顶至少三个来小时。毕竟久未登山，我走在垂直陡峭的山路上，一会儿就被折磨得筋疲力尽。望着那千米海拔高度，我觉得比十年前“人在藏北”的高原还吃力。

我气喘吁吁地倒在山坡上，望着天空，脑中闪现出意大利《云上的日子》中的爬山镜头：人们慢吞吞爬行，无论工头如何催促，就是难以迈步。到山顶时工头不解地问："刚才你们为何不肯走?"一个幽默的回答："怕走得太快，把灵魂落在后面!"

当我终于站到山巅，顿时有一种像征服了珠穆朗玛峰一样的快感，呈现在眼前的完全是一幅超越世界的画卷：波澜不惊的溪流，连绵起伏的山峦，万马奔腾的江水……给人一种舒缓、一种空灵、一种静谧。

也许，对于热爱自然的人来说，跋山涉水中最快乐、最幸福的时光，就像黄公望毕生就画一幅《富春山居图》一样，无论如何慢动作，心中只一个信念：等待自己灵魂，等待身心在同一个支点，等待灵魂跟着脚步。当然，这需有一种品位、一种底蕴、一种思想。

还让我惊叹的是，古田山峰峦平沙，水郭细村，慢慢会流向海，而山峰之巅，矗立着一座寺庙，叫凌云寺，这场景多像"水流云在"?

面对"远山长，云山乱，晓山青"，我在这里找到了黄公望历史记忆的坐标。

想不到的是，那寺中仅有一位已是 79 岁的年迈僧人，孤身守护修炼着，一如当年黄公望在富春山上，独自隐居绘画着。

我不知眼前是李白诗意的"众鸟高飞尽，孤云独去闲"，还是杜牧放歌的"清时有味是无能，闲爱孤云静爱僧"。

看到了吗? 那幅《富春山居图》长卷仍在我们笔下延伸，或许谁也无法预见，最终将会走向何方。

相信那里有我们绝妙的风景与爱情!

改庙攻书育后生

也许我是盐/别怨我/撒在你的伤口上/让你痛苦/我和痛苦一起被咽下去/我要化入你的血/我要化入你的汗/我要让你/比一切痛苦更有力。

——邵燕祥

苏北的一个千年古镇,因“曲水人家、荷塘月色”,得名叫曲塘。这么一个水汪汪的名字,很容易让人联想到“曲水流觞”文人诗话的景象。

或许曲塘的命运注定与文化有关,1958 年在这里诞生了新中国第一所农业中学——双楼农中。在距离学校不远处有几间青砖黛瓦房,是我祖上的故居。听爷爷说起,双楼得名是因为过去这里曾建有一座双子塔。因祖宗崇尚文化,在老家门前还建有一所小学、一所初中。我生在杭州,到读书的时候,父母考虑到老家上学的便捷,便把我们几个孩子先后送达双楼。

这一偏僻而又质朴的小集镇,河网纵横,河水清澈明净;蓝天碧野,满地油菜花开;小桥流水,沿河枕水人家。在这里时间仿佛止住,没有城市的喧嚣,可以在乡村小镇闲庭信步,慢悠悠地品尝佳肴,甚至坐在茶室发呆,好一个世外桃源。之后,当我有机会来到纽约双子塔、吉隆坡双子楼、台北 101 摩天大楼,我就想到中国的苏北故乡,莫非因有此双楼的启蒙,才有彼双楼的横空出世?

坐落在这里的双楼农中,远看像一座庙,近看还是一座庙。寺院内早已空空荡荡,取而代之的是课桌椅。一级一级的台阶,直达大雄宝殿，两三个人才合抱住的殿柱，让人明白了什么叫“十年树木，百年树人”，什么叫“中流砥柱”。

一条大河环绕着校园，桃红柳绿掩映着校舍，万紫千红的学农基地，伴随着朗朗的读书声，让一切都充满神圣，也洋溢出青春。别小看这些，这里的一砖一瓦、一草一木都有许多故事。

那是1958年3月8日，在时任国务院副总理、中宣部部长陆定一的倡导下，首创了新中国第一所农业中学。记得建校时，陆定一同志专门为“双楼农业中学”题写了校牌，还发来了热情洋溢的贺信。时任江苏省委常委、宣传部长欧阳惠林专程来校参加成立大会，代表陆定一阐明了创办农业中学的背景、意义和培养目标，他朴实幽默的讲话，也赢得了到会的八百多名师生的阵阵掌声。

那是1959年3月7日，在学校成立一周年之际，欧阳惠林同志又给学校发来贺信。与此同时，对双楼农中办学问题进行了专题调研，从教学、生产和生活等多方面的问题，进行了具体的协调解决。基本实现了学校办公、教师工资、学生书本及部分生活费的自给，使双楼农中稳步向前发展。

那是1960年3月8日，在建校两周年活动时，欧阳惠林放下手头事务，从百忙中赶到双楼，察看校园，深入粮食加工厂、造纸厂、畜禽饲养场和农作物试验田等地考察，并在校庆大会上讲话。这年9月23日，他又专程赶到学校，参加首届毕业生典礼，为全校师生作了形势报告。

那是1961年3月6日，在学校建校三周年前夕，也是在农业中学发展的关键时刻，欧阳惠林又一次出现在双楼农中，在这里召开了全省部分农中校长会议，对农业中学改制工作做了具体部署。

时值1964年，北京第三届全国人代会期间，当得知南京大学匡亚明校长带领学生在双楼所在县搞“社教”时，陆定一牵挂道：“双楼农业中学是我们创办的第一所农中，不知现在情况如何？请你关心关心。”会议一结束，匡亚明就直达双楼农中，正式蹲点在那里。同时，他还准备了拾粪的筐子，一边每天天不亮就起床，背着筐子拾粪，为农家驱肥，拉近与农民的距离；一边到附近农村征求对学校教育的意见和要求。当时此事还见了报,轰动全国。

时值1965年3月8日,校庆七周年之际,匡亚明同志专程来到双楼农中,还为全校师生作了"农业中学有强大生命力"的主题演讲。又以南京大学的名义,为学校捐赠了一批教学器材。

时值1985年11月3日,时任江苏省人大常委会副主任的匡亚明,已经离别双楼农中20年,在走上学校大殿子时,他停下脚步,对同行的学校所在地的党支书李益民说:"'四清'时,我曾在这里开大会,把你整倒。我搞错了,今天我得当面向你赔礼道歉!"李益民也动情地说:"匡校长,你在'文革'中,是第一个被报纸点名批判'反动学术权威'的呀,谁向你道歉呢?""哈哈哈",他大笑道,"为了工作,我们都应抛开个人恩怨啊!"离校前,匡亚明专门为双楼农中题词:发展职业教育,促进四化建设。

时值1988年校庆30周年之际,陆定一同志仍不忘关心双楼农中,又一次为双楼农中题了词:感谢同志们30年辛勤劳动,除了农业技术以外,还要学习农业经济,适应社会主义商品经济的要求,瞻望将来,农业是一个难关,必须及早注意,加以解决。

……

在这里,我之所以不厌其烦地列出这一串时间,就是想告诉世人:生命的真谛不在于你呼吸的次数,而在于那些令你屏住呼吸的时刻。一所普通的农业中学,凭一个或几个领导人的勇气和顶层设计,并持之以一身倾注,牵挂与关照,这在中国恐怕绝无仅有!

正因为有了许多老一辈们的指点,双楼农中才在这块希望的田野里,经过五十多年的冬耕春播夏忙秋收,为农村输送了近十万农技人才;学校在探索"教学、科研、生产、经营、服务"的特色办学之路上,也使得双楼农中这个"第一面红旗"愈来愈鲜艳。

当然,双楼农中给无数像我这样从那里走出的学生,留下许多美好的回忆与思念:"恰同学少年",我们喜欢那座校园美丽的倩影,我们热爱那方希望而肥沃的土地,我们更怀念那里清新无比的空气……

可惜,好景不长。近年来,我已越来越不愿提及双楼农中,甚至想早点远离那里。不是说我没有母校情结，也不是说我没有缠绵乡愁，是因为那所我曾经就读的双楼农中，突然被拆迁了，不知道是谁干的，更不知出于什么原因。

如此脱胎换骨，我以为是一个生命遭遇“扼杀”，令我长歌当哭，卧床难起。大概是我太推崇国外对学校建筑的保护了，一座房子至少可以住三代。许多百年老校建筑都是石头垒的，看上去很笨重，墙体很厚，特色鲜明，像古城堡似的，每栋房子都标注了建造年份。随便走进哪间老教室，都能听到很多故事。

一幢幢老房子组成的校舍，就是当地一部生动鲜活的历史字典，也是独一无二的文化传承。潘耕贵校长告诉我，1965 年秋到 1966 年春，长春电影制片厂先后两次来双楼农中拍摄纪录片，负责编写电影剧本的江苏省文联主席李进同志曾写过一首七律诗："大有可为屋顶呈，改庙攻书育后生。开机用电需新手，喜听机声伴蛙声……"这是一个多么美妙的双楼农中，但这些只能留在我们的记忆之中了。

就在我对双楼农中渐渐忘却之时，今年清明，逢我姐乳腺癌病故五年，为了祭姐，我必须要踏上那条曾经带给我快乐，也带给我悲伤的故乡之路。已是头发雪白、步履蹒跚的原双楼中学校长潘耕贵，也是我的老家邻居，他得知我返乡，在第一时间上门找我："无论如何要抽时间，写一写母校。再不写的话，历史可能就将我们抛弃了！"我已记不清，这是他第几回对我这样说。

本来书写母校是一件很神圣的事，为什么迟迟不肯动笔？除了我不是专业作家之外，主要是母校被拆迁，始终让我难以接受这一事实。这次潘校长，还将他日积月累的一些学校资料，无偿交给我，并对我说："时间也许对我来说不多了，但这些资料也许对写作有帮助。"他说得那么沉重，甚至有点惶恐和忐忑，仿佛一把匕首，倒逼我必须拿起笔。

是啊，“校长”曾经是一个多么神圣与魅力的符号，如今潘校长在我面前，却是那么茫然与孤独，我的心突然一酸。记得在前年，拙作《金融战国时代》在北京一家出版社出版，亚洲院士陆德在病床上审读了出版社送去的校样，还做了认真细致的读书笔记。在他约我及出版社编辑面谈时，我才得知他是陆定一的儿子。我作为他父亲创办的新中国第一所农业中学培育出来的学生，与他自然又多了一份亲近。

陆德先生告诉我，他正在整理其父有关教育方面的材料，希望我能助一臂之力。但昔日双楼中学早已被拆迁，他一定不知道这些情况，我也不敢告诉他，怕让陆院士虚弱的身体雪上加霜。我仅是随口一应，抽时间要帮他整理双楼农中的一些资料。此事，一直令我十分纠结。

说句心里话，没有了“改庙攻书育后生”的学校，还有什么值得我们牵挂，或者值得我们怀念的呢？我在这种迷途中徘徊，找不到出口，也找不到回家的路。

就在匆匆岁月使我们的青春慢慢消殁时，大到国家副总理陆定一，小到基层校长潘耕贵，他们为了这所带“农”字头的学校，应该说饱尝了辛酸，但他们没有退却，始终默默地前行。譬如，创办之初轰轰烈烈，学校性质属于民办，政府一不给经费，二不给特殊的收费政策，有几回学校挣扎在濒临“死亡”的边缘。

后来，碰到代课老师转正，审批时，也因学校性质是民办的问题，所有的代课教师都不予转正。此时，全校哗然，人心不定，许多老师纷纷逃离学校。

最有讽刺意义的是，有一次，地委宣传部门派员采写了双楼农中教育教学改革的调查报告，省报编辑部门来电说：文章内容充实，事迹突出，但需更改校名，方可发表。虽然江苏是农业中学的发源地，但自“文革”以来江苏没有发表过有关农业中学的文章。省教育部门也告诉说，双楼农中事迹原本准备上《红旗》杂志，也因是农业中学，被取消发表权。

如此等等，为什么一个带“农”字头的学校，生存就这么难？虽然教科书一直在告诉我们，中国以全球7%的耕地面积养活了全球22%的人是非常了不起的一件事，但现实情况是越来越少人尤其是年轻人愿意做农民，即使是那些挣到了钱的农民，在他们的收入中纯农业收入不会超过三分之一。

还有中国农业后继乏人问题的日益凸显，也许这正是几十年来，倒逼双楼农中艰难向前的原因所在。正如潘校长一板一眼地提醒我："目前农村出现了另一个意义上的'三化'，即农业兼业化、农民老龄化、农村空心化。"这些，有人知道吗?

"今后谁来种地的问题已十分突出，也许再过十年农民在中国就要消失了。"我没想到潘校长会说出如此忧心忡忡的话，"不要以为这是危言耸听。现在农村的年轻人都不留在家里，城里还会有人愿意去农村? 没有农民，中国的农业怎么可能发展?" 这些，请问你懂吗?

听着潘校长滔滔不绝的介绍，方知 20 世纪 80 年代中后期，双楼农中又遇上了交通不便、学生难招、老师难留的问题。这就向农业中学提出了两个难题：一方面教育如何改革，另一方面学校是造路还是搬迁。当时学校横下了一条心，选择了搬迁。他们就像避"瘟神"一样，要赶紧搬出那片乡村僻野。

的确，目前的学校搬迁，没有离开双楼，可能区位更好了；目前学校也已升格为中专，虽说还是学校，可能更上了一层楼。但我要提醒的是，对 2013 年底中央农村工作会议提出的关于"谁来种地"的问题，要通过富裕农民、提高农民、扶持农民，让农业经营有效益，让农业成为有奔头的产业，让农民成为体面的职业，这就亟待培养造就新型农民队伍。

试问，像现在这样的学校能担当吗? 潘校长没有正面回答我。当下正逢"美丽乡村"建设，空心、老去、消亡，不应是农业学校注定的结局。谁都知道，小康不小康，关键看老乡。一定要看到农业还是"四化同步"的短腿，农村还是全面建成小康社会的短板。中国要强，农业必须强；中国要美，农村必须美；中国要富，农民必须富。

没有智慧，"三农"扶不起来；没有"中国梦"，越扶越贫穷。不管是扶智还是扶志，必须靠对口教育。这样才能让农村农业留得住当地年轻人，引得进外来年轻人。如通过教育，就像许多大量兴起的观光农业一样，实现农民在家门口创业就业，年轻人才自然愿意留在村里当农民，高素质的人才也愿意从事农业生产。

事实上，在大多数家长和学生眼里，判断一所高中好不好，往往看它有没有"重点""一级重点"这样的头衔。我以为,这样的评价标准应该取消。取而代之的是"省普通高中特色示范学校"的评选,让学校的课程真正多样化、有特色起来。简单地说,就是有足够的必修课、校内选修课、校外选修课,用学分制管理的学校。让不同的人能做出适合自己的生涯规划,具备适应社会的能力,让人有深层次的发展才是教育的本源。

在这里,特色示范学校和过去更看重升学率的重点中学比起来,能为不同的孩子打下不同的基础。这样才不会造成"千校一面"的情况。我担心自己词不达意,于是又系统翻阅了老一辈革命家对农业教育的一系列重要讲话,我还发现《当代中国》的教育卷上,以及《人民日报》《光明日报》等众多报刊媒体上,都先后推荐了"双楼农中"的教育模式。

就像十三届三中全会《决定》告诫我们的那样,要"统筹城乡义务教育资源均衡配置"。在这里,教育均衡化的诉求,绝不是通过"广种薄收"式的运动,制造出一块块见圆见方的"标准农田",而是要根据地形地势、作物条件,催生出一个具有多样性和丰富性的"有机农业"。

此时,不知人们有否感叹:农业中学,其实很简单。她可以让我们流泪,甚至让我们失望,尽管这样,她仍站在那里,我们还是如情人般走过去牵住她的手,身不由己。

我们永远都不会忘记,因为农民的勤劳和智慧,中国创造了灿烂的中华农业文明;因为农民的支持和参与,中国开辟了独具特色的新民主主义革命道路;因为农民的付出和牺牲,中国建立起了完整的工业体系;因为农民的勇敢和创造,中国开启了波澜壮阔的改革开放进程。

"若到江南赶上春,千万和春住。"当春雷滚过大地,展现在我们面前的,不仅是万紫千红的春色,不仅是曾有的拼搏奋斗的豪迈,更有无限美好的未来。

是啊,教育可以与我们的青春一样,没有衰老,也不曾远去!

亲爱的双楼农中,请别嫌弃我的唠叨,我的老师邵燕祥有一首诗是这样说的：

也许我是盐
别怨我
撒在你的伤口上
让你痛苦
我和痛苦一起被咽下去
我要化入你的血
我要化入你的汗
我要让你
比一切痛苦更有力

衷心祝愿双楼农中，短了过去，长了未来！
让我们紧紧拥抱住这个春天吧！

我要化入你的血／我要化入你的汗／我要让你／比一切痛苦更有力。

新安放歌

清溪清我心，水色异诸水。借问新安江，见底何如此？人行明镜中，鸟度屏风里。

——唐·李白

奔腾东流的新安江，烟雾迷蒙，杨柳如堤，繁花似锦，充满江南韵味，令人带着无尽的相忆或相思，去叩拜那里深深浅浅的青石小巷、弯弯曲曲的小桥流水，星星点灯的渔舟唱晚。在这里，时间似乎是静止的，与外界不知相隔多少世纪，我就是怀着这样一种崇敬虔诚之心，走进新安江的。

那年盛夏，单位组织到浙江建德集训，住在新安江月亮湾大酒店，这里冬暖夏凉的小气候，使人的舒适度立刻飙升。一打听，得益于千岛湖的形成，新安江水常年保持在10℃左右的恒温，使得这里成为炎炎夏日的清凉世界，江南难寻的避暑胜地。

令人惊讶的是，新安江畔，山色青翠秀丽，云雾飘逸缭绕，空灵静谧；江水不论深浅，清澈见底，洁净如镜。尤其，从古镇深渡上船时，眺望四周的山，显得陌生而又遥远。水使山青春永驻，青翠的山又使水更加年轻；山与水，就这样心心相印在风风雨雨里……难怪，唐朝诗人孟浩然赞美新安江的清澈时说："湖经洞庭阔，江入新安清。"南宋学者沈约曾以《新安江水至清见底》为题赋诗："洞澈随深浅，皎镜无冬春。千仞写乔树，百丈见游鳞。"还有一位文人更把它刻画得温媚无比，秀色可餐："皱底玻璃还解动，莹然绿却消醒。泉从山谷无泥气，玉漱花汀作佩声。”真的是一条令人神往的“唐诗之路”！

在没有现代化动力工具的漫长历史进程中，新安江的修筑，每每都联结着政治中心转移。无论是春秋之末的扬州，隋唐时代的长安、洛阳，还是元朝的大都（今北京），封建王朝建都到哪里，江河就通到哪里。虽然新安江与王朝建都没有直接关联，但作为源头的古徽商的崛起，作为当时的经济中心，是无可非议的吧！

特别是新安江穿越电站大坝，汇入富春江、钱塘江，再一泻千里，奔向东海。这里湖光山色，清流不倦，万壑争流，与当下环境污染造成的守着“水乡无水吃”的江南，完全是一个例外的惊鸿艳影。从太湖的“蓝藻事件”到松花江水污染，我敬佩人们对新安江的保护与管理，那岂是一江之水，分明事关百姓的生死存亡，当即我写下自己诗意的感受——

当盛夏把江南投入熔炉
新安江成了一池淬火的水

那叮咚不绝的涧水
人行明净
帆浮翠屏
犹如掀开的一本本书
有《剑南诗稿》的激透
《金瓶梅》的风骚
《三国》的波澜
《官场现形记》的阴谋
《水浒》的情谊
明清大地
才有了华丽的新安身影

那飞珠溅玉的碧水
带来江风习习
迎着清凉沁人的风

像迎着一次艳遇
有孟浩然的思恋
刘长卿的浪漫
方千的怜惜
李白的爱抚
杜牧的潇洒
大唐帝国
留下风华的新安诗派

那云蒸霞蔚的江水
一半是烟
一半是云
烟雨中,绽开一幅水墨画卷
有叶氏家族的书院
黄公望的小桥
黄宾虹的山水
傅抱石的人家
潘天寿的仙境
从此中国
有了新安画派的辉煌

呵新安江,多么博大精深
你是一条不一样的河
不一样的坎坷
不一样的梦幻
不一样的古老
你冲开夏日的烈焰
把一切犁开
播下一支悠远的诗
源远流长

不久，到浙江淳安开会，又惊醒了我沿新安江溯流而上的梦。

发源于安徽黄山的新安江，到达淳安，注入千岛湖。在面积 580 平方千米的水域中，有近 1600 个大小不等的岛屿，星罗棋布，故称千岛湖，也是新安江水电站的力量源泉。这座大型水库，不但气魄雄伟，而且景色秀丽壮观。亦如现代大文豪郭沫若所称颂的："西子三千个，群山已失高，峰峦成岛屿，平地卷波涛。"

搭乘游艇，在碧波浩渺、岛屿点点的湖面上行驶，别有一番风情。岛屿都不大，有的岛上郁郁葱葱，山花漫山遍野；有的岛上飞鸟成群，整日莺歌燕舞；有的岛上猕猴簇拥，张扬生命活力……新安江水就像飘动的美丽绸缎，把一个又一个岛当做绣球，抛向天堂人间——

这岛，散落如珠
高耸似屏
是一千个月亮
有一万颗星星

这江，云雾氤氲
波光粼粼
是一千个蓝天
有一万朵白云

这里一静难求
藏有世界上最多的岛
天下最美的水
浓郁溢出的绿色
还有独享天年的小镇

千岛湖
我知道你
天无涯，水无边
景色撩人
今天只谈风月

清溪清我心，水色异诸水。借问新安江，见底何如此？人行明镜中，鸟度屏风里。

遇到今年五一长假，在淳安友人胡相旗和汪建明两位先生盛情邀请下，我再也挡不住新安江的诱惑，从千岛湖包了一艘快艇，顺着新安江到安徽歙县的深渡码头登岸，再驱车到绩溪龙川。

位于绩溪县城东北的龙川，是新安江畔的一个古村落，该村地势独特，村前有龙须山高大巍峨，村中有一条小溪由北而南穿村而过，风景优美，两岸古民居，依山而筑，逶迤伸展，宛如一艘船，颇具龙舟过江之势。

龙川村子不大，这里的人重耕田、重读书、重经商。历史上名人辈出，有明代抗倭名将、兵部尚书胡宗宪，户部尚书胡富等人。沿溪两岸是典型的古朴无华的徽派建筑，粉墙黛瓦，房屋两侧的高墙呈阶梯状，当地人称“骑马墙”。村落街巷，房舍鳞次栉比，户与户之间，骑马墙相隔。“奕世尚书坊”，建于明代，为四柱三门五楼，用花岗岩石建成，流檐飞脊，斗拱花翅，梁柱前后均饰以龙、狮、鹤、鹿等镂空浮雕，图案优美，立体对称，技术精湛，形象逼真，属徽派石雕的精品。

沿村小溪边的石板路，来到胡氏宗祠，有关专家赞誉它是中国古祠一绝。胡氏宗祠始建于宋，清光绪年间重修。宗祠坐北朝南，前后三进，由影壁、平台、门楼、庭院等九大部分组成。祠内装饰精美，集徽派砖、木、石三雕和彩绘于一体，尤以数百件木雕最为精湛，享有“徽派木雕艺术宝库”之美誉。门楼的额坊上挂有以胡宗宪抗倭灭寇为题材的木雕，千军万马，气势磅礴；享堂东西两序的隔扇，用浮雕的技法将荷花“出淤泥而不染”的高贵品格刻画得淋漓尽致；寝楼阁扇的“百瓶图”，百花百瓶无一雷同，雕刻技艺极为高超。胡氏宗祠以其强烈的徽派建筑风韵，屹立在中国古建筑之林。

祠内有一特异现象：五百多年来均不见蜘蛛踪迹，是何原因不得而知。龙川全村几乎清一色胡姓，唯有一家丁姓，这还有一个传说：龙川是条船，而船在大河大海中航行没有铁锚就无法停船靠港，因此特从外村请来一位丁姓人守护祠堂，丁姓犹如铁锚把大船钉住就安宁稳当了。奇怪的是，这家丁姓数百年来代代单传，如今执行独生子女政策，却又是生了男丁。

穿过一条小巷，有座不起眼的小院，说是“胡锦涛祖籍老宅”，其祖父胡炳衡曾在此居住，以后离开此地到江苏经营茶叶，后代都没回来过。龙川人说这里是新安江边风水宝地，能聚百年之地气，采日月之精华，经过若干年便有人物涌现。

不知是冥冥之中上苍安排，还是龙川天人合一的传统文化熏陶，无论斗转星移，这里仍人杰地灵，以新安江丰厚的文化底蕴和难解的谜底深深地吸引着人们——

皖南的一个胡氏古村落
东有龙峰耸立
西有凤山相望
大河在村北滔滔
万山在村南奔腾
留下如歌如画一千六百年
记得去年在京城
偶见胡溪涛老人
这才知道
他与中国最伟大商人胡雪岩
最伟大读书人胡适
来自这里的村子

这里穿村而过的水街
千回百转的古廊桥
三江汇流的园林水口
江南第一宗祠——胡氏
出过一门三尚书
那数百幢古民宅组成的方阵
让整个世界惊叹
这里热血沸腾的徽派
高翘的飞檐
斑驳的马头墙

厚重的石板路
粼粼的波光
集砖木石三雕和彩绘风韵
处处天工人可代

这里留给人们的启示
一幅荷花与螃蟹图画
可以构成人们梦寐的"和谐"
一口国泰民安大钟
国字"少一点"
民字就会"多一点"
为人民服务
一个老人的心声
在这里找到诠释

作为新安江水淌过的地方,对杭州人来说,还有两位绩溪人不得不提。一位是红顶商人胡雪岩,少时去杭州于姓钱肆当学徒,得钱肆赏识,擢为跑街。同治十三年,筹设胡庆余堂雪记国药号,他以"戒欺"为经营理念,使胡庆余堂成为国内规模较大的全面配制中成药的国药号,饮誉中外,对中国医药事业的发展起了推动作用。

另一位是湖畔诗人汪静之,少年学写旧体诗,考入浙江第一师范,发起组织晨光文学社,并邀请金枝、柔石、冯雪峰参加,叶圣陶、朱自清担任顾问;后又成立湖畔诗社,同年夏出版《蕙的风》,引发一场持续七八年之久的"文艺与道德"的论战,推动了中国新诗的创作。

当晚,我们入住在歙县城里最好的宾馆——披云山庄,这里是汪建明先生的股份企业,也是千岛湖"淳"牌有机鱼的指定配送点。由建明先生继承与创新开发的徽菜,已成为当地一大特色产品,生意兴隆,名扬中外。晚风阵阵,摆一席佳肴纷呈的临江盛宴,就着那青山绿水中的悠悠传说下酒,品出的是路人的松散闲适,还有游子思乡的愁肠。

歙县与同为国家历史文化名城的四川阆中、云南丽江、山西平遥并称为"保存最为完好的四大古城"。古镇老街至今保存完好,是典型的徽派民居布局。披云山庄脚下就是当地赫赫有名的太平古桥。窄窄的青石板路往河边侧有许多岔口，拾级而下，可下到渔梁坝，它是新安江上游最古老、规模最大的古代拦河坝，距今已有上千年的历史。

位于太平古桥西侧的太白楼（相传，李白在此饮过酒），为黄山至千岛湖途中必经之地。太白楼为双层楼阁，挑梁飞檐，游人登楼可以饱览古城山光水色，古桥塔影。

徽商故里的斗山街，是一处集古民居、古街、古雕、古井、古牌坊于一体的旅游文化景点。粉墙黛瓦，鳞次错落，雕刻精美，脉传徽州文化之神韵。新创徽派建筑雕刻之精华。青石板铺成的路面狭长、悠远，宛如再现了戴望舒笔下的“雨巷”。

陪我们的披云山庄胡总，系导游出身，又是当地人，路过她家时，她还热情邀我们到她家参观，让我们进一步了解徽州人家。那一座座门楼，就是一件件玲珑剔透的民间艺术品，常令观瞻者叹为观止。这些雕刻精致的门楼，取材十分广泛，内容丰富多彩，有民间风俗、神话传说、戏曲故事等，可称为砖雕之最，充分体现了徽州古建筑中门楼文化的博大精深。百余幢古民宅，皆为砖木结构、三间两厢、明堂天井、粉墙黛瓦、马头山墙等徽派建筑特征。进入大门两边有下马石，宅内有水井，大旱不涸，久雨不溢。在斗山街，我们还见到典型的徽派民宅汪氏家宅，官府人家杨家大院、古私塾许家厅、世代商家潘家大院、千年“蛤蟆”古井、罕见的木盾牌坊——“叶氏贞节坊”，等等。

这粉墙黛瓦的古城，一丛丛、一簇簇，在青山碧水的尽头掩盖；一点点、一滴滴，在走得笃笃响的石板路上回荡。“一生痴绝处，无梦到徽州”，走进古朴典雅的古城，难忘的是我国最杰出的教育家陶行知先生，在自己门前书写的那副对联：“捧着一颗心来，不带半根草去。”这是多么伟大的新安江精神。还有徽州人家，特别是那家家都有幽深亮丽的天井——房顶上建造的天窗，实在太独特了。说它为了采光、为了透气和为了集水等都可以，我以为这还表明徽州人的一种开放与包容的心态，记得有一首诗是这样描写天井的——

总也忘不了故乡的老宅

老宅的天井

四周屋檐衔着一方天
是青青的天蓝蓝的天
白云飘过鸟翅拂过的天
年年月月，有风吹进来
有雨落进来，有雪飘进来
有阳光，一片一片地照进来

那是世世代代守着的
一口井，渴望的井
比天小比岁月深，常常
有炊烟从井底飘出去
有鼾有梦，也有叹息
一朵一朵地
沿着月光的梯子爬出去

哦，故乡老屋的天井
无论时光怎样黯淡
它都那样固执地
亮在我的记忆中，就像
守在我梦中屋檐下的那双
苍老而浑浊的眼睛
一动不动
凝视着天空

那次，回淳安，汪建明先生让员工在千岛湖专门表演了《巨网捕鱼》的节目。据说这是中外游客必看的表演。当天他们从新安江水里捕到一条150斤的大鱼，是迄今捕到的最重也是最长的江鱼。汪建明先生发明一种叫"鱼托"的方法，将鱼印记在纸上。对这条鱼，当地一些媒体纷纷进行了报道。我一直以为，那不仅仅是一条鱼，而是新安江的一个幽灵，是来到人间天堂的一位大使。

这次走过新安江，也彻底改变了我长期对安徽的偏见。我觉得徽州文化源远流长，徽商比当下浙商更精神。胡适曾经把徽商百折不挠的创业精神誉为“徽骆驼精神”。徽商的巨大成功与这种精神是分不开的，他们不辞劳苦，打破传统安土重迁观念，“无远弗届”，“走死地如鹜”，乃至“数年不归”。

从前徽州人送子外出习商当学徒，都要叮嘱儿子好好干，不能做“茴香豆腐干”。婺剧《对课》中“八仙”之一的吕洞宾，唱着要买“游子思亲一钱七”（药谜），而杭州女子白牡丹则随即揭开谜底，曰：“有道是游子思亲当回乡（茴香）”。显然，“茴香”的谐音也就是“回乡”，在徽州亦即失业的代名词。徽州人什么买卖都做，唯有两样东西最为忌讳：一是茴香，二是萝卜干——“萝卜”是因其谐音“落泊”。

当然，一直困扰我的是，后来徽商干什么了？怎么了？都在哪里？又到国庆，这次我主动与胡相旗先生约好，从杭州驾车沿杭徽路到屯溪会合。

我要把新安江源头这一最华丽段章，探访清楚。屯溪本名就源于水名，“屯”字据《广雅》解释为“聚也”，诸溪聚合，谓之屯溪。这里位于皖、浙、赣三省接合部，地处“两江交汇，三省通衢”的优越位置，南宋遗风犹存，明清建筑特色鲜明的屯溪老街，被誉为活着的“清明上河图”。

在这条麻石铺地的老街上，两边店铺鳞次栉比，各种古代的金字招牌眼花缭乱，一家接一家的斋、苑、阁、轩的店铺，几乎是清一色地卖笔墨纸砚、古玩字画，琳琅满目。我到几家国家级大师的工作室参观，那些千姿百态的顶级石砚，把徽州人高超的智慧和不尽的创意，表现得淋漓尽致，一览无余。著名作家郁达夫从杭州夜泊屯溪，留下这样脍炙人口的绝句：“新安江水碧悠悠，两岸人家散若舟。几夜屯溪桥下梦，断肠春色似扬州。”

站在有五百多年历史的老大桥上，看川流不息的新安江水滚滚而去，我感到这本身就是一首诗——

屯溪古镇
流落在骨子里
永远是一袭逸出的梦

她充满韵致
月桥花院
琐窗朱户
绿杨楼外出秋千
碧水浮云，亭榭微漾
轻波细雨随风柳
夜船吹笛雨潇潇
人语驿边桥
桥如虹，水如空
一叶飘然烟雨中

她富有意味
桃花流水鳜鱼肥
美酒一杯古井贡
纵流波
惬意兰桡
酹金樽
倜傥痴客
兰烬落，屏上暗红蕉
闲梦皖南梅熟日

她如玉风多情
娉娉袅袅
水袖云飘
轻囊素扇
屐踏桃溪柳陌
一缕沧声
吹至如梦如哽
含情杨花泪沾臆
君家何处住

此时的江南

青箬笠

绿蓑衣

斜风细雨不须归

恬淡放达

请不要为遗忘和失去悲哀

也许这是江南一个梦

一首歌

一阕诗

一缕情

从屯溪向西开车半小时,是黟县。境内连绵的群峰与黄山连为一体,在历史上曾阻碍了古黟与外部世界的交往,造就了黟县"世外桃源"般的生态环境。据说,古代著名文学家陶渊明受到这一环境和风情的启发,写下了不朽名篇《桃花源记》,从而使黟县自古享有"桃花源里人家"的美誉。其中西递、宏村素有"东方古代建筑艺术宝库""中国传统文化缩影"之美誉,还被联合国教科文组织列为世界文化遗产,成为人类共同的瑰宝。

由于时间较紧,我仅选择到宏村这一有八百余年历史的古村落。宏村,背倚黄山,地势较高,常常云蒸霞蔚,时而如泼墨重彩,时而如淡抹写意,恰似山水长卷,融自然景观和人文景观为一体,被誉为"中国画里的乡村"。特别是整个村子呈牛形结构布局,更是当今世界历史文化遗产的一大奇观。

以巍峨苍翠的山冈为牛首,两棵参天古木做牛角,由东而西错落有致的民居群宛如庞大的牛躯。走到村西北一溪边,有一个闸门是村子取水口,九曲十弯的水渠流过每家门口,再注入村中一半月形的池塘(算是牛胃),按照"月盈则亏,花开则落"的理念设计。让我惊叹的是,据说那所山墙上有三个窗户的古宅,作为我国徽派古民居代表之一被印上了邮票。

最后水入村前的南湖(算作牛肚)。此湖很有点杭州西湖的味道,白云倒映,杨柳依依,民居影印,鸳鸯戏水,贯穿湖心的堤上拱桥如画，美不胜收。关于村子牛状的布局，登到附近的山上会跃然眼中。

宏村人家，无一例外的是家家户户厅堂正中的照壁上挂着大幅中堂画，条案正中放一口钟，左边摆一古瓷瓶，右边放一面镜子。胡总告诉我："这叫东平(瓶)西静(镜)，终(钟)生平(瓶)安。"

村子有数百户粉墙黛瓦、鳞次栉比的古民居群，特别是精雕细镂、飞金重彩的被誉为"民间故宫"的承志堂，同平滑似镜的月池，碧波荡漾的南湖，山冈上的参天古木，探过民居庭院墙头的青藤石木和挂着"以文家塾"匾额的南湖书院等，构成了一个完美的艺术整体，真可谓是步步入景，处处堪画。

对当地文化有较深研究的汪双武先生，赠我他刚出版的《中国皖南古村落——宏村》一书，并在扉页为我留言："画里乡村，桃源人家。"无论是庭院深深深几许，还是墙里秋千墙外道，无不烙上江南园林深深痕迹。宏村最出乎人们意料的是，新安江水不仅是一条大河的生命，还可以走进千家万户，流水不腐，长流不息，奉上甘甜。

看来人间的大爱，可以成为写在水上的诺言——

拖儿带女的古村小巷
一手牵着美丽南湖
一手挽着神圣祠堂
直抵大山深处
一个远古的村落
仿佛是这条古道上驿站
围墙有先民的蓑衣
空气有远古的青铜
把我们痴迷在风景中

也许，那些飘香醉人的徽菜
震天撼地的古刹钟声
倾国倾城的美人
以及充满圣洁与激情的阳光

能唤醒人们曾经僵死的灵魂

也许,时空独自抽身而去
仅能留下往日的笑与泪
而无数文明碎片的诱惑
则变成石径上的符号
传说着一个远古的风流
不知今天路旁读经的僧人
是守候远山半腰的庵庙
照看眼前古老茶园
还是等待着我们一起
燃起心中的高香

其实,这么多年过去
时间已珍藏了我们所有美好
驱逐了往日忧伤
就把这一段难忘交给古村隐深
让你用一辈子的时间去享用
亲爱的,快远离这座城市吧
做一棵立在宏村口的树
默默守住这份宁静
收获那份属于我们的爱

离开宏村,我们直接上到新安江源头的黄山。在大自然神斧的造化下,黄山以"奇松、怪石、云海、温泉"四绝闻名天下。它似一幅天然的画卷,一首无声的诗。明代著名的旅行家徐霞客曾这样评价黄山:"五岳归来不看山,黄山归来不看岳。"北京人民大会堂客厅内亦悬挂一幅黄山迎客松;国画大师刘海粟曾于1988年实现了十登黄山"搜尽奇峰打草稿"的夙愿。可见黄山是以多么瑰丽的雄姿吸引天下的游人。也许人们对于黄山太熟悉了,但说是新安江的源头呢,可能知道的人不多! 以我之见,黄山那二十四溪、二湖、三瀑,溪溪曲折，湖湖奇特，最终汇流而成新安江。

据考证，一百多万年前，黄山是一个冰封雪飘的世界。第四纪冰川时期，那坚硬的冰层裹挟着石砂，撞开岩石的裂缝，冲刷掉风化的岩石，自然之力似无数把锋利的刻刀雕琢着各种岩体，塑造成多种优美的形态，经风雨剥蚀，剩下的尽是黄山的风骨，黄山的灵魂。这也使得新安江有了“奇山异水，天下独绝”的称谓。

黄山的云海婀娜多姿，气象万千，飘曳在群峦之巅。绿色的群峰，加之云海的渲染和烘托，更显得黄山神奇莫测。有时白云朵朵，如同棉花团团；有时缥缈不定，如在头顶伸手可及。每当谷雨过后，谷壑里云雾缭绕，从足下一直舒展到天边。置身于那醉人的云海，仿佛在仙境一般。“飞来不让匡庐瀑，峭臂撑天挂九龙”的九龙瀑，是黄山最雄伟壮观的一条瀑布。源头是天都峰，它九折而下，宛如九条白龙腾空飞舞，故名九龙瀑。黄山三大瀑布之一的“人”字瀑也颇有名气。它坐落在桃花峰下，每当雨过，只见紫云、朱砂两峰之间，两股飞瀑左右注下，像“人”字泻入两山谷之内，尤为壮观。

自古黄山云成海，黄山是云雾之乡，以峰为体，以云为衣，其瑰丽壮观的云海以美、胜、奇、幻享誉古今。我登上黄山最高处的光明顶，看到雨后雾气形成云海，波澜壮阔，一望无边，充分领略了“海到尽头天是岸，山登绝顶我为峰”的境地。无风时，云海一铺万顷，波平如镜，映出山影如画，远处天高海阔，峰头似扁舟轻摇，仿佛触手可及；风起时，云涛滚滚，奔涌如潮，浩浩荡荡，更有飞流直泻，白浪排空，惊涛拍岸，似千军万马席卷群峰。由于山谷地形的原因，有时云遮雾罩，有时青烟缥缈，有时晴空万里，人们为云海美景奔波，谓之“赶海”。真是“妙在非海，而确又似海”，云海是新安江最原始的涓涓细流。

可惜，崛起于明代的徽商，历经三百余年的辉煌，最后没有如云海般在中国商界把根留住。这条曾经充满无限生机的河流，怎么成了死亡之河？在记忆中，那时的新安江水清澈甘洌，渴了，就伸手掬一捧河水……远远近近，帆影片片，偶尔驶过娶亲的船只，更是把一切装点得诗情画意……

也许徽商本身是一片云海，只会飘逸得来无影去无踪。但我敬仰新安江，敬仰新安江之水，永远滚滚向东流。在这里，我再一次感受古徽商曾经通过新安江这条“黄金水道”的繁忙。相信在新安江边长大的徽商，一定会传承新安江水“不图激扬，但求行实”的品性，再度辉煌——

新安江，你是我一直寻找的那条河
以及那一叶梦中的江船
我升起一面思念的云帆
把心从船窗放飞
眼睛不放过一江风景
江水携着雾色流淌
爬满青藤的江南
是一种难以言状的情绪
渡船在风口浪尖驮走相思
载走一江追秋的花事
从古村落的雨巷
从徽商的蓑衣
从浣纱少女的牵挂
都能感受到你的温暖
此时，不要眼睛
也会看见远远的渔火
不要呼吸
也会嗅到青草的芳香
新安江啊，比你深比黄山高的苦难都挺过了
今天我还有什么可怕的
捧着一颗心来，不留半根草去
我是一尾喜欢溯流而上的鱼
寻找着江边垂钓的人

往事如烟，沿着新安江水，住在江边古镇，听青石板的跫音，我思前想后：20 世纪 90 年代初，新安江的贯穿引人关注，中法两国为何愿意合作对新安江航道进行整治，法国为何由衷赞叹？

难道就因为："黄山脚下，将出现一条美丽的东方塞纳河，而且风光旖旎，比塞纳河更富情趣！"其实，作为一条风平浪静的河流，舳舻相接、风帆错综、舟船往来……这岂止是一条河，这是上千年来绵延不断的中华文明的长廊！

海花在里下河中绽放

乡愁是所有痛苦中最高尚的一种痛苦。

——德·赫尔德

过了长江，一路向北，有一块 6000 年前被江水泥沙冲积而成的土地，因其“面朝大海，安身立命”，人们称作海安。当地人告诉我，之所以叫海安，是因为她如大海中绽放的一朵海花。

多么诗意的一个地方，这就是我的故乡。我在海安，度过了我的小学、中学。如今一别几十年，在“里下河文学流派”的熏陶下，我的文学渐渐有所建树。而最近遇到的几件事，使乡愁这杯浓烈的酒，又一次搅动着我心中那份最深沉的情感，似火山爆发燃烧的烈焰。

1

这段时间，在中国文坛上，刮起一股“里下河文学流派”的旋风。有人说是从 20 世纪 80 年代初，苏北籍作家汪曾祺以小说《受戒》《大淖记事》复出文坛，在随后的三十多年时间里，江苏里下河包括泰州地区的兴化，扬州地区的宝应，盐城地区的盐都、东台、阜宁、建湖和南通地区的海安等地，一大批生于里下河、长于里下河的作家相继登上文坛。

说起里下河，就是江苏苏中地区——里河与下河区域空间的简称。对这里,我可能比一般人更熟悉,因为我爷爷有一条私家船,学校放假期间,我们常常跟着爷爷在里下河跑。在这个上万平方公里的平原上,其西接里运河,东牵串场河,北靠苏北灌溉总渠,南达老通扬运河。这里虽属平原,但在地貌上又是江苏省长江与淮河之间最低洼的地区,四周高中间低,地形如锅,是典型的洼地,境内河湖相连、水网密布、土地肥沃,是著名的鱼米之乡。

前不久,我在杭州收到主编张应和先生寄来的《海安文化志》,书中有这样一个条目,也是 1973 年的"大事记"中唯一的条目:

年初,海安县文化馆先后在曲塘镇、李堡镇、洋蛮河举办创作学习班,由罗企管等组成辅导组,后来成名的一批作家中如张贵驰、夏坚勇、陈歆耕、张国云、董志翘为培训班学员。

此条目话语不多,但令人惊叹。大家知道,在"文革"时期,海安竟逆流而上,说明海安的确是里下河一朵不平凡的海花。也许是一方水土养一方人,自然环境和地域文化对生于斯长于斯的作家来说,有着无法摆脱的影响,但不同的作家在进行创作时,由于对地域性文化特征的重视和吸收程度不同,因而在创作中呈现出的地域性特征具有显在和潜在、鲜明和模糊的差异。

《海安文化志》,像是一部人生的黑白老电影,一张生活的陈年旧唱片,一盘跟踪纪实的音像带,向人们述说着我们逝去的青春年华。那些青春,也许再不回首,但已带给我们一段美好而不平常的乡愁往事。

记得那年是学校暑期,当地文化馆负责人通知我参加县小说创作学习班,这在那个文化蛮荒的年代,真的是一件惊天动地的大事。我问:"你们是怎么知道我会写小说的?"那人说:"邮局的人告诉的。"那时说这话,并不奇怪,因为投稿信件均免费,当时我应该是邮局进出频率较高的人。

那时我才 13 岁,刚刚初中毕业,属于文学少年。当我的散文、小说、诗歌等豆腐块文章发表时,学校没有什么人知道,我也不会宣传自己，纯粹自娱自乐。惭愧的是，在学校每周的作文课上，我的作文语文老师基本不给分。

开始我以为老师忘记给分，后来每次都是这样，我想这不是老师忘记给分那么简单了。因为我是全班岁数最小，也是个子和胆子最小的。我不敢贸然去找老师，待有一天老师在我作文本上留言，写了五个字："请不要抄袭"！我这下明白了，原来老师是不相信我的作文水平。

是啊，在读这五个字之前，我一直不知道自己是谁，也不知道将来我能做什么！现在看，这五个字改变了我的一生。

那天，当我自带铺盖，来到海安一条叫洋蛮河的地方报到，才知道这里是苏中著名的"五七干校"。要知道"文革"时的干校，得是有干部身份的人才能进出的。而那时那里，又是关押有"问题"的干部，强迫劳动的地方，因为我爷爷曾被关押过。想到这里，这时我立马绕道要逃离，正好被一个守门的捉住。当我说明原委，乐得他哈哈大笑。

县小说创作学习班上，都是各地的写作高手。我算是写作少年，年纪也最小，当时张贵驰、夏坚勇、陈歆耕、董志翘在当地已小有名气。记得培训班把更多时间留给个人支配，要求学习班结束时，每人写一篇达到发表水平的小说。当我第一次用文化馆 8 开的专用稿纸写作，首先爱不释手，不忍落笔，同时也让我慢慢找到自信，有了一个作家梦。

这年正逢当地高温酷暑，干校没有空调，没有自来水，洗脸洗澡直接到洋蛮河。据说，那里溺水的、自杀的很多。学习班考虑我的安全，每次涉水都安排人陪着我。其实我丝毫不担心自己的安全，苏北河流曾给了我第二次生命。

私底下我对夏坚勇说："在我五岁时，哥哥姐姐不小心跌落古里下河。眼见他们被蒸发，我一个鱼跃入水。问题是我不会游泳，忙中添乱。这时我挣扎的手，突然触到一根细弱的芦苇，急速下沉的身体立刻止住。"对此，我十分感慨："没有里下河赐我的救命草，我们仨的生命早已消逝！"可以说是里下河给了我们第二次生命。

上学时，我的人生第一篇作文，写的就是《一根芦苇》，记下里下河这段刻骨铭心的生死经历。我还与夏坚勇发誓："待我出道，一定要写大河，知恩图报！""呵，哈哈！"夏坚勇立马说，"支持老弟。"紧接着他也神秘地说："有时间，我也要写写门前这条河！"我特好奇："大河对夏兄而言也有故事？"夏坚勇诡异地向我眨眨眼，令我不敢追问。

直到几十年过去，我见到夏坚勇这位首届鲁迅文学奖得主，写了一本大散文——《旷世风华——大运河传》，望着这本沉甸甸的书，2014 年我也写了一本长篇诗歌——《一条大河里的中国》，算是对我们当初承诺的兑现吧……

也许，每个人心中都有一条清澈的河，这才有了最终人们的记忆与寄托，使得里下河地区自古以来文气很盛，文人辈出。

据我所知，新中国成立以来，里下河文学创作迅速发展，逐渐涌现出一大批卓有成就的小说家、评论家、散文家、诗人，形成了一个创作群体，主要代表作家有汪曾祺、胡石言、夏坚勇、张国云、曹文轩、费振钟、王干、汪政、刘仁前、朱辉、毕飞宇、顾坚、小海、吴义勤、庞余亮、鲁敏、沈浩波等，创作了大量优秀文学作品，蔚然成为一种文学流派。

那是前几天，我遇见麦家先生，这位继鲁迅、张爱玲、钱钟书之后第一位被收入全球著名书系品牌"企鹅经典"文库的当代中国作家。我们有许多相似经历，譬如下乡、当兵、援藏，当他说起在南京大学与作家鲁米在一起，差点成为江苏女婿，我感到啼笑皆非。此事在麦家《非虚构的我》一书中也有记载。

我对麦家说："我不是刻意攀名人，你的故事给了我一个启迪，说明我们有缘！"他说："何以见得?"我说："我也与你一样，有与南京大学、鲁米作家有关的经历。"此话刺激了这位曾有"中国谍战之父"雅称的作家，他两眼盯着我，仿佛要把这个世界戳穿。

先说与南京大学的关系。我高中在新中国第一所农业中学——

双楼农中，现名为江苏省海安双楼中等专业学校读书。2014 年 7 月，《光明日报》约我写新中国第一所农业中学的诞生记。我回到海安，找到学校老校长潘耕贵。记得那是一个偏僻而又质朴的小集镇，河网纵横，河水清澈明净；蓝天碧野，满地油菜花开；小桥流水，沿河枕水人家。在这里时间仿佛止住，没有城市的喧嚣，可以在乡村小镇闲庭信步，好一个世外桃源。

坐落在这里的双楼农中，远看像一座庙，近看还是一座庙。寺院内早已空空荡荡，取而代之的是课桌椅。一级一级的台阶，直达大雄宝殿，两三个人才能合抱住的殿柱，让人明白什么叫“十年树木，百年树人”，什么叫“中流砥柱”。好一个“改庙攻书育后生”！1975 年，15 岁时我从这里高中毕业。

那时一条大河环绕着校园，桃红柳绿掩映着校舍，万紫千红的学农基地，伴随着琅琅的读书声，让一切都洋溢出青春。别小看这些，这里的一砖一瓦、一草一木都有着许多故事。

时值 1964 年，北京第三届全国人代会期间，陆定一得知南京大学匡亚明校长带领学生在双楼所在县搞“社教”时，他牵挂道：“双楼农业中学是我们创办的第一所农中，不知现在情况如何？请你关心关心。”会议一结束，匡亚明就抵达双楼农中，正式蹲点在那里。同时，他还准备了拾粪的筐子，一边每天天不亮就起床，背着筐子拾粪，为农家驱肥，拉近与农民的距离；一边到附近农村征求对学校教育的意见和要求。当时此事还见了报，轰动全国。这些情况，我在《光明日报》发表的《回想一所农业中学》一文中，有详尽的说明。

再说作家鲁米，我虽不熟悉，但从《海安文化志》一书中我查找得知：鲁米是海安人，而且紧挨我祖上老宅……麦家说他曾去过海安。我又一下蹦起来：“为什么去海安？”他说是他在部队时的师傅，家住海安。

说到师傅，这又让我想起 2014 年国庆前夕，台湾星云大师被浙江大学授予名誉教授，仪式上他演讲了一个多小时。我因工作不能当面聆听，事后听了助理给我的录音，他那地道的一口苏北腔，又把我带回到乡愁。

那年我到台湾考察,星云大师得知我已是七八次赴台,但到台湾佛光山还是第一次,他疑虑地问我:“怎么才来啊?”我海阔天空地说:“前几次我迷途在‘星星’点灯中,这次我追踪到‘祥云’。”星云大师被我逗得捧腹大笑,大声称赞:“妙,妙,妙!”

这时星云大师告诉我,他的师父志开上人,就是海安人!我眼睛一亮,立即俯首帖耳,聆听着大师娓娓道来。

1939年星云随师父出家,他告诉我:“栖霞山是一个十方丛林,不可以说在栖霞山出家!”意思是说,栖霞山是十方共有的道场,就像现在的县政府、市政府,是公共场所,不是个人私有的。接着他说:“我们的祖庭,我们师承的寺院,是在宜兴白塔山大觉寺。”当时我就记住了这句话。

最后星云到台湾,因为报户口、领身份证时用“星云”这个名字,觉得改了名字对不起师父,故一直没有联络。直到1952年才写了封信,连同他的著作《释迦牟尼佛传》寄给师父。不久收到师父的回信说:佛传收到,不必来信,好好弘法利生。

星云知道志开上人在“文革”中被清算斗争,游街示众,画地为牢,想必是经过很大的折磨,不幸在1987年左右逝世。等他1989年返乡探亲时,师父已往生两年多。

说到师父,星云有无尽感慨:“想到当年师父把我付诸十方,让我得以在教下、律下、宗下等各大丛林道场参学,亲近诸方大德长老,并且走上弘扬人间佛法之路。”

所以,后来我在一次同学聚会上,也套用了台湾星云大师的话。一同学问我:“几十年不见,你怎么没老?”我回答:“没时间老!”又一同学问:“看你这么忙,哪里还有时间写作?”我道:“忙就是最好的写作!”

如此回答,不是虚伪,因为我们的师傅都在海安,包括我先前说到的夏坚勇,那时他已经是县文化馆馆员,确切讲他就是我的师傅……在这里,我百思不得其解,为什么海安出了这么多位文化大“师傅”呢?

3

面朝里下河，在这个具有灵性与诗意的地方，我们可以轻松地写作，我们可以自由对接地气，我们的灵感如大河涌动。

人们不免会问，为什么里下河总让我们长相思，泪湿无数个秋日？为什么里下河又让我们长叹，会在大河掀起狂澜？

难道这只是一种思念，一种忘却，一种忧伤？有一次，我带着几位作家在杭州西湖边的岳王庙参观，突然为岳飞的《满江红》所感染：

怒发冲冠，凭栏处，潇潇雨歇。抬望眼，仰天长啸，壮怀激烈。三十功名尘与土，八千里路云和月。莫等闲，白了少年头，空悲切。

那天，我是第一次发觉，岳飞曾在苏中做过官，还金戈铁马保卫过海安。据说，他的《满江红》也是在苏中写就的。

回到家中我又迫不及待地查阅资料，得知海安是南通地区成陆最早的一片土地，5000 年前，这里就孕育了青墩新石器文化。春秋以后，海安开始进入文字记载，而有关凤山的记载，则见于《古海陵志》：

海安东北半里许原有一座土山，名玉山又名凤凰山，高三丈，周百步，山前有溪水夹道环绕，溪路尽头有石桥。

我曾在海安寻找那“一座土山”，至今也没有找到，仔细一想：海安地处长江下游冲积平原，其成陆大约在 6000 年前，是江水裹挟泥沙不断沉积形成的。这样一片土地，怎么会有山呢？

又经多方查阅史料得知，南通地区有多处土山，如海门狮山，如皋九华山，如东碧霞山，南通东郊观音山等。这些很小的山，原是人工堆土造出来的。例如，曾留下文天祥足迹的南通东郊的观音山，就是百姓为避潮筑成的土山。可能因为山小，观音山如今已坍平，仅存地名。如皋境内的九华山也是如此，九华为如皋第三大镇，地名尚存，然而建有供奉地藏王菩萨寺庙的九华山却鲜有人知。

如东掘港北面的土山，原系明万历八年(1580 年)守备王廷臣为抵抗倭寇入侵，动员沿海民工挖河堆土而成。崇祯七年(1634 年)，嘉兴人王懋芝曾在山上建寺庙，供奉碧霞元君，由此得名"碧霞山"。如今碧霞山前的三元池(现名)尚在。

可见，南通境内的一些土山，并不是自然形成的，有不少是人工堆土筑成的，它们的出现，或为避潮，或是因为战争需要。如此来看，海安镇北的凤山，也应该属于这类人工堆土筑成的土山，可是，它属于哪一类呢?

后来我从《海安文史资料》中得知:1986 年，姚敬亭先生从台湾回来定居，谈起海安的凤山时，他说道:"凤山建于南宋中期。时岳飞为泰州镇守使，金兵欲破岳军南下，遂集中兵力向泰州方向进犯。大将杨再兴率部驻泰东海安一带，见状乃采用'增灶减兵'战术，并连夜令兵卒、民夫运泥建一土丘。"

照此说，凤山乃出于战争需要，由岳家军所建。姚敬亭先生所言，应该有可信的一面，这就是凤山是因战争需要修筑的土山。据《万历通州志·名宦》记载，岳飞于宋高宗建炎四年(1130 年)任通泰镇抚使兼知泰州。如皋有度军井，明嘉靖《如皋县志》记载:"旧志，其井虽浅，泉常不竭，汲且竭，击其栏，泉复溢出。宋岳飞经略通泰领兵过此，数千人饮之不竭，因名为度军井。"

海安在如皋、泰州之间，是岳飞率兵必经之地，在此筑土山抗金，完全有这种可能。这么一看，海安非等闲之辈，在这个人杰地灵的地方，走出几个大师，走出一批文学家，属于情理之中的事。

里下河作为我们乡愁的归依之地，有一份坚定的担当、有一腔舍我其谁的豪气，勇敢地承载起一肩沉重的责任。

此刻，窗外阳光明媚，里下河春华秋实，心潮逐浪。这些年来，我业余时间忙忙碌碌，写下了几十本书。但是爷爷走了，父亲走了，姐姐走了，他们至今都没有离开过里下河半步，他们的坟头安放在河岗高处，莫非也在等待我的落笔，去记录他们对里下河的朝思暮想，以及那些没有说完的故事？

是啊，人生如歌，有的人是含泪在听，有的人是闭目在思。

数十年我回头一看，只知匆忙赶路，连喘息时间也没有。就像在里下河的纤道上，冬练三九，夏练三伏。在这里，可能更多的人仅聚焦到它的情爱，忽略了其背后人性苦难的宏大呼唤。今天我以文回首，就是想寻找人性深处这种神圣光辉。此时，如果苍天愿意接受我的忏悔，我就想放声大哭一次。

因为里下河地区有着丰富的社会历史文化积淀，绵延其中的便是这一地域文化本身固有的文化精神。

“水”与“土”的精神，表现为一种刚柔并济的文化品格，“水”的品格释放出细腻、自由、温婉、灵动的精神姿态，而“土”的品格却又绽放出朴实、顽强、倔强、刚毅的生命风姿。我总觉得文学的光泽，随着时间正在我们这代人手上慢慢黯淡；有时我甚至怀疑自己坚守写作的价值和意义究竟是什么。

在这孤独或徘徊中，想到故乡遥远的里下河，谁的孤独能超越它呢？那些山川平原，沉默无语了几千年、几万年，仍坚守着奉献，滋养着人类，可有谁去怜惜，谁能够怜惜的了呢？

在当今这样一个时代，文学创造者注定要与土地有着一样的命运。毕竟这个世界有些声音，是不该消失，也不能消失的。所以我无论在何时何地，都坚持独立思考，哪怕仅是一声鸟鸣，仅是一段青涩回忆。

里下河地区历来曲艺（评话、弹词、清曲、道情等）、戏剧（扬剧、淮剧、木偶戏等地方戏）在民间流行。施耐庵的《水浒传》，明末清初著名评话艺术家柳敬亭，乃至后来扬州评话著名老艺人王少堂等，他们的故事或者说书的内容至今广泛流传。这种地方曲艺和戏剧的兴盛，使得里下河文学流派呈现出丰富多彩的民族叙事艺术。

正因为“寻常一样窗前月，才有梅花便不同”，才有了我这几十年几十本书，一个美梦。

就像历史选择一个人，人创造一个历史。它是我日积月累，厚积薄发，执著去“记录一个人和他的时代”的声音。这个声音，可能有点沙哑，但它绝对是从心灵深处的流露。

因为里下河地区城市文化和农耕文化历来较为发达，这两种文化“雅俗共生、兼容并蓄”，对里下河文学创作影响很大。这种影响不仅表现在里下河文学流派外在的文本显示，诸如对地域风貌、风情的描绘等，也表现在那隐藏于作品中独特的生活哲学底蕴。

长期以来，我一直清楚我的定位，站在里下河面前，我就明白了：“我是谁？”“我从何处来？”“我往何处去？”

我的写作，正如美国前财长罗伯特·肯尼迪所说的：“当我们回首历史，我们要问‘为什么’，当我们面向未来，我们要问‘为什么不’。”这些自然成了我笔下的墨香，也成了我生命的一部分。

可以肯定地说，我的里下河乡愁归依之地，有我长长短短书写不完的诗行，有我清丽的文字吟唱不止的故乡热土。假如生命有无数的可能，假如我的梦还在沉睡，为什么不把它唤醒呢？

是的，写作不是我的职业，既然老天赐予我“八小时之外”，在这块自留地上，就有了我的耕耘，也有了我的担当。所以我很乐于深夜为人打更，早晨为人打水，鞍前马后为人跑腿，在文学或经济方阵中为人做裳。

一条大河从家门口流过，有时波澜不惊，有时涓涓溪流，看不见大起大落，看不见气势磅礴，为什么几千年如一日，就是这样缓缓而过？记得那次在英国，当地作家将叶芝先生的诗书赠我，上面有这样一段话：

多少人爱你年轻欢畅的时候
爱慕你的美丽
假意或真心
只有一个人爱你那朝圣者的灵魂
爱你衰老了的脸上痛苦的皱纹

可见，里下河有心灵对完美和善良的追求，里下河就有充满文学的光芒，作为一个可敬可爱可亲的人，应该说她从未老去，也不可能老去。所以我写作的落脚点，永远是我们吟唱不完的家乡故土，而从我们心灵深处滚滚诵出的心经，又永远弥漫着生命里挥洒不尽的美丽乡愁。

原来乡愁，就是在时间的里下河，拷问着每个人灵魂深处总在激荡鼓舞的情思，梦想终将归于何处呢。

千条大河归大海，海花成了里下河最后的灿烂，朵朵绽放，光彩艳人！

穿越在里下河，我用心去触摸大河的脉络，已深深感受到民族历史与文化的瑰丽和博大，体悟到生生不息、百折不挠、一往无前的里下河气魄与精神，在源远流长……

第四章　大漠深处有人家

雪域高原就是这样充满着艰辛与苦涩，到这里就意味着磨难、牺牲、奉献。对此，所有进藏的干部，没有被困难吓倒，向老西藏学习，积极进取，奋勇拼搏，并得到了高原藏族同胞的信赖和认可。

来自孩子的你

爱在右，同情在左，走在生命路的两旁，随时撒种，随时开花。

——冰心

许是六一临近，在这个孩子们的节日里，学校邀请我的朋友参与孩子教育的话题。朋友急着来电向我求救："为孩子们说点什么呢？"正巧，这时我手上刚刚打开中国散文学会邀请函：张国云同志：祝贺您的散文作品集《致青藏——我的藏区生活》（下文简称《致青藏》）一书，获得第六届冰心散文奖。颁奖大会定于 6 月 1 日。

又是一个"六一"！我眉头一皱，立马告诉朋友："就从你的朋友拿到冰心奖说起吧！"朋友得知原委，开怀大笑。或许我们这代人与孩子都是读着冰心的作品长大的，谈到冰心可能大家都没有什么代沟吧。

当然，面对朋友我也存有私心，或说令我忐忑不安的是，我写的这本《致青藏》，虽然记录的是"我的藏区生活"，其实通篇都是我与女儿关乎"人与自然"的对话。从某种意义上说，《致青藏》就是写给孩子的书。让孩子知道这本书，对我而言不也是好事吗？

那是在我援藏归来，一别已经 18 年。如果是小孩，也早已长成大姑娘了！关于我在藏区生活的那点事，仿佛就发生在昨天。记得藏民说过：到藏北别说工作，只要你能来走一走，本身就是奉献！这话，内地人听起来可能感到费解。但对一个在那里工作三年的人而言，不言而喻。记得在我即将离开那一刻，我感情的闸门彻底崩溃，熬了三年的泪水，有如潮水迸发，就像钱塘江滚滚大潮，此时此刻，似乎只有泪水才能洗尽铅华。

三年援藏，与藏民或老西藏相比，我无疑又是幸运的，因为援藏总有归期。但在海拔 4500 米以上，连空气也“吃不饱”的藏北，三年又是一个多么漫长的等待啊！正如有首歌所唱的：“只是因为在人群中多看了你一眼，再也没有忘掉你的容颜。”

因为西藏，我们早已刻骨铭心。如今在内地，只要见到一个蓝天、一朵白云、一片雪花、一首藏歌……我都会情不自禁地热泪盈眶。甚至梦中都会说：青藏，你是一个美丽姑娘。

那么，到底如何去书写呢？我纠结了很长时间。直到三年前，我到台湾拜访连战先生，向他赠送我的新作《水流云在——微博版〈富春山居图〉》一书时，他与我讨论起文学，说特别推崇人文与自然一体的作品。受连主席的点拨，我想到冰心的《寄小读者》、台湾作家龙应台写给孩子的《目送》等作品。

回到大陆，我试写了两个章节，送给出版社、文学朋友以及我的女儿试读，反响出人意料的强烈。于是，我放手写了起来，这就有了今天的《致青藏》。当得到冰心奖时，我就觉得，这不只是收获了一份意外的“无初有终”，同时，也是对当初决定为孩子而写的一种褒奖。

根据第六届全国冰心散文奖组委会的安排，获奖作家的作品要结集出版，并要求获奖者写一个百字左右的感想，我写了这样一段话——

我从来没有为拿奖而写作。今天站在冰心奖台上，我只觉得我比人家机遇好。我知道在我面前，有许多比我飞得高飞得远的高人。如果对幸运之神非要庆贺，我喜欢一个叫自信，诞生在自己心中；一个叫幸福，降临在别人心坎。

《致青藏》是我三年援藏心灵记录，是雪域高原赐予我的厚礼，已与阳光、雪山、荒原融为一体。但愿这次获奖，是读者评委对援藏干部这一群体的认可，也是冰心先生在我心中的一个更高的青藏，一个令我永远仰望的高地！

那晚,我搭乘着飞机抵达济南,第二天一早,就匆忙步入庄重的第六届全国冰心散文奖颁奖会场。只见主席台上高悬着冰心先生的画像,看着她那慈祥的笑容,她那清澈的目光,听着她的女儿吴青教授向我们诵读着她的"有了爱就有了一切"的至理名言……此刻,仿佛我们都成了冰心先生的孩子,再次聆听她的教诲。

说句心里话,冰心先生一直是我崇敬和喜爱的伟大作家。在家中《冰心文集》的书页上,留下我重重叠叠的符号线条,记有我片言只语的感悟和启示。其实大家都知道,"冰心散文奖"是一项具有权威性的全国性散文大奖,由中国散文学会遵照冰心先生生前遗愿于 2000 年创立,每两年一届,旨在彰显我国散文创作的成就,不断评选出题材广泛、思想敏锐、着力表现现实生活、创作形式风格多样的优秀散文。

而冰心——这充满魅力的名字,在我的心中始终闪烁着不灭的光芒,成为我人生路上的一盏航标灯。我第一次认识冰心,是读她的《寄小读者》《小橘灯》《分》《一只木屐》,体味到了她那优美文字中流露出的真情和真爱。我在那艘小纸船、慰冰湖、蓝色海洋中感受到了人性的光辉和人格的力量。所以,在我上小学时,就萌生了当作家的念头。那时,"文革"风头正劲,人们称是"十亿人民一台戏"(指革命样板戏)。但我会去偷偷地写,即便那时写东西没有稿费。写作起初感觉是一种兴趣,后来成为八小时之外的一份事业,现在感到是一份责任。

在这里,文学于我而言,是信仰,是粮食,是空气,也是阳光。是文学滋养了我,丰富了我,造就了我,也照亮了我,给了我精神世界的生命,使我平凡忙碌的人生变得丰富多彩,斑斓厚重。

这次《致青藏》获得冰心散文奖,对我来说,可能是一种文学品质的体现,或是自我内心的慰藉。我庆幸自己能爱上文字,令平凡的工作之外,多了更多的新鲜活力。尤其在当下,随着时代的高速发展,文学仿佛成为人生的精神火焰,燃烧成一个民族的思想之花,一个民族的智慧结晶,一个民族的情感记忆。

在这里，冰心先生是一个大写“爱”的精神领袖。

她一再强调：“有了爱，就有了一切。”“人类呵！相爱吧，我们都是长行的旅客，向着同一的归宿。”在她的作品里，我还感受到了更多“母爱”的温暖。她的诗歌名篇《春水》《纸船》等，都是最温暖、最真挚和最柔和的母爱的颂歌。

她这样歌唱过：“母亲啊！天上的风雨来了，鸟儿躲到它的巢里；心中的风雨来了，我只躲到你的怀里。”她的《春水》“自序”，也是一段献给母亲的心声：“母亲啊，这零碎的篇儿，你能看一看么？这些字，在没有我以前，已隐藏在你的心怀里。”

在第六届冰心奖颁奖礼上，当冰心先生之女吴青教授关于冰心先生所倡导的爱乃繁体字有“心”的爱，有心的文学才是真正的文学，作家要有责任地爱，以及对冰心精神、冰心风骨所作的深刻诠释，激励着在场的每一个人，获得了雷鸣般的掌声。

可是在苦难高原，如何体现我们爱的价值呢？在《致青藏》一书中，我是这样感叹的：

如果上帝要夺去我的一切
我不会作挣扎
但我恳求还我三年援藏记忆
那里有我西藏的刻骨铭心

有人问我：藏北，一个肤色能被烈日烤焦、脊梁能被风暴抽打出鲜血、身躯能被严寒凝成雕像的地方，一个能让心脏负担越来越沉重、血液浓度越来越黏稠、大脑的功能越来越迟钝的地方，一个充满苍凉、孤独、苦难的地方，何以对你产生如此大的诱惑？

我说，可惜我不是政治家或思想家，难以破译人生，但当我来到西藏，用心来感悟这一问题时，我发现这是一个永无止境的话题。套用许多人说过的那句话，这大概叫做一种境界，一种缘分。

一次，为了浙江援建在申扎县的甲岗水电站，也是迄今世界上海拔最高的一座电站，我与先期到达的武警水电总部政委刘源少将(刘少奇主席的儿子)约定一同前往。所在电站的正副县长也专程来接车。但车到半途，我的车误入沼泽地，进退不能，这时天已黑，老掉牙的发动机又抛了锚，无法与其他人联系，只能在车上做“团长”(指睡在车里)，等待天明求救。而刘源少将的车，则误入无人区，6 天之后才有幸逃出虎口。

在西藏的现任干部中，几乎每个人都遇到过像刘源少将一样的遭遇。“人在高原走，命在天上游”，这是西藏干部的体会。

更令人难忘的是那些当年修筑青藏、川藏公路的先烈们。今天，当我们坐着汽车，奔驰在青藏、川藏线上，静听着车轮压过路面的轧轧声，我们无论如何也想不到，我们身下每 1000 米都有一个坚强的灵魂在支撑着沉重的车轮飞快前进。在修筑 3000 公里的沿线公路过程中，曾有 3000 名群众被高寒缺氧夺走了生命。

40 年前，一位西方探险者带着足够氧气、干粮和水，来到西藏。一个月后他猝死于冈底斯山谷，这条新闻使西方科技界为之震惊。再听到部队老战友给我们讲起，在白雪皑皑的喜马拉雅山，有一座白色将军碑，这是西藏军区司令员张贵荣不朽的身影。身高 1.79 米的张将军，在风雪千里的边防线上，骑马走遍了所有的边防哨卡，当他艰难地向一座哨卡前进时，由于高寒缺氧，过度劳累，突然永远倒下去了，在咽下最后一口气时，手里仍紧紧拉着那条拖他上山的马尾巴，当时他才 49 岁。

面对苦难，我们必须先得想法子活下去，才有可能战胜苦难。高原人说：“在这里，活着就是奉献！”此话对内地人说来，的确令人费解。但在高原上，此话应为真知灼见。这就是说，在高原你必须过好“生活”这一关，否则你没有权利谈论工作。

我曾这样告诉女儿，老爸到的西藏，是人类摇篮，祖先会像我照顾你一样照顾我。而充裕的高原阳光，再黑的夜晚，只要有一线光芒，人立马也会找到前行方向。

女儿似懂非懂地说：“在黑暗，我怕时，你一定给我亮光！”我十分惊讶，没想到女儿会说出这样沉重的话。

后来我真的发现，当我们走进西藏，在拉萨、那曲、山南等地的十几座烈士陵园中，成千上万像援藏干部孔繁森、将军张贵荣这样的烈士安眠在雪山脚下，荒原尽头，小路两旁，城镇郊外，或许他们的名字早已被人们遗忘，但他们的精神却永远在雪域高原闪烁着光芒……

而就我个人来说，之前通过在工农兵岗位上的奋斗，已经崭露头角，但我又不甘心让自己的生命就这样达到顶峰。选择援藏，更多的是想挑战一下自己，放弃自己已拥有的一种舒适环境，寻找可以不断超越未来的动力。

换句话说，一个人的成长，必须通过磨炼。

三年援藏，对人生而言多了一段经历，对我而言更多了一笔宝贵财富，代表着共和国有这么一批人，在一个特定阶段的历程与心路。面对苦难，不堪回首，但我无怨无悔，过去了就让它过去吧！

问题是援藏归来后，一而再，再而三地想与西藏说再见，但工作还时不时把我拽回西藏，无法为自己的西藏之旅画上句号。

是啊，如果一个人有生之年不到西藏，他一定不知道什么叫苦难，什么叫神圣，什么叫灵魂；如果一个做文化的人不到西藏，他一定不知道什么叫自然，什么叫静美，什么叫大家。一句话，你就不知道什么叫爱，什么叫大写的爱！

在这里，冰心先生是孩子们成长的“摇篮”。

她说过：“童年呵，是梦中的真，是真中的梦，是回忆时含泪的微笑。”她认为，孩子们“细小的身体里，含着伟大的灵魂”。她一再赞美说：“婴儿，在他颤动的啼声中，有无限神秘的语言，从最初的灵魂里带来，要告诉世界。”

她甚至说，当我们听到孩子纯洁的呢喃之音时，几乎可以把苍白无力的笔抛弃了，因为在她看来，每一个婴孩都是“伟大的诗人”，他们在“不完全的言语中，吐出最完全的诗句”。

那一次，我听舒乙讲座，他说到冰心故事，我忙递上一张纸条给这位时任中国文学馆馆长：“冰心的文学精神是什么？”舒乙简单地总结了一个字：“真！真诚的真，真实的真，真爱的真。”

舒乙马上给我讲了一件事。有一次，他去冰心家。冰心就对他说：“舒乙啊，我要告诉你一个秘密。”冰心把自己的小女儿叫来，当着女儿的面说：“今天我写了一个遗嘱，放在抽屉里。我死了以后，你马上过来，因为这个遗嘱是写给你的。”后来冰心有七件遗物，一直存放在中国文学馆中。

“是啊，求真才能务实！”我自言自语道。就像我在《致青藏》“还有什么，比苦难更接近幸福”的章节中所写的：

假如有一天
我被后人挤出人间世界
那么高山是我的坟茔
河流是我的笑声
在人类高尚者的丰碑上
一定会找到我的姓名！

文学是没有极限的。那是1996年，我在藏北高原援藏工作之余，写了一本25万字的《走进西藏》文学作品，一本30万字的《现代企业制度》经济书稿，后均由出版社正式出版，即刻在高原内外引起轰动。在这里，人们轰动的不是关于我书的内容，而是关于我在4500米以上的高海拔地区，是如何写书的。

一般来说，“人到海拔4500米以上将无法生存”，这是英国人写的《人在高原》一书所谓权威的断言。藏北那曲地区地处世界屋脊的“屋脊”，有地球第三极之称，平均海拔在4700米以上，无疑归属在生命禁区中。中国到北极采访第一人——新闻工作者王迈，1996年9月来到高原采访,他特别提醒我:“千万别在高原过度用脑!”在藏北这一生命禁区里写点小文章勉强还可以,怕的是写大文章,那的确是件玩命的事。被人们称为“文坛大使”的女作家龚巧明,1982 年毕业于四川大学中文系。她决定要到生命禁区去创作。1985 年 9 月,她开始了冒险的实践,可她在高原采访写作了没几天,便不幸倒下,遗憾万分地离开了世界。青年诗人罗启潮,凭着年轻的优势也来到高原向生命禁区挑战,可惜寥寥无几的作品便成了他生命的绝笔……

关于在生命禁区里到底能否写书的争论由此而起。好在我写作之前,根本不知道这些。我一直以为,“三年援藏是有期的,但把一个真正的、博大精深的西藏反映给世人,可能是最大的援藏,而这又是永远无期的”。

闯过生命禁区写书,面对这一无意中创造的“奇迹”,使我愈加明白,人类在向艰难险阻的环境挑战时,在很多情况下,与其说战胜了外部环境,倒不如说是战胜了自我。记得是我到藏的第一年中秋,女儿拿着刚在学校学会的竖笛,坐在窗前,面对西藏,面对西湖上空圆圆的月亮,吹响了心中最思念的一首歌。

这是我后来在浙江卫视的一个节目中见到的场景,那一刻,我泪如泉涌。我们援藏最大的亏欠是孩子,他们正在成长,但最需要我们帮助指点的时候,我们却奔走他乡。

当我的书正式出版时,我在第一时间,将我在生命禁区写的第一本书郑重地送给了我的女儿。因为我答应她,要用她的作文本纸,书写出最美的故事!

女儿摸着封面那位磕长头的藏民,十分疑惑地问:“老爸,他们为什么要磕长头呀?”

我一下噎住了,因为许多事情,会因为知道得过多或过早而变得更加复杂,我没有从佛教角度告诉女儿,只是解释说:“藏民们在空气吃不饱的地方,心灵需要有一个出口放开吧! 远要比扎紧心灵的出口要容易一些。在我们有限的生命里,就让所有的事情都在路上,不要在生命的河流里筑起高坝,那样会有决堤崩溃的危险。”

我见女儿直摇头,我知道她一下子还不能听懂大人的话,我又从佛教角度简单答道："藏民们可能苦难，他们希望老天保佑，来日转世幸福。"

"人，可以转世？那我也要转世！"女儿十分认真地对我说。

"呵呵！"我不知道如何回答，我紧紧抱住女儿，"如果有来世，老爸永远不离开你身边！"

在这里，冰心先生是一个自然之子。

她说："我们都是自然的婴儿，卧在宇宙的摇篮里。"冰心热爱大自然。她的生花妙笔描绘过霞光，描绘过参天绿树，也描绘过繁星，但冰心更喜欢海洋。

在《海恋》一文中，冰心说了爱海的理由：她爱海，绝不是任何一片四望无边的海，归根结底是爱自己的土地，自己的人民，跟自己血肉相连的历史文化。她这样述说过："大海呵，哪一颗星没有光？哪一朵花没有香？哪一次我的思潮里，没有你波涛的清音？"

为此，我在《致青藏》"苦难高原"章节中说道："当晚我急忙到附近找长途电话亭，好不容易与女儿通上电话，因我当时剧烈头痛，至今都回忆不起我说了什么，只知我醒来时，躺倒在电话亭的路边上。"

我对口支援的西藏那曲地区，地处藏北，平均海拔为 4560 米以上，自然要划入生命禁区行列。那里空气里含氧量仅为内地的 50%，一年中 9 个月要靠烤火度日。对那曲恶劣生存环境，当地老百姓告诉我：风刮石头跑，满山不长草；一步三喘气，四季穿棉袄。

这里不能长树，没有花草，山是光秃秃的，地是空荡荡的，十分荒凉。西藏军区原副司令员张凤蛟在那曲军分区任职时，曾许以重奖：谁能在那曲栽活一棵树，记三等功一次。我一到那曲，也曾投入到植树造林活动，把耐寒树木如松、柏、柳，从西藏海拔稍低处移来，担来好土，树根上培上干粪，树干上裹草保温。几度春秋，各种努力都尝试了，树苗竟无一成活。据说，有人在温室里搞栽树试验，亦同样以失败告终。主要原因是，那曲地表覆盖着常年不解的冻土层，加之稀薄的空气，树木因缺氧而难以进行光合作用。植物是如此，生活在生命禁区的人们同样会遭受来自各方面的威胁。

高原出差，与内地也迥然不同，从吃到住，从穿到用等生活品均需带上并带足。因为高原气候较为复杂，"一天有四季，十里不同天"。一次，为了浙江援建在申扎县的甲岗水电站，也是迄今世界上海拔最高的一座电站，我与先期到达的武警水电总部政委刘源少将(刘少奇主席的儿子)约定一同前往。所在电站的正副县长也专程来接车。但车到半途，我的车误入沼泽地，进退不能，这时天已黑，老掉牙的发动机又抛了锚，无法与其他人联系，只能在车上做"团长"(指睡在车里)，等待天明求救。而刘源少将的车，则误入无人区，6天之后才有幸逃出虎口。在西藏的现任干部中，几乎每个人都遇到过像我一样的遭遇。"人在高原走，命在天上游"，这是西藏干部的体会。

雪域高原就是这样充满着艰辛与苦涩，到这里就意味着磨难，牺牲，奉献。对此，所有进藏的干部，没有被困难吓倒，向老西藏学习，积极进取，奋勇拼搏，并得到了高原藏族同胞的信赖和认可。

对于这些苦难，我不愿过早告诉我的女儿，她还小，她是温室里的一朵花，她这时应无忧无虑地快乐着。我要等她慢慢长大，再慢慢告诉她。因为人世间有许多苦难，每一个人都会碰到。我还嘱咐女儿，面对苦难，一定要坦然相对，要冷静，要从容，要坚强，你就会战胜苦难。苦难是一所最好的大学，只不过没有人报考罢了。还要学会忘记苦难，为心中的阳光或记忆，多腾出一点空间。

另外，在一次无人区返回的路上，藏族司机看到草坝上有5头狼，问我怎么办?

我问当地动物保护条例有什么要求。司机说除狼以外，均不允许伤害。我突然来了精神，掏出随车携带的冲锋枪，从副驾驶窗打出一个点射。听到枪响的狼，真的狡诈，5头狼分别向5个方向逃窜。追谁呢？司机能做的，就是追那头在草坝上拼命逃的狼。我又打了一个点射，狼倒下了。在我们快追到时，它又跳起逃跑。我判断狼是装死，以迷惑我们。它没想到我们会如此固执地追上来。狼终于倒在我的枪口下。我扑过去，发现狼的眼睛未闭，我想用手去抹狼眼，结果抹了一把热泪。我知道，狼死不瞑目。

这时，我才见四周的半山腰，一片狼嚎。我们的车一动，上百头的狼，从四面八方向那头死狼包抄过来。那张巨网“捕捞”般的围剿，包围圈越来越小，快接近狼尸时，它们立马一片混乱，争先恐后撕咬着狼尸。那场面，极为宏大，也令人毛骨悚然。我倒似一个杀人刽子手。我失声痛哭，我为狼而忏悔。是啊，在这 5000 米的高原无人区，别说做人，就是做一个牲畜，也是十分可怜的呀！

此时，文学写作为我搭建了一座神庙，使我获得了忏悔的平台与机会。从这个意义上讲，文学就是我们的宗教，就是我们的信仰。而没有人性的文学，一定不是真文学。

作为良师益友的冰心先生，在她的眼中：一个作家如果仅仅固守在写作的领域中，在遣词造句中提高自己的写作技艺，也许其创作可以达到一定的高度，但能否真正登上人类精神的高峰却不好说，因为文学大师热爱艺术，但其胸怀中却不仅仅是艺术本身。

在这里，我感激与冰心先生相逢，是她给了我们生活的勇气，给了我们生命的力量。就像我文章开头说到的那位朋友，在讲演中每当提及冰心先生、提及获得冰心奖，都会引来孩子如潮般的掌声。从他们的掌声中我听到了：在这个应试教育当道的日子，孩子们更多的是一台学习机器，他们孤独，他们迷茫，他们烦躁，他们苦涩，但他们也有期盼，因为他们是早晨八九点钟的太阳！

在这里，我还要赞叹我的那位朋友的短信：“遇到生命中一个很重要的人！这人会在最无助时默默给予坚实的肩膀，在低落时送来赞美重拾自信，在你犯错误时不一味迁就倒逼改正；这人像兄长般引导你蜕掉稚嫩，也会像玩伴般一起寻找乐趣，更不再马虎学习，不再马虎生活。遇见他，在你的一生有着重要的意义！”

想必与孩子交流，要常怀敬畏之心。好在岁月的磨炼中，冰心的名字也已经越磨越坚定，越磨越铮亮。她的爱是深厚和广大的，又是润物细无声的。

我知道，我在文学道路上，还只是一个行者，但我会朝圣般地一直虔诚走下去。我渴望，在我的生命里，能够在文学的圣殿里得到更多的恩泽和收获，感谢给了我丰富人生体验和感受的生活，感谢所有给过我关爱帮助的亲朋好友，感谢冰心文学奖的评委和老师！

记得我在《致青藏》开头是这样写的——

西藏，这是一个需要仰望的高地，是这个星球上最高的海拔。

当我把自己三十几岁人生最美的一截，安放在这块高原上，与阳光雪山荒原融为一体，这就是我人生全部财富，有时我觉得比金子还闪耀。

哦，冰心先生在这里，不就是那座我们永远仰望的高地吗？

我的青瓷缘

如果你是青瓷/我就是一把土和火/用爱孕育一个前世今生。
——作者自题

走过空阔，走过寂寞，走过蛮荒。

青瓷，有“青如玉”的温润肌肤，有“明如镜”的诱人倩影，有“声如磬”的生命韵律。一旦发现心仪的青瓷，犹如一场恋爱，总是梦魂萦绕，朝思暮想。

我曾在《云上的金顶》一书中这样赞叹道：

如果你是青瓷
我就是一把土和火
用爱孕育一个前世今生

上月，在同事及龙泉好友吴子敬的鼓动下，我来到宝溪乡，这里可谓龙泉青瓷故里，也是钱江源头。

早在改革开放之初，我刚从部队下到地方第一趟出差，曾到宝溪外调。那时山路十八弯，山沟中几十户人家，简陋的土墙片瓦，家徒四壁，境况凄凉。唯有“一地珠玑，满目史章”，那到处堆放的青瓷，让我找到了一点温馨与怜悯。我平生第一次见到这么多青瓷，有点刘姥姥进大观园，还有点一见钟情，转眼就挑满一大纸箱。

那天大雨倾盆，乡下回城公交停开。天黑时，我拦到一辆过路拉木头卡车。木头搁在车顶与车厢之间，有一空隙可以藏人。司机对我说："不怕死就待在那里！"面对山洪狼嚎，此时，我仅想赶紧逃离这个深山。

偏偏"屋漏偏逢连夜雨，船迟又遇打头风"，颠簸山路将搁在车顶的木头，一根一根滑落下来，随时有将我压成肉饼的可能。任凭我在车厢如何痛楚，如何鬼叫，声音终被暴风骤雨掩去。天亮到县城，司机见一车木头都平躺在车厢，知道事情不妙，立马直奔医院。当人们从木头缝中拖出奄奄一息的我，庆幸那箱青瓷，挡住大树对我躯体的碾压。这次我才明白，灵魂是有颜色的，这是我生命里对青瓷的第一印象。

后来作为援藏干部，我在那海拔 4700 米生命禁区，在那"风刮石头跑，满山不长草；一步三喘气，四季穿棉袄"的藏北高原，眼中唯一有生命的颜色，可能就是挂在我脖子上的那只青瓷小葫芦瓶，也算是我的护生符。在那戈壁荒滩，青瓷那种独有的梅子青色，特别具有生命光泽，我在《一个妈妈的女儿》书中说过：

让荒原的眼睛
过把绿色的瘾
使生命之树
在苦焦的心头常青

有趣的是，每次进无人区我都要将青瓷葫芦灌满白酒，至少有一二两。大家知道，高原缺氧，人易犯困。此时，将高度白酒注入雨刮器水箱，车开十来公里，雨刮器喷出的水带有一阵酒香，顿时会清醒神怡。也许这是解决当下"开车不喝酒，喝酒不开车"的秘诀，一种高原生存方式。

一次，到十世班禅转世灵童的家乡嘉黎县，在那落差高达 1500 米的山谷，路越走越险，但山却越走越美，就在陶醉在雪山美景之时，司机突然吼叫："不好，泥石流！"老实说，那时我根本不懂什么是泥石流。只见司机猛打方向盘，把我从正面避开后，奋不顾身地向我身上扑来。无论汽车如何在山谷中翻滚，这位康巴汉子都用他伟岸而结实的躯体护着我，右手刚好按在我挂在胸前的青瓷葫芦上。我已不敢再回想 20 世纪 90 年代，那刻骨铭心的恐怖一幕了。那次，天葬台点燃起"桑"烟，亦如青瓷龙窑升起的烟火，我背着司机尸体，我摘下挂在胸前的青瓷葫芦，挂到他的脖子上。在那雪山，在那荒原，我真的见到一个幽灵，在浴火中变成一个永生凤鸟！

援藏归来，我再也没有随身带过青瓷，我知道青瓷已随他去了天堂。但工作与青瓷又难舍难分。开始在投资口，我鼓动龙泉青瓷集聚，亲自审批了全国首个集供产销、研发、体验与旅游观光于一体的综合性特色文化园区，让 1600 年的龙泉青瓷得到延续，把梅子青粉青推向顶峰，使昔日青瓷明珠再度辉煌。后到服务业口，我又极力推进龙泉青瓷文化创意基地，千方百计争取国债资金——建设龙泉青瓷博物馆。这一文化创意基地的灵魂建筑，由中国工程院程泰宁院士亲自主持设计，远看就是一座青瓷古窑造型，一副富有诗意的"散落在原野的瓷韵"，成了龙泉一个地标建筑。

那日，在这里土生土长的作家叶放，得知我是中国作协会员，执意要领我参观他那祖祖辈辈生长的大窑村。当我走进村子，见到山里人家一面面土墙上留下众多古青瓷碎片，那些堆积着的无数青瓷传说，一定有着无数青瓷梦想，让我再次震撼。难怪叶放要将故乡一个个青瓷故事，编织成《飞天窑女》的电影作品，述说着他心中青瓷窑工的苦涩，对龙泉窑聪慧的赞美，对不朽民族气节的弘扬！我们一前一后走在狭窄的宋代古道上，他捡起路边掉落的半截古砖，对我说："拿去留念吧！"我突然眼含泪花。

叶老哪里知道，我曾当过全国最大建筑材料企业老总，对秦砖汉瓦我早已情深意长，而这与青瓷工艺又是一脉相承的。在这"俯拾是瓷，仰看成诗"的世界"非遗"之地——大窑村，回到住地，我立马写下一首《大窑遗址》的诗：

不同朝代的瓷片
有静卧如流云
有青翠如山峰

有狂泻如飞瀑

有嬉戏如鱼跳

满地的瓷片

仿佛祖先留给我们的名片

岁月漫漫，苍水茫茫，30 年后的今天，我又来到故地宝溪。美丽的披云山下，千年古树遮天蔽日，一幢幢新楼拔地而起；一条清澈潺流，从村中穿流而过，溪鱼似散落的古瓷碎片；而一座座古龙窑，随着山水流转，满幅烟岚。那天一路大雨滂沱，李乡长早已守候在村口。我们到时雨也停了，那种"雨过天晴云破处"的世外桃源的感觉，正是我们追逐的青瓷美妙姿色。

一夜雨水冲刷过的宝溪，山村土地露出许多青瓷碎片，令人惊叹不已。作为龙泉青瓷传统烧制窑炉，龙窑在这里曾经辉煌过，目前有龙窑 15 座，其中 9 座百年以上古龙窑保存较为完好。李乡长说，当时宝溪是个窑烟蔽日的地方。随着液化气窑炉替代柴火，本世纪以来，龙窑烟火几近消失。据《龙泉瓷厂志》记载，1825 年，宝溪溪头村民李先明在当地建窑，称"李生和号"，继之"丁裕顺号""福春祥号"相继投产，在宝溪乡的宝更村和坑口村，也有村民陆续建起龙窑。从那时起，宝溪燃起制瓷的烟火。

龙之泉，泉之窑，窑之火，火之烟。可以说，宝溪现已成为龙泉仿古青瓷诞生地，形成李、龚、张三大青瓷世家。当窑工从龙窑取出一件件青瓷，沧桑历史的洪流扑面而来，那柴火燃烧的熊熊大火，那汗流浃背摆放匣钵的窑工，那充满期待瓷土蜕变出的精美青瓷，这是古龙窑最开心的一刻！我的眼睛终于湿润了：那斜卧山脚的古龙窑，莫非就是我上回到宝溪，从运木车上搬进大山的一支支烟囱窑炉，才有了这古龙窑火的生生不息？

回城半路的驿道上，路过一家叫上洋的瓷厂，说是 20 世纪中国最大的国营瓷厂。走在那极不整齐的厂区，吴子敬悄悄告诉我，他 15 岁曾在这里烧窑，与瓷结下不解之缘。之后，他参军转业到供销社，与茶叶打交道时，迷上收集茶壶，从而一发不可收。迄今，他已收藏青瓷近万件，从早期唐代青瓷文物到现代大师的青瓷作品，几乎囊括龙泉青瓷各个时期的作品，也见证了“清澈如秋空，宁静似深海”的青瓷全部历史。

“收藏一定要千方百计收到手上，藏在心中。在这里，藏家比的不一定是财力，比的更多的是心力。”子敬兄的话让我久久难忘，他现在一边不断为国家馆藏捐赠珍贵青瓷文物，一边又悄悄筹划建立私人博物馆，他说要让龙泉青瓷放射出更加灿烂的光芒。当时我写了这样几句话给他：

兄，为何如此痴迷
是爱她柔情的肌肤
是爱她芬芳的耕耘
还是爱她燃烧的激情
也许是，也许都不是
她真正值得爱的是
即便碎片
也不失土与火的魂

离开龙泉，我又以“钟国人有话”的名义发了一条《明清踏青》的微博：

这忽冷忽热的天，我担忧这个春天，会乱了姑娘采茶的心！今天路过龙泉，真不忍心离开这个连空气散发着青瓷香的地方，那古朴典雅的艾青，那清丽逼人的翠青，那大气庄重的青粉青，我们仿佛是在“云飞有色长生画”的翠色中踏青。

许是受龙泉青瓷感染，不久前的清明节，我又跑到苏北故乡，长跪在父亲坟前，添了一把新土，算是一把瓷土吧。父亲是在我去西藏时，因医院误诊留下疾患。生前父亲酷爱青瓷，经常不惜工本赠送亲朋好友。如果说我对青瓷有一种生命情结，那么父亲对青瓷更多的是痴迷与执著。最后他的骨灰，也装到一只龙泉青瓷罐中，埋在顿失滔滔的大运河畔。是啊，问渠哪得青如许，为有龙泉活水来，冥冥之中让我感知到青瓷的神灵。

当下正是芳草萋萋，杨柳依依——

望着那静谧的山道，为何麦苗如此青翠？

那静谧的天光云影，为何油菜花如此芳香？

那静谧的古龙窑，又为何化作美丽青瓷亿万？

在这“青如玉，明如镜，声如磬”的古瓷碎片中，我们在寻找那份属于自己人性的光泽、生命的韵致、自然的风情和民生的气息，那里有我们不能承受的生命之轻，有我与青瓷的前世今生！

阳光与荒原的诱惑

假如有一天/我被后人挤出人间世界/那么高山是我的坟茔/河流是我的笑声/在人类高尚者的丰碑上/一定会找到我的姓名!

——周涛

7 月藏北,冰封才渐渐融开,草原才渐渐返青,时不时还下一阵子雪花或鸡蛋大的冰雹。我将这里的自然情况告诉了女儿,她觉得是天方夜谭,埋怨我大脑是不是发烧了……

在这里,提起举世闻名的青藏高原,几乎人人皆知。但说到青藏高原腹地的无人区,即便当地人也感到陌生。我援藏的地方,藏语把这里叫作羌塘,其意就是"北方辽阔的草原",所以现在人们都习惯把这里叫做藏北。

这里处于 4500 米以上的高海拔地区,人烟稀少,空气稀薄,气象万千,野兽遍地,与人称"死亡之海"的新疆塔克拉玛干沙漠不相伯仲,这是许多世纪以来,地球上尚存的少数几处未被人们征服的处女地。

就在我进藏前夕,浙江派出了以张启楣副省长为代表团团长的工作组进藏。意想不到的是,张副省长的汽车在距拉萨不到 10 公里处,遭遇车祸……

此时,这是我到藏北高原的第三个月,正与几位援藏伙伴在帐篷里烧牛粪做饭。办公室桑珠主任气喘吁吁地找到我:"张主任,刚接到行署通知,要你明天凌晨 5 点去申扎。"

"什么深扎?"我一下子没听明白。桑珠主任连忙补充道:"是无人区的申扎县! 到时尼扎县长会来接你。"

申扎,早年曾是荒无人烟的"无人区"的一部分。这个和半个浙江省面积相当的县,其名字在藏语中意为"皮火筒状山沟前",顾名思义,我们也能想见其荒凉之状。

常年都是冰封的雪,成季都是刺骨的风,还有那成日都疯狂燃烧的太阳。曾有探险者试图征服这里,但所有努力都化为了乌有。就是在这里,浙江要根据党中央、国务院第三次西藏工作座谈会的要求,援建一项名叫甲岗水电站的工程,工程包括装设三台装机容量为 500 千瓦的机组,还有 26 公里 35 千伏输电线路以及一座 500 千伏安的变电所。

据说,这是迄今为止人类历史上海拔最高的水电站,而且在建设过程中将破译"多年冻土、高寒缺氧和生态脆弱"三大世界性难题,这无疑将成为世界水电建设史上一次亘古未有的突破。

第二天,尼扎县长准时来到我的住处。我是第一次见他,低矮个子,壮敦身体,圆胖脸盘,香烟一支接一支。他笑眯眯地说:"武警水电总部刘源少将要去浙江援建的申扎甲岗电站考察,必须劳驾您了。"

在那曲镇一个路口,我们与刘源少将的车会合。刘源是原国家主席刘少奇的儿子,当时刚从河南省副省长岗位转到武警水电总部任职,从他高大的个子、魁梧的身板、高挺的鼻梁中,能见到刘少奇主席光辉形象的影子。

我和尼扎县长一部车,为刘源少将的车开道。因为走这条路,我是大姑娘坐轿子——头一回,一切都得听命于尼扎县长。

出了那曲镇,沿着青藏公路向北行驶 40 公里,过一座钢架桥,钢架桥头立了一个路牌,上面赫然写着"藏北自然动物保护区"几个藏汉文大字。路边还立了一块碑,刻写了西藏自治区人民政府关于野生动物保护区的保护规定。

顺桥向西拐,是那曲自日乡,这里有一条简易公路。说是公路,完全是经人工修筑,靠车轮子轧出的,坑坑洼洼,高低不平,如炸弹炸过。汽车颠簸着，把人颠得喘不过气来。我使劲抓住车把手，瞪大眼睛，贪婪地望着窗外。窗外的景象，与宁静的羌塘，空旷的荒原，辽阔的草原，形成了巨大反差。

走向荒原，走向雪山，放牧人的野性，引燃起我们的激情！对于鲁迅所说“路是人走出来的”，此时，我有了深刻体验。平缓的草原从眼前掠过，由于地表见不到参照物，汽车颠来颠去，仿佛都在一个点上跳跃。只见那矮矮的嫩绿的小草铺满一地，像一块块绿色的地毯。那斑斓零落的各种小花，如姑娘们手下绣织的图案。远处，有皑皑白雪的山峰，映衬着湛蓝的天空，纯洁得没有一丝杂质。

近处，雪峰上蜿蜒而下的溪流，静谧地流淌，偶见成群的牛羊，如天边散落的浮云，游牧姑娘用围巾包裹着面部，露出两个大大的明亮的眼睛，好似天上落下的流星。

藏北地广人稀，空旷荒凉，年平均气温在0℃以下，还有无尽的风沙不时席卷而过。那不毛之地只生寸草，而这寸草又在一年达九个月的冬季里被冰雪覆盖，这里永远不见“风吹草低见牛羊”的景象。然而，一旦你走近她，贴近她，就会为她博大的胸怀所吸引，为她深沉的热情所感化。

车到班戈县境内，沿途湖泊很多。向南可见天湖——纳木错，途中经过的巴木错，传为纳木错的女佣。在班戈境内走了一个多小时，还可见到色林错，是西藏第二大咸水湖。一片青色的色林错，远处有一座座银装素裹的雪山，在蓝天、白云的映衬下，格外漂亮，巨大的山影倒映在湖水里，朦朦胧胧。湖面众鸟和睦相处，互相嬉戏，倒也相得益彰。湖里游动着数不清的高原无鳞鱼。当地群众由于受宗教思想的影响，恪守不杀生的戒律，从来不捕鱼，不吃鱼。这上万年以前形成的湖，里面积蓄了多少鱼，根本无法算清。加上刚刚返青的绿茵茵的草场，撒在这草场上的牦牛和白羊，与这浩瀚的湖水、巍峨的雪山融为一体，显得格外雄浑壮丽。

当地一牧民说，有一次，他去湖边看自己家的羊群，当时天气十分晴朗，他远远看到湖里有个黑乎乎的东西浮在水面上，足有房子那么大。这个牧民看着看着，发现这座“小山”动起来了，还发出巨响，而且还往水边游动，他听到它呼地吸了一口气，就看见三只羊被吸到湖里去了。这下可把他吓坏了，拔腿就跑，回过头来看时，此怪物正慢慢下沉，过了一会儿就看不到了。后来科考队也曾为此传闻专程到色林错调查过，证明湖中确实有个巨大的动物。他们曾在湖中放了二十多吨炸药引爆，终因湖水太深，奈何不了这个怪物。

湖怪有没有，不敢肯定，但湖里的湖牛倒是真实存在的。这些湖牛与牦牛也差不多，只是牛毛稀少些，它们经常游上岸来与牦牛交配，产下的小牛犊体格非常强壮。放牧的见这些湖牛并不伤害家畜，家畜也不讨厌湖牛，因此它们上岸来并不驱赶。

色林错一个支流也没有，但湖水永远也不能装满，你说怪不怪，这么多水到底流到哪里去了呢？据说，色林错中有个非常大的漩涡，深不可测，漩涡下有暗河通往印度恒河，才使湖水永远不满。此说为色林错涂上了一层神秘的色彩，这个谜只有水文地质学家才能解开。

车到班戈县城，才见到几排低矮的建筑，在内地最多算是个小村庄而已。

我们来到一排冠名为县政府的招待所，它们石头到顶，屋顶呈拱形，如陕北延安窑洞，共有八九间。仅有的一个窗子，早已封死。房子两侧竖联，一边是“工业学大庆”，一边是“农业学大寨”，可见房子的历史。

我们在这里吃好午餐。下午上路，感觉比先前走的路要平整得多。但路两边景观仍差不多，荒凉，悲怆，宁静。时近傍晚，才步入尼扎县长管辖的申扎县领地。

到了下午7点钟左右，我们终于到了雄梅乡。雄梅乡是申扎县的一个乡，这是玛瑙石、各种玉石矿点较多的一个乡，有资料的矿点就有十几个。雄梅乡是我援藏的单位——那曲计经委的挂钩扶贫点，每年要派工作组到该乡协助工作。考虑雄梅乡到申扎县城还有一百多公里的路程，我们决定不停留了。

随着乌尔朵(甩石器，是用羊毛线织成的牧草鞭子)甩石子的啪啪声，在火红绚丽的晚霞中，吃得饱饱的牛羊踱着方步返回畜圈。一旦车灯直射向牛羊群，众多牛羊的眼睛就像闪烁的繁星，熠熠生辉。

藏北无人区的晚霞特别漂亮,当太阳快要落山时,就像一团火红的大火珠,离地平线越近,火珠越大,仿佛从炼钢炉中刚滚出来似的,光芒万丈,将半边天都映红了。

此时此境,我沐浴在一片金红色的霞光之中,心境变得激荡,意念得到升华,自己的一切仿佛与大自然融合在一起,脑际中没有半点杂念,人只有忘情地欣赏大自然的美,惊叹崇拜造物主之伟力。

这里,天、地、人已融为一体,没有自我、没有烦恼、没有寂寞和孤单,只有陶醉,我就像熟睡在大自然襁褓中的婴儿,天际间只剩下灿烂辉煌的共鸣。紧接着,天际间出现赤红的晚霞,有的似菩萨打坐,有的似火龙在翻腾,有的似火车在奔驰,有的似争芳吐艳的花卉,有的似安详的动物,奇形怪状,这是平原上永远也领略不到的美色。

突然,前面有一条哗哗流水的河,挡住了我们的车道,我以为尼扎县长带错了路。只见司机慢慢调节好油门,顺着车辙较深的道路前行。这时,河水几乎欲盖过车窗,但车子仍有节奏地顺水向前“踹”到对岸。我也会开车,但要我这样开,真的无能为力。倘若在河中间熄火了怎么办?司机笑呵呵地说:“那可能麻烦了,弄不好我们都要喂鱼了。”

“哈——哈——哈!”过了河,夜幕也降临了,火红的晚霞变成黑红的晚霞,很快又变成黑色的云彩,把草原引入黑暗。这时,整个大草原如一个黑锅扣在我们头上,坐在车内人们相互之间都看不清。

由于前面是一个草坝子(当地人指平缓的地方),车道很多,我们两部车争先恐后,并列而行。突然,我坐的这部车的车灯一下灭了。大概是过河时大灯进水的原因。过了一会儿,发动机熄火了。幸亏尼扎县长带了手电筒,我们都忙着修车。刘源少将的车仍不停地向前飞奔,在草原上望去,如一个孤岛上亮起的灯塔,在黑色的海洋里引领着方向。

尼扎县长已与那车上的司机打过招呼,让他们沿着这车辙往前走,说一转弯就是申扎县城,等会儿我们会追上来。

也不知修了多长时间,反正刘源少将的车我们已看不到灯光了。待我们追到申扎县城,也未见到他的车,我一下蒙住了,忙打电话向上级汇报。遗憾的是通向那曲镇仅有的一根电话线，在这里永远拨不通。我随身带的手机，在这里永远是盲区。

这时已是凌晨3点多了，尼扎县长照顾我，让出他家中的床铺给我睡。而他自己则带着申扎县几位领导顺路往回去找刘源少将。

这晚的经历，我可能一辈子都不会忘记。尼扎县长安慰我："无人区内找不到家门，是家常便饭，连我们老西藏也会迷路。"

老实说，我这晚并没有为刘源少将失踪而胆战心惊。让我夜不能寐的是，我到尼扎县长家时，他从床上赶走自己年轻漂亮的妻子，又找来一位上年纪的藏族大爷，打地铺与我做伴。当我不肯上床时，尼扎县长拼命把我按到被窝里。带着女人特有气息和体温的被子，盖在我已十分疲惫的躯体上，真的让我受宠若惊，热泪盈眶。

其实申扎无人区，本就像一个依山而卧的沧桑美女，在那纯洁的蓝天下，那随风飘来的洁白云朵，仿佛为她轻轻盖上了一床丝绸云锦。这时我早已没有睡意，酥油灯下我翻开随身带的瑞典地理学家斯文·赫定的《亚洲腹地旅行记》一书，书中他是这样写西藏无人区的："在这种地方，很少有人不迷路的，无论游牧人或畜群，在这里都生存不了。"读到这里，我心里先是一惊，接着有了一种怜惜，一种苦涩，更有一种悲壮……

梅花源记

一缕细香，几瓣瘦丽，全部交给田野大地，梅花就这样生得热烈死得迷离。

——作者自题

这里梅花源，有点近似陶渊明的桃花源，是一种意境，一种理想，一个美梦，一块精神乐园。确切说，它是我们在杭州超山，搭建的一个文学创作基地。

时过正月十五，当地人对我急了："再不到超山赏梅，又要错过花期啦！"对此，我也纠结过，自在满山遍野的青梅树下，挂起文创基地牌子，我还没有见过梅花盛开的香雪海。就像人完婚，还不知新娘芳容。

早就听说，"超山梅花甲天下"。那高山流水的万亩梅林，梅景似海；那大河上下的万顷梅涛，气势磅礴；那一望无际的万种梅姿，暗香浮动。亦如对此不离不弃的诗人画家吴昌硕说的："十年不到香雪海，梅花忆我我忆梅。"这是超山梅花，在人们心中的高尚。

我们选中这里做文创基地，还有很重要的一个原因，就是对梅花的一种崇拜与仰望。因为我相信，梅花"温文高雅，冰清玉洁"的品格，与文创"风清气正、高大儒雅"的态度，是一脉相承的。

那天，我说这话时，麦家听到了。他说："我也没有去过超山！"为此，我一声叹息："这是超山的损失呀！"麦家被我说得莫名其妙，我知道他惜时如金，就故意挑逗说："搁一搁笔吧！到超山调研一下，也许有意外收获。”

可能是我的真诚打动了麦家，周末下午我开着私家车，麦家跟着我上了路。与喧嚣的都市相比，踏着缤纷零落的花瓣，领略缥缈浮动的幽香，走进一个世外梅源，不失为一种雅致。一路上，我们有说有笑。遗憾我是路盲，好在心存定力，循着空气散发的梅香，作为我们前行方向。

峰回路转，抵达超山脚时，忽然，我们为眼前万马奔腾的梅园所震撼：它们背依大山，面朝运河，以梅饰山，倚山植梅，梅以山而秀，山因梅而幽，真是“入山无处不花枝”，把我们拽进一个“若无香风吹，疑是白云绕”的梅泽香国。

一阵噼里啪啦爆竹声，打破了我们满天春色遍地香。山里人用特有的新春祝福，迎接我们的到来。当然，这要感谢大自然的魅力，才有了令人为之动容的纯真。探梅路上，那些羞羞答答、缀满枝头的梅花，有的含苞，有的灿烂，犹如美人而立；而那些被推为梅中极品的“小清新”绿萼梅，星星点点的绿意，欲开又止，仿佛等待心上人……如此“十里梅花香雪海”，顷刻就把我们醉到在“飞来香雾都成雪，寻入梅花不见人”的梅花源中。

据说超山植梅的历史久远，早在五代后晋时，当地百姓就开始栽植梅花。传说大诗人苏东坡在杭州做官时，特地从孤山将数百梅树移植过来，蔚为壮观。北宋熙宁三年，时任临安知府的赵清献游超山，写下“物华春已盛，人意乐无涯；罗绮一山遍，旌旗十里随”的诗句。

到了清光绪年间，超山有宋梅百余株，环山十余里一片梅海，“沟胜棱棱花堂堂”。自称“嗜梅者”的林琴南，在1899年游超山观梅花后，大为惊叹：“以生平所见梅花，感不如此之多且盛也。”过了三十多年，天游化人康有为来游，见“山下卅里皆梅花，无虑百万树，过于邓尉。吾粤冈洞梅花亦廿里，安得有宋梅？此地有宋梅一株，老阅兴亡，超然人世，抚之增感。且花为六出，尤为异种。”不禁触景生情，欣然命笔：“超山山下报慈寺，卅里梅花百万树。漫野夹溪似飞雪，疏影横枝曲碍路。身入群玉山中行，梦入众香国土依。白飞百亿战败飞，败鳞残甲蔽云雾。”当地塘栖名流钱庚、吴浪、姚济人等为纪其胜，曾在1932年,“乞海内名流词坛风雅,不吝珠玉宠锡篇章”,征题超山梅花诗集,海内耆宿康有为、曾熙、周庆云、徐珂等纷纷发为诗古文辞,超山梅花,哄传遐迩。

可见,梅花是有故事的。说到这里,不得不提宋代的林逋。他的“梅妻鹤子”故事天下闻名。史载,先生泛舟西湖,饮酒会友,赏梅吟诗,才高八斗,却不肯出山为官。隐居梅林,留下了众多咏梅诗词,其句“疏影横斜水清浅,暗香浮动月黄昏”,至今还被人们传诵着。清代的“西湖十八景”就有“梅林归鹤”一景,可见梅花品格非同寻常。

当地人这样夸耀,“天下文章数浙江,浙江文章数余杭”。所以,我们到文人墨客集结的超山,搭建一个文学创作基地,自然属于情理之事。难怪那天,麦家见到掩藏在梅林深处的文创基地,露出了他少见的笑脸,仿佛“正是江南好风景,梅开时节又逢君”。

是啊,在这个早春三月,虽说寒气逼人,但此刻我们春暖花开。那满目香雪,幽香清远的梅花,让我们享受到一段难得的田园静谧时光。只见这时麦家悄悄对我说了一句:“我取麦家作笔名,意思是种麦子之家,也就是农家的意思。是对自己身份的一个确认,要自己不要忘本。”

这让我想到德国作家蒂姆·施塔费尔有一本关于乡愁的书,书中主人公不断奔赴和游走,只为用全部生命追寻一个家,一个手可以攀附、脚可以止定、心可以停靠的地方。他说,乡愁这个字在德文中,由Heim(家)和weh(疼痛)组成,是“对于家的疼痛”。

对“麦家”二字,我似乎突然有了深深的领悟,并忙点头赞许,大声说了一句:“在这个喧嚣的城市,有超山这方净土,相信文学不会迷途,作家才会通灵。”

大明堂作为我们赏梅的最后一站。廊道上我们见到郁达夫写的《超山的梅花》全文。我立马对麦家说:“这是你们富阳老乡!”麦家露出一种自豪,回了我一句不着边际的话:“我们是一方水土养大的两极人!”什么叫“两极人”? 当时,我还真的没弄明白。

后来,读到麦家一篇文章,我方才豁然开朗:“郁达夫是诗人性格,率真,热烈,天马行空,我行我素,入世,厌世。他的作品也是如此，才华横溢，有切肤之痒之痛。我相对是比较冷静的。我耽于幻想，迷恋于神秘、智性的东西。我总是想摆脱世俗，让自己和作品中的人都离开日常和现实，去高远的地方。而最终，郁达夫通过他不朽的作品去了真正高远的地方，让今生后世的人都仰慕不已。”

我们知道，中国有五大古梅，没有想到超山这里，有两种饱经沧桑的唐梅和宋梅。一株长在浮香阁前的是唐梅，铁干虬枝，灿如彤日，相传是从元初义士唐玉潜塘栖故居移来的。另一株长在大明堂外的是宋梅，屈曲苍劲，花瓣六出，不像一般梅花，“六出为贵”是说也，这使得超山梅花尤为神奇！

百年之前，就有人依宋梅建了一亭，上有金石书画大家安吉吴昌硕绘宋梅小影，并勒石记之。周梦坡联云：“与孤屿萼绿花同联眷属；胜越山冬青树共阅兴亡。”吴昌硕的更绝，以石鼓文写就，其语为：“鸣鹤及来耕正香雪留春玉妃舞夜；潜龙何处去有萝缘挂月石虎啸秋。”语句古艳深沉，还是快言只语道出超山梅花的精神。

大明寺前，还有一口井，井水甘洌！旁树石碣，刻有“一人堂堂，二曜重光，泉深尺一，点去冰旁；二人相连，不欠一边，三梁四柱烈火燃，添却双钩两日全”之碑铭。有人查阅古书得知是，令狐相公出镇淮海日，支使班蒙，与从事诸人，俱游大明寺之西廊，忽睹前壁，题有此铭，诸宾皆莫能辨，独班友使曰：“得非大明寺水，天下无比八字乎?”众皆恍然。对此，麦家不以为然，他觉得这是古人故弄玄虚而已。

在宋梅亭一带，还有超山梅园精品苑，有红梅、白梅、绿萼梅、垂枝梅、腊梅、杏梅等，其中骨里红的花瓣最鲜艳。不远处，还有吴昌硕亲手栽种的腊梅王，此时艳阳。当地人告诉我，“前几年，这棵梅树已经枯萎。没有想到枯木逢春。”我看到不远处的山冈，有吴昌硕的坟墓，正对着这里。我脱口而出说了一句：“想别是先生显灵！”

在超山半腰上，还有吴昌硕纪念馆、姚虞琴纪念馆，在那里，可以见到八百年历史的古建筑——浮香阁，品味金石篆刻印章、梅花画作以及馆内诸多吴昌硕和姚虞琴的影像和文献资料等，深度解读这两位艺术大师对梅花的钟爱之情。是啊，现代作家都能像出走修行的大师们那样，再获得一些安静和旷野绿地，这将是一个多么惊人的情形？

我还联想起了国外一些文人，都是追求这样的生活。如托尔斯泰、陀思妥耶夫斯基、普希金、屠格涅夫，看起来都是生于贵族之家或城市街区中，但他们整个的生活历程中，与百姓的来往是很频繁的。而且他们大量的时间是在俄罗斯大地上行走。普希金主要住在郊区，陀思妥耶夫斯基经历了流放地生活，托尔斯泰不离树木蓊郁的庄园，屠格涅夫迷恋俄罗斯大地。

习惯了生活在钢筋水泥中的我们，今天仿似穿越时光隧道，进入一个如诗如画的梦境中，那无尽无垠五彩缤纷的香雪，呈现给我们一幅"遥看一片白，雪海波千顷"的美景。这些是我们与西方那些纯粹的城市化作家所面临一样的困境，我们需要乡野，我们需要接地气，我们需要见识风景——因为那里氧气充足。

这种"氧气"，当然不光是指化学分子式的意义了。此刻，我们循着郁达夫《超山的梅花》的灵动，踏上超山这块神秘而绚丽的土地。这里又是吴昌硕此类海派艺术大师旷世之作的源泉，是在宣纸上任意渲染的色彩。这些在阳光下闪耀的梅树、无边的梅花田野，这些火焰般绽放的梅花、甘美甜蜜的青梅，都迫切等待着有人，从这一朵色彩斑斓、弥漫着芳香的梅花中，书写出不朽的笔记。

也许这是梅花源的魅力之所在，是梅花源交给我们文学的原动力，也是那些要冲破禁锢在钢筋水泥城里人的向往。当然，赏梅很讲究意境，麦家对景区一些细节，感到过于粗糙。我想漫山遍野梅花固然好看，如果坐上一叶摇橹小舟，绕过几个深深浅浅河湾，忽见一两枝待开的花骨朵，是不是更值得期待？

穿行在超山五光十色梅花田野上，我们在想，如何将这些五彩斑斓的巨大色块挥洒在画纸上，留下它们那么美丽的浓烈，几乎就要从深深的梅花原野蹦出来。而那不远处的运河小镇，柳丝摇曳，小桥流水，粉墙黛瓦，漏窗小阁，时不时映显在万顷梅田的画卷中，用两千来年的时间来守望着这片田野。

一缕细香，几瓣瘦丽，全部交给田野大地，梅花就这样生得热烈死得迷离。毕竟美丽厚重的超山，生命源于这片土地，也许这就是梅花一样的精神吧。哦，梅花让我们知道了，什么叫高风亮节，什么叫耐霜傲雪，什么叫横斜疏影，什么叫吐露芳心。我们在这里建立文创基地，打造文化品牌，原来超山梅花在这里，已经不只是一朵花……

第五章　域外的城色乡风

如果你忘不掉过去，那是你没有埋葬内心的秘密，所以一定要到吴哥去；如果你想开始新生活，那要把她带到吴哥去，并肩坐在高高的吴哥窟上，看日出日落，体会沧海桑田，诉说漫漫情缘。

高棉的微笑

美不是一种存在，而是一种消失。

——蒋勋

春节临近，杭州的雪一场比一场大，冷得清纯，冷得静美，我一直以为这是格林童话中的场景。可媒体扛不住了，提出江南为什么不供暖的发问，引发社会热议。也许我已厌倦都市如此喧闹，每当逢年过节总要找个理由，去寻觅一段不同旅程，或者寻找一个纯朴感动。

有人说，旅行就是从一个自己待腻的地方，到一个别人呆腻的地方。我的理由是“读万卷书，行万里路”！今年杭州这么冷，那我就向南，换一种温度过冬！现在呈现在我们眼前的是电影《花样年华》中的片段：“当有一天，我们遇见了一个人，一个始终无法去追求的人，但又是我们最爱的人，我们的选择呢?”记得梁朝伟饰演的男主人公，来到吴哥对着一个石洞诉说着心中的秘密，然后以草封缄。

“也许某天，我们会找到答案。”为此我把柬埔寨锁定“一生必去的地方”。加之年前柬埔寨前国王及首相诺罗敦·西哈努克（Norodom Sihanouk）亲王去世，这下可以找到无数去柬埔寨的理由了。

1

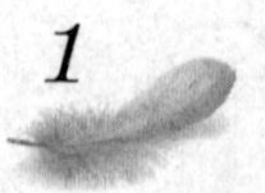

在杭州冰天雪地的寒冬时节，柬埔寨的温暖如春更是一种美丽

的诱惑。

我们知道柬埔寨，有一个古老而温情的名字叫高棉，在高棉有一个被称为世界七大奇迹之一的吴哥窟，那里有一座蜚声世界的寺庙叫巴扬寺。据说，象征着1000年前古高棉人心中的“宇宙中心”，但更具震撼心魄的，恐怕还是令世人注目的“四面佛”——高棉的微笑。

正月初一大早，从杭州飞抵金边，来到这个令我朝思暮想的柬埔寨国家。金边位于湄公河与洞里萨河的交接处，一看就知这是块风水宝地。当地说，大约500年前，这里还是一片沼泽地，附近住着一位姓边(penh)的老婆婆。有一天，暴风骤雨过后，湄公河水位猛涨，上游冲来一棵大树在水中打转，树洞中正好端坐着一尊石雕佛像。边婆婆认为这是神迹，忙把这尊佛像请上来，要将佛像供奉起来。于是，边婆婆就在这片沼泽地上挑土成山，在小山上盖了一间小庙。后人为了纪念这位婆婆，称这里为 phnom penh，柬语称之为“边婆山”的意思。当地华人经商居多，为了讨个好兆头，也表明对“金银无边”的期待，把这里称之为金边。

当晚，我来到湄公河边，只见那嫣红晚霞照在河面，把水染得金黄，早已分不清哪里是水，哪里是岸。阵阵微风徐来，炊烟袅袅的渔船，孩子们的欢歌笑语，赤条条的身子与河水融为一体；绿草如茵的小洲，成群结队的水鸟静静伫立着，当金色的波光靠近再靠近，它们便一惊而起，在落日余晖中留下斑驳剪影。醉心于这样的大自然中，我仿佛被催眠一般，心灵慢慢沉静，思绪慢慢飘忽。一时间，忘了来路，忘了归途，心中只剩下那一抹醉人夕阳。

第二天一早，我们追赶着太阳，来到坐落在洞里萨河边的金碧辉煌的王宫，这里是西哈努克亲王先前的居住地。这几天，众多民众涌到这里为西哈努克悼念，矗立在广场两侧的西哈努克巨幅画像在金色阳光照耀下，发出祥和的光芒，仿佛这位柬埔寨人民敬爱的国王，正用慈祥的目光看着至爱的子民，倾听着千万国民的祝福。

我怀着深痛而敬仰的心情，随着人群缓缓走进王宫，只见屋顶是金色的，非常显眼，四周都有黄色的墙体环绕。整个王宫中，宫殿有二十多座，是柬埔寨比较大型的建筑群。在王宫的金殿内，有一座专门陈列宝物的宫殿,这里的宝物种类繁多。在王宫的众多宫殿中,最为繁华的是银宫,银宫的繁华从一点就可以看出:它的地面是用镂花的银砖铺成的,一共用了近 5000 块银砖。在银宫的主殿中摆放着柬埔寨的宝物——翡翠佛像。翡翠质地上乘,是翡翠中的极品。因为有这尊翡翠佛像,所以银宫也被称为玉佛寺。我脱鞋摘帽,重点参观了王宫南侧这座宫殿,回廊是一幅长长的印度教神话故事的壁画,寺外有许多莲花小池点缀着,宫殿美不胜收。

我情不自禁赋诗一首:

在我们的冬季
这里却是盛夏燃烧
温暖着我已僵硬躯体
阳光照亮着所有宫殿
长出光芒的塔尖
雨露滋润着这里人们
闪亮激情的面具
是不是所有的王宫
都有这里的纯金雕像
哗哗的白银铺地
耀眼的珠宝钻石
一切在金碧辉煌中
连名字都在亮光
一个叫金边的地方

紧接着我们来到与王宫反差极大的地方,在位于金边南郊 10 公里处,参观了一个叫 Killing Field 的集中营。这里原是一所中学,红色高棉掌权之后将其改成监狱,在短短 4 年间,有上万的人从这里被送到杀人场,仅有 7 人活了下来,墙上陈列着的数千张照片成了不可辩驳的证据。这些触目心惊的照片,述说着一个个悲惨故事。铁丝网依然还在,教室被分割成一个个砖牢或者木牢,斑驳的墙,室内透着栅栏射进来的支离破碎的光线。拐角处的玻璃塔里堆放着残缺的头盖骨，红色高棉杀人只用尖锐的细铁棍戳入后脑，然后活埋。那些正面、侧面的临刑前的像仿佛一点点立体起来，空气中游荡着一个个冤魂，满地的刑具囚禁着他们，不得前进，不得超脱。食人肉的监狱长，至今仍在逃。

纪念馆里循环放着一部纪录片，英语混夹着高棉语，不完全明白。只记得邻居忆起美丽年轻的女孩突然被宣布是个敌人，理由是为了追求爱情。在赤柬的高压政策下，他们结婚仅 8 天就被双双送入 S21，5 个月后被处决。白发的母亲二十多年后说起他们，依然声泪俱下，泪簌簌地贴着沧桑的脸滴落，哽咽不能语，反反复复地问为什么。红色高棉当政期间，被杀害、死于劳役或饥饿的柬埔寨人有近 170 万。没有人知道，政治总是如此。被越南附属，被暹罗强占，被法国殖民，被日本占领，从君主到赤柬再回到君主，柬埔寨走过了它没有人敢回首的岁月。

这个世上没有无缘无故的爱，也没有无缘无故的恨。也许集中营留下人们过多的恨，才有了人们对王宫更多的期盼与爱戴。当我走出集中营，我是连跑带溜，就像后面有魔鬼追赶一样。一口气跑到一山脚下才停下脚步，我回头一看，已远离集中营，才趴下大口大口喘气。

当地华人叫这山为“塔子山”，我得知这山就是传说中的边婆婆挑土堆成的小山时，十分激动，执意一定要上山去朝拜她。登上金边的塔子山就可以俯瞰金边全景了，这里是金边最高的地方，可以看到金碧辉煌的王宫，繁茂的林荫大道，穿着橙红色长袍的僧侣，处处显现出金边这个城市的庄严和传统，与众不同。

在塔子山上有一座塔寺，在塔寺的入口处有奇怪的雕像，雕像是奇怪的七头蛇。在塔寺中还有很多雕像，比如佛像、怪鸟、狮子，等等。山上香火很旺，吴哥王朝第一位国王就安葬在山顶。山顶有许多孩子，抓来许多野鸟关在笼子里，谁给钱，鸟就可以被放生。我掏出一把柬币，让孩子们将笼中鸟统统放归自然。孩子们当然求之不得，而我的心像被人刺了一刀。什么高棉的微笑，此刻只有苦恼人的笑！

2

去年10月的一天,柬埔寨王国太皇诺罗敦·西哈努克因病在北京逝世,终年90岁。紧接着他的遗体从北京启程运往金边,长安街、新华门及外交部等均降半旗,表达中国人民的哀思。西哈努克一生曾经两度出国寻求政治避难,而两次都选择了中国。他自己多次表示,中国是自己的第二祖国。

春节,我在柬埔寨所到之处,街头巷口都悬挂着西哈努克的黑框巨照。在故乡期间,西哈努克经过百天悼念、出殡、守灵和火化等仪式,举国上下一直沉浸在悲痛之中。晚上,在王宫附近还看到不少柬埔寨人静静地坐在广场上,点燃蜡烛为西哈努克守夜,表明百姓对西哈努克的爱戴和眷恋。

在那里,我见到了当年与柬埔寨王室成员一起到北京的时任财政大臣吉春的儿子克亚,他告诉我说:“当时中国也不富裕,但是对我们照顾得非常好,中国朋友宁愿自己苦一点,也不让我们这些客人受苦,我们在北京生活了很多年,很幸福。中国长期以来大力支持柬埔寨的独立和发展,我们一辈子都是中国的朋友,而且所有人都坚信:中柬友谊一定会世代相传。”我记得小时候,在中央新闻纪录片上,常常见到西哈努克亲王与我国领导人毛泽东、周恩来会晤的场面。

据我了解的资料得知,西哈努克亲王是在20世纪50年代的亚非会议上见到的周总理,访华后又结识了毛主席。毛主席和周总理都支持并鼓励他奉行的和平、中立、不结盟的外交政策;他也非常赞成并拥护和平共处五项原则。1956年第一次访华时,他同周总理签署的联合声明中写道:“双方确认五项原则是指导两国关系坚定不移的方针。”1963年刘少奇主席访柬时双方签署的联合声明又重申了上述原则。当时西哈努克亲王还特别高度评价中国为和平解决中印边界所采取的主动措施。后来几十年的历史证明,正是双方都恪守上述方针和政策,所以才使中柬关系之船始终都能把握好大方向,长期持续安全远航。

西哈努克亲王早些年是每两年访华一次，后来几乎是每年都来访问一次。特别是我国国庆逢五逢十的几次大庆活动，他都应邀参加，有几次还是首席贵宾。早年每次访华回国后，都要向柬埔寨人民报告访华情况。他把在中国的所见所闻所感，都如实地告诉他的人民。我本人就曾经多次听到过他访华回国后对柬埔寨全国人民的广播讲话，内容非常丰富、生动，很有激情，很打动人。

“一见钟情”，这是西哈努克亲王形容他同毛主席、周总理第一次会见时所引用的浪漫词语。1972 年，他在同贝却敌合写的书中，是这样描述他结识毛主席、周总理时的心情的：“1955 年 4 月在万隆会议上，我第一次见到周恩来总理。可以说，这就是一见钟情。仅此三位伟人而已。他们为什么都如此同样地打动了我？大人物的平易近人及其对小人物的尊重，对一个小国和小国领导人的尊重。他们都重视一个民族和一个个人的尊严，他们作为爱国者，也懂得尊重别国的爱国者。”

西哈努克亲王回忆 1970 年 3 月 19 日从莫斯科飞来北京时的心情时说：“当时我面临着去哪个国家的选择。我立即意识到要到北京寻求支持，我信任毛主席、周总理对我的深厚友谊。一到机场，果然如此，周总理拥抱着我说我还是柬埔寨的国家元首，中国绝不承认别的任何人。这些话深深地感动着我。”

西哈努克亲王也回忆过 1970 年五一节在天安门城楼上同毛主席会见的情况。当他对毛主席说，很多柬埔寨人来北京，增加了中国的负担，为此感到抱歉时，毛主席对他说，能为亲王负担得越多越好，拥护亲王的人如果不能去前线，就请他们来北京，中国都给予方便和帮助。

后来西哈努克亲王经常对接待他的中国人员说，在柬埔寨遇到巨大灾难的时刻，是中国给予巨大而无私的援助，无任何附加条件的援助；是毛主席、周总理和邓小平阁下等中国领导人，鼓励他坚持斗争下去，直至柬埔寨恢复独立、和平和领土完整。

西哈努克亲王，是心直口快、开放透明的演说家；是善于深思熟虑、敢于坚持己见的政治家。他有自己的人生哲学、思维方式和处事技巧。在枝节问题上，灵活多变，在大是大非上，固守原则。他认定的路，就一定走到底。在万隆会议上，他顶着西方势力的压力毅然决然地同周总理交朋友。他的这份友谊，对于刚刚粉碎敌人暗杀阴谋而坚持前来与会的周总理和中国代表团来说，是弥足珍贵的。1963年刘少奇主席不顾敌人的暗杀和破坏，如期对柬埔寨进行国事访问，表达了对柬埔寨的信任和支持。西哈努克亲王为了万无一失，亲自驾车把刘主席从机场接到王宫。在基里隆和暹粒吴哥访问时，他同刘主席形影不离，亲自导游，亲自解说。在那个特定的情况下，双方都显示了患难与共的决心。他后来谈及此事时说，是相互信任给了他勇气和力量。

2004年西哈努克宣布因健康原因退位，之后长期侨居北京，直至离世，表明他信任中国，要用人生的最后一程，接续两国人民的友谊之桥。他说他也读过毛主席的书，认为毛主席有关人文理念中的哲理，是马克思逻辑概念同亚洲传统文明的结合，同佛学中最宝贵的大爱理念是一致的。他笃信佛教的因果关系，他说过："施人以友好，人亦报之以友谊。"这同中国的"善以待人，人善待之"是一样的。西哈努克亲王与中国之间，也许正是由于在人类良知、伦理观念和道德原则上的相通，所以才能超越现实政治偏见，规避意识形态差异，而结下历久弥珍的友谊。

在几代中国人眼中，西哈努克始终是国际友人的象征。在中国相对孤立的年代，西哈努克永远的微笑代表国际社会对中国的和善面孔，使被封锁的中国人在孤独中感到一丝温暖。

我后来到吴哥窟，见到那个"四面佛"——高棉的微笑，我蓦然想到西哈努克那张微笑的脸，可以这样祥和，可以这样儒雅。

从金边到吴哥窟有几百公里，我们强烈要求不坐飞机，改乘当地巴士。因为这辈子到柬埔寨机会不多，应该多走走多看看，用国人时尚的话说，这叫“接地气”。

汽车奔驰在一往无垠的乡村田野上，路边长着当地有名的凤凰树或棕榈树，炊烟袅袅的农家清一色的吊脚楼，偶有孩子光着屁股玩耍，很有热带风情也有诗意纯真的一种范儿。柬埔寨没有高速公路，倒为我们沿路走马观花提供了便捷。

据说，柬埔寨缺少对史前历史的研究，没有人确切地知道现在的柬埔寨有人居住的历史到底有多长。有人在柬埔寨西北部的一个山洞发现，早在4000年前就有人住在这个窑洞里，用石制工具进行生产劳动。公元1世纪左右柬埔寨的土地上就开始生长水稻。第一个生活在柬埔寨的人肯定比这两个时期还要早。他们大概是从北方移民而来的，但史学家还没有了解到他们的语言及生活方式。

中国商人在公元1世纪初，就开始来往柬埔寨做生意。柬埔寨语言包含有一些梵语的成分，而梵语是印度教和佛教的鼻祖。柬埔寨在字母、艺术形式、建筑风格、宗教(印度教和佛教)以及阶级制度等方面都已经在很大程度上受到了印度文化的影响。祖传精神与印度宗教共存的地方信仰至今都有着很浓厚的氛围，被认为是东南亚地区最古老的印度文明古国。历史学家们指出，柬埔寨人可以根据他们的服装把他们和他们的邻居区分开来——比如他们头上系着Kramas丝巾而不是戴着草帽。柬埔寨有一个古老而且有意思的风俗，他们会用颜色表示日期。一个星期的七天中要穿不同颜色的衣服，穿不同颜色的衣服不仅表示日期，也能代表一个人的心情。

马德望土壤十分肥沃，只有旱季、雨季两个季节，盛产稻米、黄麻、苞谷、甜薯，还有榴梿、甘蔗等各种水果。那里棉麻纺织业较为发达，有点像20世纪80年代的浙江萧山。那里有个引人注目的石灰岩山峰，徒步攀登上去，会发现有两个阴森逼人的洞穴和一座古庙，据说曾被红色高棉当做监狱。到了山顶回首望去，一幅绝美的乡村风景映入你的眼帘，如画中般的金色佛塔，让人赞叹不已。

来到马德望，不得不提的还有其特有的竹火车。竹火车是把做好的竹板装上轮子，再放到铁轨上通过马达驱动运行。看起来简易得很的竹火车，坐起来还真有些风驰电掣的感觉呢！可谓对当下工业革命的一种自然回归吧！

可能是柬埔寨水资源发达，农家基本都住在吊脚楼。到磅克良这一地方，我发现吊脚楼颜色是清一色的咖啡色，整个城市都弥漫在一种古朴韵味中，虽是冷色调，但配上潺潺流水，蓝天白云，当地人的淳朴好客，所有旅途疲惫都会消失殆尽。在这里，没有一家一家的人，只有一大家子的人。一方山水，养育了这里的人们，晒得黝黑的皮肤，充实的笑脸，这就是他们最满足的生活。他们信奉着自己民族，每天，捕猎、砍柴、划船之外，做礼拜是他们的必修课，随处可见的寺庙更是对他们生活信仰的一种肯定。这里没有钩心斗角，没有尔虞我诈，有的只是人性最美好的东西。

的确，这里的老百姓物质生活水平还不高，但他们过着简单朴实的生活，一间高脚屋、一口灶、一口井外加一个吊床，过得有滋有味，我被他们苦并快乐着的精神深深感染：

那些站成排的棕榈树
好像为锄禾姑娘
撑起一把遮阳的伞
我们的汽车
在这金黄稻谷浪潮中
像一叶缥缈的小舟
美丽的姑娘啊
我何时能把你娶回家

也许棕榈树
属于这里吴哥王朝
已是断垣的石柱
但我不会失望
因为有相伴的金色稻花
就有我爱的收获
棕榈树啊
你可是我最疼爱的人
为我们做媒的爱情树

洞里萨湖是一个面积十分巨大的湖泊，这里有一个十分美丽的传说。据说，在很早以前这里有蛇仙。一天蛇仙的女儿要嫁给一位十分帅气的王子，蛇仙就将这里的湖水全都喝进肚子里，接着这里就变成了一片十分宽阔的土地，这些土地就是蛇仙送给自己心爱的女儿的嫁妆。还传说因为这里有蛇仙存在，才使得这里的环境十分优美，季节变化十分明显。

我们登上一艘简易机帆船，浑浊的湖水让我难受，好在湖两岸风景还有一种自然景致。我发现那些靠打鱼为生的柬埔寨人，在这里打造出了自己的“水上人家”，他们就生活在一间漂在水面的茅屋或一条有篷子的小船上，有时可能会短期停泊在某个定点，就在船边的陆地上搭个小棚子，但多数都过着居无定所的生活。在靠渔业集聚区，我还见到水上学校和水上商场。当游客的船走来，许多小船会追逐着，向客人卖水或卖食品等。袅袅炊烟从水上升起，我走进一家水上饭店，要了当地特产冰镇椰子，边吸边在湖面上欣赏日落。但望着污染严重的湖水，我的心十分沉重：

来到洞里萨湖
就像走在祖先留下的
黄土地上
船头犁开的耕地

有尘封千年吴哥王朝
还有地球被擦破的伤口
我不知道这浑泥水中
渔民撒下的网
除了打捞出湖的泪水
还会捕捉到什么呢
当那些光着屁股的孩子
从飘摇的独木舟
向人们伸出乞讨的小手
当那些搁浅在河边
被太阳晒得爆裂的木船
我听到撕心裂肺的呻吟
当那些带着鱼腥的风
时不时夹带阵阵鱼的恶臭
谁还有什么心情旅行
洞里萨湖，你的太阳呢

也许沧海桑田，斗转星移，柬埔寨所有的光荣与梦想，都化作了吴哥窟中那一堆顽石。

在柬埔寨恐怕有一个名字最璀璨，这就是吴哥窟。当地人说“不到吴哥窟，不能说到过柬埔寨”。那里有千年的神殿，有世界最大庙宇，现已列为世界文化遗产。柬埔寨的国旗上，画的也是吴哥的石塔。

整个吴哥，包括小吴哥、大吴哥以及其他一些寺庙。这天，我们好不容易在一丛林中找到小吴哥，即人们习惯称的吴哥窟，想不到昔日繁华的高棉王国，只有历史久违的秘密尘封，只有满树漫天的凤凰花开，在这里等待我们的仅是一堆断壁残垣的废墟。我们排队拍照像做护照一样，购买了一张三日内有效的参观门票，沿着森林间的公路往前走。

大吴哥即吴哥城，是一座由长达十多公里的护城河所包围的古城。我在南门见到一个高达几十米的城门上雕着巨大的微笑四面佛，那巨大笑脸让人震撼。据说，这些四面佛代表着慈、悲、喜、舍之意，这就是举世闻名的“吴哥的微笑”。柬埔寨的国旗是五座高塔图案。我按图寻找，当我站在这五朵著名的莲花和众神的宫殿面前，那矗立的石塔，被几棵大树衬托着，印在蓝天上，映在湖中，没有人知道这意味着什么，但阳光与废墟的反差，温暖与沧桑的场景，令我热泪盈眶。

穿过雨林是一片开阔地，吴哥巴戎寺（Bayon Temple）出现在眼前，有 54 尊四面佛，代表着当时吴哥王朝统治的 54 个省份。听说吴哥的神庙多为印度教而建，唯有巴戎寺一开始就是为佛教兴建的。这哪里是寺庙呀，分明是座石山，被人垒成的巨石，每个隆起的塔顶都雕刻有四面佛，双目下垂，富态祥和，笑不露齿。穿行在 54 尊佛像的 216 张佛的笑脸中，有的佛面残缺，微笑中有淡淡哀伤；有的佛面斑驳，微笑中往事如烟；有的佛顶长出小树，微笑中令人敬畏。

在吴哥遗址，我见到无数的四面佛像，有的闭目忧郁，有的挑起眉毛大喜，有的微扬嘴角浅笑，有的凝神思索，安详中颇有几分神秘，如莲花般宁谧，这是“人用手塑造和雕刻出的一座山峰”。此刻，我仿佛淹没在佛像微笑的世界，它们宽厚的双唇，微微上翘的嘴角，仿佛藏着我们无法理解的秘密，但是它们永远含情脉脉，永远一言不发。

小吴哥之所以名满天下，是因为这里是世界上最大、保存最为完整的庙宇，是唯一朝西向的建筑，还有一尊露齿微笑的神女雕像——也是所有雕像中的唯一。仰望 65 米高的吴哥圣塔，想象着露齿微笑的神女雕像，即便陡峭几近 90°，即便高达 58 级阶梯，但我仍充满一种征服欲，手脚并用地慢慢往上爬去。当我汗流浃背地爬到殿堂，这才发现，这里一样是佛的世界佛的微笑！不知道也无法想象这座殿堂是怎么建造的。上面还雕刻了表现国王战胜敌人的宗教故事，还有无数的神像，特别是一尊露齿微笑的神女。在这充满微笑的地方，谁会想到，这里曾经发生了无数次的战争和杀戮，但吴哥微笑着，云在微笑着，风在微笑着，就连酷热的太阳也在微笑着。

都说吴哥的微笑是东方的“蒙娜丽莎”。我有些反感，为什么不说蒙娜丽莎是西方的“吴哥”？因为吴哥的微笑产生于12世纪，蒙娜丽莎的肖像画于16世纪初，吴哥的微笑早于蒙娜丽莎整整400年！蒙娜丽莎仅是一个天才的杰作，而吴哥是全国无数艺术家花了三四十年时间集体创造的结晶。

离开柬埔寨之前，登上吴哥的制高点巴肯山，到达山顶上的巴肯寺(Phnom Bakeng)遗址，看吴哥的夕阳。远远望去，层层的雾霭从吴哥茂密的森林，从泛着金光的洞里萨湖缓缓升起，地面、水面一片氤氲。天上淡淡的白云，随着热带的风在飘逸，在堆积，夕阳把云染成五彩。

面对着吴哥千百尊带着永恒微笑的佛像，凝听僧人喃喃诵经声，人仿佛受了催眠，思绪渐渐缥缈。在思绪的朦胧之中，唯有那阖目含笑、高深莫测的佛像，在心中依然清晰。也许，只有“阅尽人间沧桑”，才会显现出它们神秘的微笑。为此，我诗情横流：

靠近这些石头
我就能听到他在说话

带着远古嘹亮号角
有先人吃力燧石
有大象艰难搬运
堆砌起坚实的城墙
神圣宫殿和庙宇
带着没有划痕的天籁
有工匠锋利刻刀
有大师无尽智慧
在那些坚硬的石头上
我触摸到石雕、石刻

石像的温润肌肤
跳动脉搏与不朽灵魂
如今他们已是废墟
或者说，就是森林深处
一堆乱石滩
但我见到一个王朝
曾经从这里辉煌
就像那一盏盏荷花灯
没有悲伤，没有仇恨
依然点亮在湄公河
靠近这些石头
我就能听到精美石头
在唱歌

柬埔寨是一个沉淀着历史悲哀和沉重的国家，在金边，你能感受到人们那种安静表情下的沉默与哀伤。有位作家这样提醒我，如果来到吴哥，你会觉得这样的描述是正确的：红色高棉政权统治过后，人们即使微笑也带着沉默的哀伤。这就是吴哥，容纳着所有历史的厚重的城市。

"如果你忘不掉过去，那是你没有埋葬内心的秘密，所以一定要到吴哥去；如果你想开始新生活，那要把她带到吴哥去，并肩坐在高高的吴哥窟上，看日出日落，体会沧海桑田，诉说漫漫情缘。"我曾猜想，当朝阳又一次升起，那些矗立着、微笑着、聆听着的四面佛像，还会在这里等待着我们，等待着新的一天，等待着可以用智慧和悟性与之对话！

也许，沉默的石头，会比人更有生命。吴哥窟啊！不，整个柬埔寨，你不只是一块石头，更是一个生命：一块有感情、有记忆、有灵魂、有血脉、有灵性、有呼吸、会说话的石头。

来自帝国的诗情

我行走的跫音/是田园牧歌/希冀能穿过起伏的山坡/连绵的青绿/童话的别墅/还有宁静的村庄!

——作者自题

前些日子,央视热播《大国崛起》,我无暇观看,心中颇为着急。到书店见有三卷本的书,二话没说,我就买回家了。后来相关题材一哄而起,大有炸平庐山之势,与过去许多作品相比没有超越,我看只不过多了些技巧而已。这正验证了凤凰卫视执行台长刘春的一句话:"凤凰不是话语空间大,而是它的话语方式有优势,是它的语态吸引人。"

也许这可以附会《大国崛起》,但百闻不如一见,激发了我尽快到这些大国走一走的欲望。时值金秋时节,正巧有机会去瑞士、意大利和西班牙三国,我便毅然决然前往。

搭乘 MU553 国际航班,从上海浦东国际机场飞巴黎,在机上我夜不能寐,浮想联翩,给故乡写了一首《离别的惆怅》的诗:

在这个浓情的季节
不带走一片云彩
把无尽思恋刻成碟
有空就聆听

沐浴秋的华丽
不带走一缕清风
乘着明媚阳光的翅膀
有空去飞翔

悄悄将绿色掩藏起来
不带走一本书
记住那些荒时暴月
有空再涂鸦

让蝶化蛹性感的变身
不带走一丝暗香
难容巴黎无与伦比的浪漫
有空能嗅回家的味道

也许离别是痛苦的
但我们是快乐的
因为我们没有害怕放飞
风筝才没有失去相互牵引的手

1

在巴黎戴高乐机场休整两个来小时后,我转机 AF5102 前往瑞士苏黎世。

飞机上,我翻阅随机读物的文字介绍。关于瑞士,真的是上帝创造万物,将世间财富分给世人。在西欧中部,有一小块土地特别贫瘠,什么矿藏都没有。上帝于心不忍,给了它巍峨的高山,壮观的冰山、瀑布、湖泊,以及茂密林木和幽深的峡谷作为补偿。

瑞士不大,却是欧洲的中心。光是语言,就有 4 种。“融合”是这个国家的特性,来自不同的民族、使用不同的语言、信仰不同的宗教,都可以紧密地联系在一起。也许,这就是瑞士时间,在同一时刻里享受更多的欢乐。

苏黎世，是中国到瑞士的门户城市，苏黎世国际机场就像一座综合城镇，这里有繁华的街道和广场、熙熙攘攘的商店以及迷人的咖啡馆和餐馆。班机中午到达，由于一个团员的行李失踪，在机场又耗费了近两个小时。考虑一个晚上未眠，下午留给我们休整。我抓住机会，独自跑到苏黎世街上溜达。

苏黎世，在克里特语里的意思是“水乡”。它作为瑞士第一大城市，不但是经济文化中心，也是欧洲重要的金融和黄金市场。这里集中了120多家银行，半数以上是外国银行。瑞士100家最大的企业中，有85家总部设在苏黎世地区。全球最大的美世人力资源咨询公司的“最适宜居住城市”调查显示，苏黎世的分数位居榜首，连续6年问鼎全球生活质量最高的城市。

班霍夫大街(Bahnhofstrasse)是市区内最热闹的地区。大街整洁清新，道两边种植着成排的菩提树，微风中传送着淡雅宜人的椴花香。名牌专卖店、高档餐厅、酒吧、俱乐部等时尚设施一应俱全，是美食、购物的天堂。有一个说法，曾有人飞越半个地球，只为了班霍夫大街上一个下午的购物时间。

苏黎世历史悠久，曾经是罗马帝国时期重要的关卡，至今仍保留了很多历史遗产。以教堂为标志性建筑的旧城区，保留着浓郁的中世纪风情。大教堂Grossmünster的独特之处在于它的双塔造型，最古老的部分是11—12世纪时建成的，拥有罗马建筑风格的走廊和雕刻，贾科梅蒂创作的彩画玻璃很有名，地下藏有恺撒大帝的画像。圣彼得教堂(Kirche St. Peters)是苏黎世最古老的教堂，拥有欧洲最大的钟盘，直径达8.7米。圣母教堂Fraumunster，前身为9世纪时建立的修道院，教堂内有夏加尔创作的彩画玻璃，非常漂亮。

景色秀丽的苏黎世湖，沿岸绿树成荫，湖畔鸽子海鸥成群，湖上白帆点点，构成一幅美丽的画卷，令人流连忘返。乘坐缆车，我来到Felsenegg制高点，这里可以饱览苏黎世的美丽风光，有蓝色的苏黎世湖与白雪皑皑的阿尔卑斯山峰，从山顶到山脚可以跨越一年四季。

整个城市很宁静，没有汽笛声，没有嘈杂声，只有教堂的钟声可以打断你的思绪，在这里能给人一种心驰神往的美好享受。当即我写了一首《云顶》的诗，以表寄怀……

我是东方走散的云
不是天使
苏黎世湖为何白帆点点
利马特河为何碧波荡漾
小镇还激荡仅有世界一流音乐厅
才有的美妙

我是东方飘来的云
不是仙鹤
这里山头为何白雪皑皑
这里草场为何绿茵芬芳
大地还抖开仅有贺德勒
才有的巨幅画卷

即便你把秘密
尘封在世界最古老的教堂
我仍能从你那座世界最大的钟盘上明白
因为我是一朵云
会行走蓝天
就会攀登高山
这是你一生一世都在寻觅的
栖息地

来到沙夫豪森(Schaffhausen)，这里因莱茵河的商业贸易而繁荣。漫步于旧街区，欣赏这里以壁画装饰的房子，参观圣约翰教堂，观赏到欧洲最大的瀑布——莱茵河瀑布(Rhine Fall)，据说宽有150米，每秒流量达700立方米，落差仅23米，但气势非常恢宏而壮观。

顺着莱茵河还能造访莱茵河上的宝石小镇，旧城区里小巧的文艺复兴式角楼、古街道令人流连忘返。第二天要车行 105 公里，途经卢塞恩，到伯尔尼参加一项公务活动。

到卢塞恩途中休息，我走到斜跨在罗伊斯河面上的一座 200 余米长的木制长桥——卡贝尔桥(Kapelbvcke)上，这是一座盖有木屋顶的河上走廊，算是当地极为显著的地标吧。卡贝尔桥像一把斜置的曲尺横过河流，廊桥斜顶由黄色瓦片覆盖而成，廊桥顶部绘有上百幅宗教历史油画，画的内容多系当地民间历史英雄人物的故事。

当地人告诉说，1993 年 8 月，卡贝尔桥曾遭火灾，所幸并没有完全烧毁，损毁的桥身及画作都已经重新修补完整。桥上钉有一块木牌，上面分别用德文和英文写着:1993 年遭遇大火，经过重修，重创后的教堂桥才恢复了原貌。

卡贝尔桥有两个转折点，桥身近中央的地方有一座用石头砌成的八角形的塔楼，据说 13 世纪时曾经是城墙的一部分。廊桥外面两侧摆放着一盆盆鲜花，芳香四溢，看上去又似一座花廊，故又称作“水塔花桥”。直立的水塔和横卧的木桥互为印照，形成了独特的韵律。

卢塞恩湖区依山傍水，湖光明媚，湖畔散布着美丽如画的小镇，抬头就可见到巍峨的雪山。

我见到了被马可·吐温誉为“世界上最让人动容的石雕作品”——垂死的狮子形象的纪念碑。那块狮子纪念碑，是为了纪念在法国大革命时期，誓死保护法王路易十六而牺牲的瑞士雇佣兵而雕刻的。

徜徉在这座城市，由 Jean Nouvel 设计的未来派先锋作品卢塞恩 KKL 与拥有数百年历史的古老景点比肩而立，我为这一座包罗万象的文化之城而赞叹不已。

我面对东方，情不自禁吐露出《一个千年的小渔村》的密语……

一个千年的小渔村
拉丁文说是灯的意思
可见灯塔在大海的崇高地位

雨果赞美

瑞士最浪漫的一个地方
托尔斯泰说
人间天堂
大仲马盛赞
世界最美的蚌壳的珍珠
奥黛丽更浪漫
到这里来结婚

歌德从这里走过
成了世界赫赫有名的大诗人
毕加索从这里走过
成就了他在美术世界的霸主
瓦格纳从这里走过
引领每年世界音乐会的潮流

来到卢塞恩
一个千年的小渔村
拉丁文说是灯的意思
我是沿着一个世界最长的廊桥
接受灯塔的照耀
那是行者心中的圣火
每天如大海
一浪高过一浪

离开卢塞恩，到伯尔尼还需走 95 公里的路程，在这里拜访了 Swisscofel 瑞士考菲尔协会。

Wermelinger 先生和我们交流了本国的一些情况，让我大开眼界，很受启迪。不巧的是，由于伯尔尼正在举办国际消费品展览会，当地各类酒店的房间两个月前均被抢订一空,晚上必须住到距此 60 来里的弗里堡,所以与协会不能进行过多深入的交流。

匆匆忙忙告别伯尔尼,记得那里有阿勒河三面环绕的老城区,瑞士首都国会大楼,全欧洲最长的全天候购物拱廊,还有文艺复兴色彩的建于 16 世纪中叶的喷泉,以及让我难忘的古老钟楼……

一天的汽车,我一路饱览了苏黎世、卢塞恩、伯尔尼和弗里堡的自然风采,这是多么快乐的行走,也是一个行走的享乐。

我得意扬扬地记下这一路的收获:

汽车如一支画笔
凝重时
高山峻岭的阳刚
淡雅时
辽阔草原的美丽
悠哉游哉的牛羊
是蓝天撒下的白云
漂亮哥特式别墅
是地上长出的星星

轮船似一把铁犁
耕耘时
两岸无限风光
耙耥时
留下人间天堂
帆影是湖面升腾的云
美锦是桂树绽放的花

我行走的跫音
是田园牧歌
希冀能穿过起伏的山坡

连绵的青绿

童话的别墅

还有宁静的村庄

次日一早，离开弗里堡，驱车 92 公里前往因特拉肯(Interlaken)，这里因少女峰而闻名。

因特拉肯，在拉丁语中有两湖之间的意思，大概是位于图恩湖和布里恩茨湖之间而得名。风光明媚的因特拉肯，宁静的湖泊因冰河融化后的水汇集而成，呈现宝石般的色彩和光泽。

阿尔卑斯群山被登山铁路和缆车连接起来，人们可以尽情欣赏险峻的山壁、吃草的牛群、冰河、闪闪发光的瀑布与河流，享受美丽的大自然。听说，因特拉肯与我国的黄山市，还是友好城市。

在瑞士的群山中，少女峰是最受欢迎的一座山峰，宛若一位亭亭玉立的少女，终年不化的积雪犹如她雪白的长裙，更使她在众多山峰中独树一帜。为此，拥有“欧洲之巅”的美名。

著名的少女峰观光铁道带我到达欧洲海拔 3454 米的最高的火车站。我在斯芬克斯观景台和普拉特观景台，观赏到了阿尔卑斯山壮观的全景。

这里还流传一个古老美丽的传说。

传说天使来到凡间，在一个美丽的山谷里居住下来，并且还为它铺上了无尽的鲜花和森林，镶嵌了银光闪闪的珠链，还为它许愿说：“从现在起，人们都会来亲近你、赞美你，并爱上你。”

这座使天使都心醉的山，说的就是瑞士少女峰。

少女峰上，有一个“欧洲最高邮局”，我在那里寄了一张有特殊意义的明信片。

那天，山上刚好下起鹅毛大雪，穿着单衣的我，站在雪山上冻得直发抖，我让一个外国友人帮助按下相机快门，留下了这庄严的一刻。

山顶上还有作为电影《007 之女王密使》拍摄地的 Piz—Gloria 旋转餐厅。

这一地区拥有无数飞流直下的瀑布、壮丽的冰川以及险峻的高峰，从地中海式气候到极地气候应有尽有。还有阿尔卑斯山区最长的冰河——长达 22 公里的阿莱奇冰河，被联合国教科文组织列为世界自然遗产。

从因特拉肯东火车站到海拔 1322 米的哈德库尔姆，可以欣赏到美丽的因特拉肯，波光粼粼的图恩湖和布里恩茨湖，还可以看到北部的山麓、丘陵以及海拔四千多米的 Harder 的雄伟山峰，以及整个迷人的少女峰地区。

如今在瑞士人的心里，少女峰已不是简单的一座雪山，她还是瑞士人的骄傲和地标。

在这里，如果说登阿尔卑斯山少女峰，对人是一次洗礼或放纵的话，那么对我而言简直就是一次“朝圣”：

你傲视群山
一枝独秀
用盛开的阿尔卑斯山花
大山爱的雄浑
超越屋脊爱的高度
令苍生敬仰得
五体投地

我是一列飞驰的登山火车
穿过郁郁葱葱的森林
青青牧场散落的嫩黄的蒲公英
山涧的急流和溪谷欢乐
我多想用“冰川快车”这一世界最美的方式
去征服你

有趣的是因特拉肯的拉丁语
是“两湖之间”的意思
我的攀登如在她的肌体上

白云助我爱的翅膀
山风给我爱的滋润
那是过火的爱
引发我高原反应

呵，多么纯真的少女峰
一个怦然心动的地方
冰川把每一朵花和倒下的树
都原生态呵护着
惊叹得我下跪
吻别刚刚落下的雪

“亲爱的，我爱你”
山冈回荡我的声音
随之天开地裂的大雪崩
可以把我的人卷走
但余音不灭

3

有人说，瑞士是一张明信片，一步一景，步步是景，让人感觉恍如画中。

也有人说，瑞士是上帝最眷顾的地方，因为巧克力、名表、雪山、费德勒、国际银行、军刀、联合国……

没去瑞士之前，其实我仅知道那里有世界一流的钟表制造业。所以在家时，女儿在瑞士欧米茄宣传单上的一款休闲表上打个钩说：

“老爸，你就买这款式样的吧！”

在阿尔卑斯山少女峰山脚下，我跑到一家钟表专卖店打听，女儿要的这款手表没有五六万人民币是拿不下来的。

为此，我真的吓了一跳。

不是因为买不起，而是与一直低廉的中国制造业产品的巨大差额，让我心隐隐发痛。

我为瑞士如此强烈的品牌意识，由衷敬佩……

时间对每个人都一样
不因为你富有
给你多点
不因为你贫困
给你少点
所以富也一年穷也一年
何不富有

时间对每个人又不一样
对快乐的人
时间如流水
对苦难的人
度日如年
所以乐也一年愁也一年
何不快乐

时间就是生命
但生命不一定有充裕时间
当瑞士钟表垄断全球时
我才懂得
时间可以这样制造

晚上，友人要将我们安排到温泉之乡——洛伊克巴德，说是为我们几日路上的辛劳洗尘，但由于开车司机是意大利人，大家都不会说意大利语，结果六十来公里的路程，走了五个多小时，真的把人烦死了。

到了洛伊克巴德已是后半夜，泡温泉的雅兴早已荡然无存。第二天一早，又风尘仆仆赶路去洛桑(Lausanne)，这段路有180多公里。

洛桑位于日内瓦湖畔北部沿岸的中心，曾因是罗马的军港而繁荣。市内1877年就开通了瑞士最早的地铁。洛桑是瑞士联邦最高法院的所在地，也是理工科大学、音乐学校、酒店管理学校、美术学校等艺术活动盛行的文化都市。具有特色的美术馆、博物馆，还有众多的历史遗迹，使得整个城市都充满着一种高雅的气息。

据说，这里的酒店管理是世界一流的。我的一个同事的女儿，从上海本科毕业后，今年就直接来到洛桑读酒店管理研究生，在这里我们看望了她。

由于洛桑是国际奥林匹克委员会和奥林匹克博物馆所在地，所以也被人们称为奥林匹克之都。那天我兴高采烈地参观了奥林匹克博物馆，这是世界上唯一一家从多角度对奥林匹克做介绍的博物馆。

北京2008年奥运倒计时牌放在大厅，我激动地站在旁边合影，记录下了这一难忘的时刻。

令我惊讶的是，奥林匹克IOC总部仅是一幢三层楼的幕墙房子，开始时我不敢相信自己的眼睛，就独自一人闯入总部大楼内，大厅的接待小姐热情地给我指点并介绍，分开时还赠我一本奥林匹克精美画册。

为此，我一直疑虑，如果国际奥林匹克委员会总部设在中国，没有一幢30层的高楼，能叫总部吗？由此可见瑞士人的简朴实际，注重实效，也许这也是一种奥运精神吧！

我为奥运精神深深感动……

日内瓦湖是大的
洛桑城是小的
谁能想到她孕育了一个奥运

飘扬的五环旗帜是大的
燃烧的奥运圣火是小的
谁能想到她让全球狂热

奥林匹克运动是大的
三层楼的IOC总部是小的
谁能想到她是如此简洁

北京申奥活动是大的
立着的倒计时牌是小的
谁能想到她会引发一个异国他乡游子
从未有过的光荣与骄傲

本来我们的行程中没有日内瓦，后来有人提意见说：杭州一直提要打造成为东方的“日内瓦”，能否顺道看一看？我打电话与国内联系，得到有关部门许可后，马上增加了这一行程。

日内瓦湖南岸属法国，从洛桑便可望到依云等法国名城。去乌希和维迪地区，还可以观赏美丽的日内瓦湖景，眼前的茫茫湖水与远处的阿尔卑斯山，定格构成了一幅壮观美丽的风景图。

这里的湖泊、山水、公园、低楼、小径的组合，将整个日内瓦城打扮得十分得体，十分和谐，也点缀得分外妖娆，更有品位。记得几年前，杭州就提出了要打造成为东方的“日内瓦”，我不知道他们靠什么。

去年杭州轰动全国，炸掉一幢72米的高楼，现在又要在原地造一幢86米的高楼；这几天市区文二路、文三路改造，又将路两边几十年才长大的树全部砍倒，连砍树的民工都痛惜地流下了眼泪。

我一直很纳闷，如此折腾，是谁给杭州当局者的权力？

这样怎能打造东方的“日内瓦”呢？歌德对日内瓦是这样赞赏的：“我终于到了，我气定神闲，感到似乎找到了将会伴我终身的宁静！”

什么是宁静？或许这就是日内瓦城的精髓。

面对日内瓦湖，我在静静地思索着，我们到底应该从人家那里学习什么……

静，在这里找到诠释

左岸是高贵的“青”
壮丽的山
如茵的草
碧蓝的水
大地没有荒芜的裸露

右岸是清风不“争”
平静的湖水
温柔的阳光
闲逸的村庄
都市没有现代摩天大厦的刺痛

一个宁静的世外桃源
无须读秒的“慢生活”
把生命浮躁的水分拧干
留下情侣的人与自然
自由在这里延续
爱在这里得到伸张

离开日内瓦，晚上住在萨恩(Sannen)，我仍久久难眠。第二天，驱车前往米兰(Milan)，我的头一直是晕乎乎的。

米兰作为意大利第二大城市，全国最大的工商业和金融中心，有“经济首都”之称。进入市区，米兰大教堂(Duomo & Piazza del Duomo)立即出现在眼前，它为欧洲第三大教堂，是米兰市的象征。

雄伟壮观的歌德式建筑，始建于1386年，完成于1813年，马克·吐温称之为“一首用大理石写成的诗歌”。

广场正北是一组拱式建筑物，呈“十”字形，顶部由玻璃覆盖，地面用大理石铺砌，是米兰最繁华的地区，一流的商店集中于此。华灯初上，最为热闹，又称“埃马努埃尔夜廊”。

由此向北是意大利最大的歌剧院——斯卡拉歌剧院(Teatro della Scala)，是世界名演员心驰神往之地，有“歌剧的麦加”之称。目前，米兰已同中国的上海结为姊妹城市。而精品街，又集结了世界级设计师的一流作品。

在米兰，遍地我都感到这是一个充满活力与激情的城市，难怪这里的时装会引领世界，所以我发自内心地赞叹……

美不是从时装书走出来
合身就好
美得有诗人的创意
量体裁衣

美不是从衣架上挑几件
试穿就好
好货是留给有准备的人
想买什么

美不是直接可以交易的
随行就好
美需要 Gucci、Prada、Etro、Tanino、Criscl、D & G 等名牌
美不能没有品牌

美本身是一件作品
犹如米兰感恩圣堂中
达·芬奇的名画《最后的晚餐》
给人美的警示

离开米兰，直奔威尼斯，这里是意大利通往东方的门户，坐落在亚得里亚海边，是不知战胜了多少洪水才幸存下来的地方。

我先乘船来到圣马可广场。这里的圣马可教堂，是在希腊十字

教堂的基础上建立的，教堂有五座巨大的圆屋顶，经过几个世纪的修建和装潢已成为威尼斯财富的象征。

当地人介绍，公元1075年，根据法令，海外所有的船只都要为圣马可教堂的修建带回珍宝作为奉献。现在镶嵌在教堂上超过4240平方米的宝物大多数得自于12—13世纪。这种举世无双的繁华，见证了威尼斯在12—14世纪的强国地位。

圣马可大教堂一直是共和国总督的私人礼拜堂，只在举办国家庆典仪式的时候使用，随后才继承了圣皮埃特罗城堡的功能，成为威尼斯城邦的天主教大教堂。

为了能尽快穿梭威尼斯街头巷尾，我们租坐当地极有特色的贡多拉。贡多拉有细细的船体和平平的船底，特别适合行走在威尼斯又窄又浅的运河上。

根据1562年制定的法律，目前所有的贡多拉都漆成黑色，以免人们炫耀自己的财富。只有在特别的场合，贡多拉才能装饰成花船。

很有东方韵味的威尼斯，今天已经找到了自己的新定位，这里的豪华宫殿已成了博物馆、商店、酒店和公寓，众多女修道院也变成了艺术修复中心。城市充斥着人们踩在石板路上的脚步声、船夫们的叫喊声，街道依然如故，见证着这座城市往日的辉煌。

乘坐贡多拉，犹如穿行在我国的江南——小桥流水人家，我完全被这座“水上之城”征服了……

穿过威尼斯城的运河
一个多么熟悉的声音
宫殿是刻在岸边的音符
小舟是跳动的旋律
纤夫是摇旗呐喊的歌手
与我故乡大运河那么相似

坐着漂亮的底船“贡朵拉”
一个多么亲切的身影

小楼沿河慢慢消逝
音乐不再在耳边长敲
归来只有美丽长在
与我小时坐爷爷船的感觉那么相近

东方韵味的威尼斯
一个多么风华的水城
马可·波罗开辟的通道
富人和艺术家的天堂
拜伦和歌德笔下的诗
曾是我的一个梦

当贡多拉经过里亚托桥，大运河河面在拐弯处变宽。河面景观随着逐渐接近圣马可也变得更开阔。

无疑，法萨德斯昔日的荣光已经不再，基座也已经被潮水侵蚀，但运河仍在。

5

从海阔天高的威尼斯来到佛罗伦萨，就觉得这是一个小地方，小得令人吃惊，视野所及的大部分区域都可以让人们轻松步行到达。

佛罗伦萨圣母百花大教堂，是这座城市的地标和历史焦点，它的乔托钟楼、受洗堂和歌剧博物馆也是很有名的参观地。大教堂的南面是西纳里亚广场，长期以来它都是这座城市的政治中心。广场的侧面是维吉奥宫、佛罗伦萨的市政厅和 Uffizzi 美术馆，该美术馆是意大利顶级的艺术画廊之一；大教堂的东面坐落着圣十字教堂，教堂里保存着著名画家乔托的壁画和很多佛罗伦萨伟人的墓地。

大教堂的西面是佛罗伦萨另外一个著名的教堂——德尔弗洛雷大教堂，布满整个礼拜堂的壁画为这座教堂锦上添花。跨过旧桥和亚诺河,展现在面前的是奥特拉诺区,圣灵教堂和广阔的碧提宫是这个区的著名建筑,另外这个区里还拥有很多美术陈列馆,收藏有很多伟大文艺复兴时期的艺术家们的作品。

市政广场东边有一条偏僻的小巷,叫但丁街,是但丁的故居所在地。这是一幢砖石结构的小楼,与周围建筑相比古朴而有些破旧,未加粉饰的墙面由于岁月久远显得凸凹不平,但一石一砖清晰可辨。要不是看到落满尘埃的但丁半身塑像,很难相信这是但丁故居。

展室简陋而陈旧,展品以图片和文字资料为主,其中最吸引人的是由羊皮纸装订成的《新生》《宴会》《神曲》等诗作的手稿。由于年代久远,这些泛黄的册子已经卷边。讲解员指着中间的玻璃柜台说,那里面展示的就是著名的《喜剧》。原来《神曲》原名就叫《喜剧》,后人出于对这部名著的崇敬,在书名前又冠上了"神圣"二字,正是它奠定了但丁"文学三杰"之一的地位。

故居有幅亨利・豪里达的《但丁与贝特丽丝邂逅》油画。画面上画的是:一个春光明媚的日子,阳光洒在阿尔诺河上,波光闪闪,把河上的一座古桥映衬得光彩夺目。高贵而美丽的贝特丽丝在河畔漫步,就在她经过老桥时,与从另一头走来的但丁不期而遇。但丁凝视着贝特丽丝,既惊喜又怅然;而贝特丽丝却径直从但丁身边走过,仿佛没有看见诗人一样,但她的眼里放出的异样光芒和脸上的潮红却透露出少女情动的信息。正是这段感情,成就了但丁的早年诗作《新生》。

二楼展室的一个玻璃柜台里,有一件珍贵的展品,是 1302 年 3 月佛罗伦萨法庭对但丁的判决书。就是这纸判决书使但丁度过了 20 年的流亡生活。流放期间,但丁大多数时间寄居在东北部的拉维纳,并在那里完成了《神曲》的写作。

虽然佛罗伦萨当局宣告只要但丁公开认错就可免死回乡,但被但丁断然拒绝。1321 年,但丁身染疟疾离开人世。他的遗体被拉维纳人安葬在市中心的教堂广场上。直到 1829 年,佛罗伦萨市政当局才在圣十字教堂为但丁竖起墓碑和雕像,同时把教堂前的广场命名为但丁广场,以表达对但丁的崇敬和怀念之情。

在但丁广场我买了一块瑞士产的名表，带回国后我想谁戴谁就有可能获得但丁的灵气。

如今，世界各地的仰慕者都会到佛罗伦萨追寻但丁的足迹，回顾诗人当年为其故乡乃至整个意大利留下的文学遗产，我被那里的场面深深感染——

石板通向巷的深处
如果没有但丁半身塑像立着
谁会想到这座砖石的小楼
诞生一个伟大的文艺复兴战士

一位中世纪最后诗人
也是新时代最初一位诗人
1302 年 3 月佛罗伦萨法庭的一张判决书
逼但丁永远离开这里

流放期间完成的不朽之作《神曲》
成了但丁自己下“地狱”
过“净界”登“天堂”的阶梯
一个对人间真善美的张扬

过去的时间是不幸的
今天的时间开始愈走愈欢
所以我在那里买了一块瑞士表
想让时间从此变得更富诗意

在所有伟大的佛罗伦萨人的眼中，大教堂和钟楼都没有一个能像米开朗基罗广场一样，给大家提供这个城市壮丽的全景。

米开朗基罗广场在 19 世纪 60 年代修建，米开朗基罗雕像的复制品星罗棋布地点缀其中。特别是当太阳在亚诺河和远处托斯卡纳群山中升起的时刻，这里成了全球的一个闪光点。

那天，阿卡德米亚美术馆前人山人海，队伍排得很长。据说，这一美术馆成立于1563年，是欧洲第一所专门从事绘画素描和雕刻技术教学的学校。从1784年开始，学校展出搜集来的艺术品让学生临摹和学习。其中，最有名的作品是米开朗基罗的《大卫》，大卫是《圣经》中杀死巨人歌利亚的裸体英雄。

大卫雕塑曾由城市里的市政广场代为保管。1873年为了安全保管而将它移到学校。现在在它以前的位置上和米开朗基罗广场各有一份复制品。

作品《大卫》使米开朗基罗在他29岁的时候声名显赫，那段时期是他作为雕塑家最重要的时期。我在这里，还见到了米开朗基罗的杰作《四座高大的奴隶》，雕刻于1521—1523年间，类似于教皇朱利叶斯二世的坟墓。这座雕塑在1564年被米开朗基罗的侄子赠送给了梅第奇家族。雕塑中肌肉强健的人物挣扎着仿佛要从墓石里出来，这是米开朗基罗作品中最有戏剧性的一幅作品。

美术馆也收藏有15世纪和16世纪佛罗伦萨画派画家的许多重要作品。这些作家中包括菲利普·利皮(Filippino Lippi)，巴特雷摩(Bartolomeo)，波尔诺(Bronzino)和齐拉狄奥(Ghirlandaio)。主要的作品有波狄涅齐(Botticelli)的《圣母玛利亚与海》、波特摩(Jacopo Pontormo)的《丘比特与维纳斯》，它们都是在米开朗基罗初稿的基础上完成的。

佛罗伦萨让我感叹，我把她比喻为一朵美丽而高贵的百合花：

走过美丽的佛罗伦萨
我才知为何独爱百合
原来佛罗伦萨的意思
就是百合花

一座不起眼的城
在古罗马的废墟
饱经风霜的城堡中
倒如一个性感裸奔的少妇

一切深深的积淀
勾勒她的天才岁月
留下但丁《神曲》的辉煌
米开朗基罗、达·芬奇的壮丽印迹

一个超越自然和空间的透视
从石头、壁画中的诗呼之欲出
百合自是她纯真年代的暗香绽放
真的条条大路通罗马

紧接着我们乘车穿过一片浓密的橄榄林,不远处就见到了闻名于世的比萨斜塔。该塔位于意大利托斯卡纳省比萨城北面的奇迹广场上。

广场的大片草坪上散布着一组宗教建筑,有大教堂、洗礼堂、钟楼(即比萨斜塔)和墓园,它们的外墙均由乳白色大理石砌成,各自相对独立但又形成统一的罗马式建筑风格。我觉得整个广场,更像是有意设计成以色列耶路撒冷复活教堂 Anastasis 的现代版本。

最有名的当数钟楼,有文字介绍说,钟楼始建于 1173 年,设计为垂直建造,但是在工程开始后不久便由于地基不均匀和土层松软而倾斜,1372 年完工,塔身倾斜向东南。

比萨斜塔是比萨城的标志,1987 年它和相邻的大教堂、洗礼堂、墓园一起,因其对 11—14 世纪意大利建筑艺术的巨大影响,而被联合国教科文组织评选为世界遗产。

过去我曾一度认为钟楼是故意被设计成倾斜的,现在我明白了并非如此。

作为比萨大教堂的钟楼,1173 年 8 月 9 日开始建造时的设计是垂直竖立的,原设计为 8 层,高 54.8 米,大胆的圆形建筑设计,独特的白色闪光的中世纪风格,向世人展现了它的独创性。

1983 年的英国电影《超人 III》中塑造了一个邪恶的超人形象,在世界各地“做坏事”,其中就包括把比萨斜塔扶正,电影结局是超人又将塔楼恢复到原来的倾斜角度。

几个世纪以来，钟楼的倾斜问题始终吸引着好奇的学者和艺术家，使得比萨斜塔世界闻名。由于倾斜程度过于危险，比萨斜塔曾在1990年停止向游客开放，经过12年的修缮，耗资约2500万美元，斜塔被扶正44厘米，基本达到了预期的效果。专家认为，只要不出现不可抗拒的自然因素，经过修复的比萨斜塔，300年内将不会倒塌。

本来我们安排要爬一次塔，但考虑塔如此负重，我迈出的脚又缩回，也许这也是一种怜惜吧！

车上，我写了一首《比萨斜塔》……

在浓密的橄榄林中
你一直是位顶天立地的汉子
为什么今天我还未到你身边
你就摇摇晃晃向我倾过身来
我知道这些年你饱经风霜
孤单得多想找个依靠
所以我还没靠近你
你就想抓住我

是啊，你的过去
我已无法抚平你的忧伤
但你的未来
我会与你快乐相依

下午，驱车前往伟大的历史名城——罗马。罗马被喻为全球最大的“露天历史博物馆”。

世界八大名胜之一的古罗马露天竞技场，也称斗兽场，建于公元1世纪。这座椭圆形的建筑物占地约2万平方米，周长527米，是古罗马帝国的象征。

宽阔的帝国大道两旁，还建有元老院、神殿、贞女祠和一些有名的庙宇，如万神庙等。

站在这堆断垣残壁中，仿佛人在海边刚刚遭遇过一场台风，让我胆战心惊，刻骨铭心……

是不是遭遇过台风
罗马城才如此悲怆
高大罗马柱断成几折
神圣凯旋门东倒西歪
坚实的城堡也是断垣残壁

是不是遭遇过台风
罗马城才有了这么多的广场
龙卷风带来了那么多的咖啡馆和生意场
法官到这里过场
僧侣到这里布道
教堂在这里耸起

风掠过后的人们
彻底唤醒了虔诚而欢乐的面孔
为遇难士兵而建的共和国广场
为讨好神而修筑的纳沃纳广场到许愿池
为“罗马假日”而造的西班牙广场
还有威尼斯广场到斗兽场

有意思的是把 ROMA 颠倒过来
就是拉丁语 AMOR 的爱
今天罗马朝向千年以前的留存
本身就是对人与自然的爱
所以在这里我要向罗马
罗马的那场台风
致以崇高敬礼

在这片露天竞技场遗址的北面，是记载塞维罗皇帝远征波斯功绩的凯旋门。南面是记载蒂都皇帝东征耶路撒冷战绩的蒂都凯旋门。在南门不远处,还有一座为纪念君士坦丁大帝战胜马克森提乌斯而建立的罗马最大的凯旋门。

帝国大道东边的特拉亚诺市场,是古罗马城的商业中心。市场旁矗立着一根巨大的凯旋柱,柱上螺旋形的浮雕描绘了特拉亚诺大帝远征多瑙河流域的故事。

古城市中心的威尼斯广场,是市内几条主要大街的汇集点。广场的纪念碑中央高台上,矗立着艾马努埃尔二世骑马的镀金大铜像。他是一位曾经领导人民赶走外国占领者、统一意大利的国王。这座纪念碑被意大利人称为“祖国祭坛”。

罗马市喷泉众多,千姿百态,最著名的是特雷维喷泉,建于1762年。喷泉中央的海神像中,两座海马雕塑代表平静的海洋与汹涌的海洋,四座神女像代表春、夏、秋、冬四季。

常言说得好,“条条大路通罗马”。罗马处于地中海地区的中央位置,无疑是一个交通四通八达的枢纽。

但罗马城,给我印象最深的是罗马城标。

著名的“母狼乳婴”故事,记载了有关创建罗马古城的传说。公元前七八世纪,罗马国王努米托雷被其胞弟阿姆利奥篡位驱逐,其子被杀死,女儿西尔维娅与战神马尔斯结合,生下孪生兄弟罗慕洛和雷莫。阿姆利奥把这两个孪生婴儿抛入台伯河。落水婴儿幸遇一头母狼用奶汁哺喂成活,后被一猎人养育成人。后来,两兄弟长大后杀死了阿姆利奥,并迎回外祖父努米托雷,重登王位。努米托雷把台伯河畔的7座山丘赠给他们建新都。后罗慕洛私定城界,杀死了雷莫。

这一天是公元前753年4月21日,后定为罗马建城日,并将“母狼乳婴”图案定为罗马市徽。

第二天,前往意大利最大的城市——那不勒斯,又称那波利。

那不勒斯位于维苏威火山西麓,第勒尼安海的那不勒斯湾北岸。它是意大利南部地区的工业中心,以钢铁、炼油、汽车、水泥、化学、机车、造船、纺织和食品为主。陶器、珠宝、玻璃等传统工业驰名。珊瑚与珍珠养殖兴盛,并用以制作精致的手工艺品。有闻名于世的国立博物馆，富藏古希腊的雕塑与庞贝、赫库兰尼姆两古城的出土文物。

我们在这里参观了 CIS 那不勒斯商贸物流中心，有铁路枢纽，大贸易港基地，港阔水深，能泊远洋巨轮。一座外形如体育馆式样的交易大厅，已装修完毕。我一打听，这个市场还是我国温州人投资的。真的，哪里有市场哪里就有温州人。

晚上，那不勒斯夜景格外迷人。我在一本资料上发现，世界三大夜景指的是香港维多利亚港、日本函馆、那不勒斯三处的夜景。

坐车爬上卡马尔多利(Camaldoli)山，五彩缤纷的那不勒斯湾夜景，由无数海上渔火，亮丽的大厦外墙广告牌及附近住宅的照明灯光，构成一道美丽海岸风景线。

山脚下，海上风平浪静，天空明月满圆，海堤上一对对男女相拥。这时，我就盘算着，今天是什么日子。

突然，手机响起，是女儿发来的中秋祝福的信息。我这才记起今天是我国传统的中秋节。

我飞登上汽车，从行李箱找到出国时顺带的两筒月饼，分发给同行，大家因我的举动而激动。

“抬头望明月，低头望故乡”，这晚，我在那不勒斯海湾更是心潮逐浪高……

那不勒斯的海湾
莫非刚从睡梦中醒来
复活毁灭的庞贝
走出湮没两千年岁月阴影

一个多么美丽的小渔村
充盈柔情似水的温情
海水拍岸的亲吻
感动悬崖峭壁与海滩牵手

漂泊的渔船
密密的桅杆

腾飞的游艇

是她在大海朝霞下激情迸发的倩影

原来意大利人之所以喜欢唱《桑塔露西亚》

是因为她可以是一个地名

可以是一段爱情

还可以是一位姑娘

果戈理说得好:“到过天堂的人不愿回到陆地,来到意大利可能忘记其他地区。”

今天的我也有同感,尤其是那不勒斯的海湾,给我心灵留下无尽的甜蜜回忆。当然,再难忘的地方总有归期。

天亮之后,从那不勒斯我又乘当地 VY6247 航班前往下一站——马德里。马德里作为西班牙首都,位于伊比利亚半岛中心,坐落在梅塞塔高原上,海拔 670 米,是欧洲地势最高的首都。

马德里的得名,据说来自一个民间传说。在遥远的古代,马德里还是个人迹罕至、熊迹出没的地方,只有几户人家,星星点点分布在原始森林中。

一天,一个小孩儿在屋外玩耍,突然有一头黑熊向他扑来,孩子急中生智,赶紧爬到树上。正在这时,他的妈妈找他回家,她只顾寻找孩子,根本没有注意到蹲在树下张着血盆大口的黑熊。

在万分危急的时刻,孩子不顾自己的安危,在树上大喊起来:“妈妈,快跑!”

母亲这才惊觉,躲到了安全的地方。为了纪念这个勇敢的孩子,后来在这里建城。“妈妈快跑”正是马德里地名的拼音,马德里的名字由此而来。

这里自然风光绚丽,阳光灿烂,每年晴天时间在欧洲各大城市排名中居首位，空气十分清新。市内现代化的高楼大厦与风格迥异的古建筑摩肩并立、相映生辉。树林、草坪和各种造型别致的喷泉引人入胜。

记得台湾歌手蔡依林曾唱过一首《马德里不思议》的歌，我高兴地哼唱起来：

阳光优雅地漫步旅店的草坪，人鱼在石刻墙壁弹奏着竖琴，圆弧屋顶用拉丁式的黎明……马德里不思议，突然那么想念你，我带着爱抒情的远行！

马德里就是这样一座具有古老文化和悠久历史的城市，市内历史建筑遗址举目便是，名胜古迹不胜枚举，风格各异的大小凯旋门多达 1000 座，著名的宫殿、博物馆鳞次栉比。

坐落在市区的东方之宫，始建于 1738 年，前后历时 26 年完成，其建筑之宏伟，据称超过英国的白金汉宫，可与法国的凡尔赛宫相媲美。

东方之宫虽然屡经战乱，但未受到严重破坏，至今依然保存完好。宫内的大理石圆柱、雕塑精致的屋顶、织锦的壁毯、豪华的水晶吊灯以及收藏的 45 座外国钟表等，均属闻名于世的珍品。

那些壁毯，很多都是 15 世纪人工用金线银线织成的，十分珍贵。如果将宫内收藏的壁毯铺在地上，长足有 200 公里，可谓价值连城。宫内的那 45 座钟表，虽然历经百年岁月，迄今仍走时准确。

作为马德里象征的西班牙广场，矗立着巍峨的塞万提斯纪念碑，他的名著《堂吉诃德》已被译成 100 多种文字，书中的主人公堂吉诃德骑士及其侍从桑丘的雕像也刻在纪念碑下。

一个骑马的堂吉诃德，影响了几代人，并给人间带来了无尽的快乐……

皇宫对面的西班牙广场
耸立着塞万提斯的纪念碑
不就写了一本《堂吉诃德》
就能与皇室平起平坐
马德里是欧洲最高海拔地
堂吉诃德骑着马张望
后面喷泉如注，白鸽飞翔
谁说高处不胜寒

沿着塞万提斯大街
是当年那位游侠骑士冒险之旅
今天有风车和小客栈的诗相伴
我的远行必然马蹄声声

西班牙人的爱好很特别，斗牛、斗鸡、赛马等竞赛经常不断。市内的文塔斯斗牛场是西班牙最大的斗牛场，可容纳2.5万名观众。斗牛是西班牙的国粹，风靡全国，享誉世界，尽管从动物保护的观点来看目前这项运动存在争议，但作为西班牙特有的古老传统还是保留到现在，很受人们的欢迎。

西班牙的斗牛历史可追溯到两千多年前，他们先是以野牛为猎获的对象，而后拿它做游戏，进而将它投入战争。18世纪以前，斗牛基本是显示勇士杀牛的剽悍勇猛，1743年马德里兴建了第一个永久性的斗牛场，斗牛活动逐渐演变成一项民族娱乐性的体育活动。

千百年来，这种人牛之战吸引着世界各地的人们。斗牛场面壮观，格斗惊心动魄，富有强烈的刺激性。斗牛季节是3月至10月，斗牛季节里，每逢周四和周日各举行两场。如逢节日和国家庆典，则每天都可观赏。

当发疯的猛牛低头用锋利的牛角向斗牛士冲来，斗牛士不慌不忙双手提着斗篷做一个优美的躲闪动作，猛牛的利角擦着斗牛士的衣角而过。这生死之际的优美一闪，谁都会如痴如醉、刻骨铭心。

海明威说："生活与斗牛差不多。不是你战胜牛，就是牛挑死你。"人们认为，斗牛作为西班牙最具代表性的民族体育项目，代表着西班牙人的粗犷豪爽的民族性格。

西班牙人说，这是他们的天性，来自于他们的生存环境。

我把西班牙斗牛，比喻为在牛角上的舞蹈：

强悍的奔牛
与衣着鲜艳的斗牛士
迎着旋转的红披风
一个跳动的无声音符
人们说杀手很漂亮
一个温柔的雄性之魂
问题是古罗马斗兽场早成废墟
西班牙斗牛却愈演愈烈

莫非斗牛是爱的极地
代表爱的巅峰
所以斗牛士才不顾死活
敢在牛角上跳起舞
想早日把对方击倒

为节省路途时间，从马德里改坐 JK5613 航班，直飞马洛卡(Mallorca)岛。来到岛屿上，人的视觉又变成了另一番景象。

马洛卡岛又称为马约卡(Majorca)岛，是巴利阿里群岛最大的一个岛屿，该岛风光绮丽，气候宜人。

到处是砂质的海滩、陡峭的悬崖、种植橄榄或是杏树的田野等富于变化的自然风光。听说这里每年有 300 天以上的日照充足的晴朗天气，鉴于这种气候和美丽的自然风景，很久以来，这里一直被称为"地中海的乐园"。

20 世纪 50 年代，法国有 100 对青年男女集体结婚，他们久慕马洛卡岛迷人的景色,相约一起到这里欢度蜜月。此后,欧洲许多新婚青年男女都视此地为最好的蜜月之处,久而久之,该岛便被称为“蜜月岛”。

岛屿上散落着很多美丽的小山村,在巴尔德摩萨我参观了肖邦(Frederic Francois Chopin)和情人奥洛尔·蒂潘的居所。

钢琴诗人肖邦,1838 年和他的情人——法国女作家奥洛尔·蒂潘,笔名乔治·桑,来到马洛卡岛,秘密租下一处乡间别墅,取名为“风之屋”。正如奥洛尔·蒂潘在《马洛卡的冬天》一书中写道的:“这座别墅的位置很好,在山脚下,四周是高大的围墙,在一块肥沃的谷地中,有黄色的城墙、高大雄伟的教堂和海天相接的美景。”

在岛上,这对情侣的心中充满激情。肖邦在写给朋友的一封信中是这样描述的:“我漫步在帕尔马的棕榈树、雪松、橘子树、柠檬树和石榴树下,这些是只有在巴黎植物园的温室中才能看到的……天空是深蓝色的,海水是天蓝色的,山是翠绿色的,空气好极了。我真正获得了新生,我感到自己好多了。我可能要在这个世界上最美丽的地方过上一种隐居的生活,这里有大海、群山、树木、古老的墓地、一座教堂、清真寺的废墟。亲爱的朋友,我现在更加充分地享受着美妙生活。不久我就会寄一些乐曲给你。”

后来,肖邦被确诊患有肺结核,就被赶出了“风之屋”。奥洛尔·蒂潘在她的一部作品中说,他们为当时的社会所排斥,不得不“迁移”到唯一可以栖身之处——巴尔德摩萨的加尔都修道院。这是一座位于群山与谷地之中的 14 世纪的建筑,海拔 500 米。“我们成了人们恐惧和害怕的对象。他们指责我们有肺结核,以西班牙人的偏见来看,这种疾病在传染方面和鼠疫是一样的。”

这年底,肖邦和奥洛尔·蒂潘一家最终决定住进加尔都修道院的两个房间中,窗外是美丽的花园,在山谷的尽头可以看见帕尔马城。肖邦在加尔都修道院完成了许多优美的音乐作品,其中几首乐曲在“风之屋”别墅时就开始创作了。那里有一架“奥里弗”牌小钢琴,在加尔都修道院的肖邦故居博物馆能看到。

由于受社会排斥和病痛,肖邦和奥洛尔·蒂潘一家被迫于 1848

年初离开了巴尔德摩萨。在马洛卡岛的生活使肖邦创作了大量优秀的音乐作品,他的 24 首前奏曲中有 20 首是在加尔都修道院完成的。1849 年 10 月 17 日,肖邦在法国巴黎逝世,年仅 39 岁。

德国大诗人海涅说:“肖邦不仅是一个具有高度技巧的钢琴家,而且是一个诗人。他能用钢琴描绘心中的诗情。”德国音乐家舒曼曾说:“肖邦的钢琴曲是隐藏在花丛中的大炮。”

肖邦的钢琴曲确实不同凡响,有时如涓涓细流,有时如山洪暴发,有时华丽多彩,有时粗犷豪放,能把人们带到诗一般的境界中去。

在这样的世外桃源中,我充分体验到了……

月亮向我张望
大海的潮汐
波浪汹涌撞击着心扉
翻腾起我的血液
我的荷尔蒙

我一直惦记小时候老外婆讲的
嫦娥奔月的浪漫
吴刚伐桂的苦涩
仙兔捣月的智慧
一个来自故乡的美好

异国的今夜无眠
唯有月亮与我一起徘徊
同我影子一样凌乱
是我无言的知己
代表我的心

滔滔的地中海把我们隔开
一个此岸一个彼岸
仰望思念的天空

我们多想以中秋的名义
乘一叶小舟漂泊在海上

盈月变为垂柳
扑鼻的是荷香
长长的海堤上流连的
是青衫正薄的你我
在夜色下的偷欢

从马洛卡乘 JK5711 航班，来到巴塞罗那，这里位于地中海沿岸，依山傍海，地势雄伟，是西班牙第二大城市，第一大工商城和港口。

巴塞罗那是一座美丽的城市。老城有一个景色美丽的哥特区和许多建筑遗址，罗马城墙遗址、中世纪的古老宫殿和房屋与现代化建筑交相辉映，不少街道仍保留着石块铺砌的古老路面。新城是城市规划的典范，有宽广的大道，两边树木成行，还有大广场。令人感兴趣的中世纪建筑物中，有许多教堂和宫殿。

这是一座优雅的城市，城郊斜坡缓缓向上连接周围的山丘，从附近的蒙特胡依西山坡上可以眺望城市美丽全景。远处是蒙特塞拉特山脉，山峰如针尖突起，著名的蒙特塞拉特修道院紧靠山腰。

巴塞罗那市是国际建筑界公认的将古代文明和现代文明结合最完美的城市，也是一所艺术家的殿堂。巴塞罗那大学有 500 多年的历史，自治大学和工艺学院亦十分著名，每年 10 月举行的国际音乐节是世界乐坛盛会，当地的萨尔达那园舞、吉他歌曲是世界著名的民间歌舞。

巴塞罗那市曾经承办过 1888 年和 1929 年两届世博会，为城市的腾飞奠定了基础。1992 年，巴塞罗那市又成功主办了第 25 届奥运会，更使巴塞罗那市名扬四海，使全世界更多的人了解了巴塞罗那。

海港地区最伟大的改建工程当属为 1992 年奥运会而建的奥运

村。奥运村拥有一个极其现代化的港口:奥林匹克港。这里曾是举办各种海上活动的场所,现在主要成为了娱乐区。人们可以在散步大道上漫步或是在海滩里游泳。

市内随处可见世界著名的艺术大师如毕加索、高迪、米罗等人的遗作。

画家毕加索。在 pla de palau 站,montcada 15—19,其实门牌号不重要,毕加索的画在世界艺术史上占据了不朽的地位。据统计,他的作品总计近 37000 件,包括:油画 1885 幅,素描 7089 幅,版画 20000 幅,平版画 6121 幅。

毕加索的一生辉煌之至,他是有史以来第一个活着亲眼看到自己的作品被收藏进卢浮宫的画家。在 1999 年 12 月法国一家报纸进行的一次民意调查中,他以 40%的高票当选为 20 世纪最伟大的十位画家之首。对于作品,毕加索说:“我的每一幅画中都装有我的血,这就是我的画的含义。”全世界前 10 名最高拍卖价的画作里面,毕加索的作品就占据 4 幅。

毕加索一生中画法和风格几经变化。也许是对人世无常的敏感与早熟,加上家境不佳,毕加索早期的作品风格充满了早熟的忧郁。早期画近似表现派的主题,在求学期间,毕加索努力地研习学院派的技巧和传统的主题,而产生了像《第一次圣餐式》这样以宗教题材为描绘对象的作品。德加的柔和的色调,与罗特列克所追逐的上流社会的题材,也是毕加索早年学习的对象。在《嘉列特磨坊》《喝苦艾酒的女人》等画作中,总看到用罗特列克手法经营着浮动的声光魅影,暧昧地流动着款款哀伤。

美术馆藏身在一条幽静的古老小巷里,没有硕大的招牌,一点都不像他的画风那么张扬。毕加索 14 岁那年与父母移居巴塞罗那,见识了当地的新艺术与思想,然而正当他跃跃欲试之际,却碰上当时西班牙殖民地战争失利,政治激烈的变动导致人民一幕幕悲惨的景象;身为重镇的巴塞罗那更是首当其冲。也许是这种兴奋与绝望的双重刺激,使得毕加索潜意识里孕育着蓝色时期的忧郁动力。

正是在此时,17 岁的奥丽薇在一个飘雨的日子,翩然走进了毕加索的生命中。于是爱情的滋润与甜美软化了他这颗本已对生命固执颓丧的心灵，笔下沉沦痛苦的蓝色也开始有了跳跃的情绪。玫瑰红时期的作品，人物表情虽依然冷漠，却已注重和谐的美感与细微人性的关注。整体除了色彩的丰富性外，已由先前蓝色时期那种无望的深渊中抽离。摒弃先前贫病交迫的悲哀、缺乏生命力的象征，取而代之的，是对人生百态充满兴趣、关注及信心。

在《穿衬衣的女子》中，一袭若隐若现的薄纱衬衣，轻柔地勾勒着自黑暗中涌现的胴体，坚定的延伸，流露出年轻女子的傲慢与自信，鬼魅般地流动着纤细隐约的美感。整体气氛的传达幽柔细致，使得神秘的躯体在氤氲中垂怜着病态美。

后期画作注目于原始艺术，简化形象。毕加索是个不断变化艺术手法的探求者，印象派、后期印象派、野兽的艺术手法都被他汲取改选为自己的风格。他的才能在于，他的各种变异风格中，都保持自己粗犷刚劲的个性，而且在各种手法的使用中，都能达到内部的统一与和谐。他有过登峰造极的境界，他的作品不论是陶瓷、版画、雕刻都如童稚般的游戏。在他的一生中，从来没有特定的老师，也没有特定的子弟，但凡是在 20 世纪活跃的画家，没有一个人能将毕加索打开的前进道路完全绕过。

离开毕加索博物馆时，我见标注 82. 9. 8 的毕加索的一幅男女相欢的素描，印在一个洁白的陶瓷杯上很有意义，便毅然买了下来，算作一个留念吧。

设计师高迪。奎尔公园入口处有高迪设计的门卫和办公用的两座小楼，屋顶平台周围的矮墙曲折蜿蜒，墙身上贴着五颜六色的瓷片，组成怪异莫名的图案，仿佛一条弯曲蜷伏的巨蟒。进园之后，一条造型别致的有分有合的大台阶把人引向一个多柱大厅，大厅后面接着古希腊式的剧场。高迪只想仿效大自然，像大自然那样去建筑点什么。年轻的他在日记中这样写道：“只有疯子才会试图去描绘世界上不存在的东西！”他的整个身心都充满了对大自然的爱，哪怕一只蜗牛出现在他的眼前，他也能静静地观察它一整天的时间。

在巴塞罗那帕塞奥・德格拉西亚大街上，坐落着一幢闻名全球的纯粹现代风格的楼房——米拉公寓，是“用自然主义手法在建筑上体现浪漫主义和反传统精神最有说服力的作品”。老百姓多把它称为“石头房子”。它与高迪的另外两件作品一起，在 1984 年被联合国教科文组织宣布为世界文化遗产。

整个巴塞罗那，就如一个“高迪之城”，感人至深，我觉得……

对巴塞罗那来说
高迪是一种标志
是一种符号

高迪设计的公园
墙上嵌着五彩斑斓的马赛克
波浪形的屋顶和阳台
雪糕型的烟囱
一个梦幻般的大海

高迪修建的教堂
被现代主义封印的神话世界
神话世界通过废墟与现代连接
美丽曲线传承了天国的奇妙
一座活着的废墟

高迪打造的都市
用切割出来的石块原样堆砌而成
那是大山的憨厚
石头飞出的歌
一段留给家乡闪光的话语

而圣家堂则是高迪的最后遗作。他自 1883 年开始主持该工程，直至 1926 年去世。在生前的最后 12 年，他完全谢绝了其他工程，专心致志于这一教堂的建筑。这是他一生中最主要的作品、最伟大的建筑，也可以说是他心血的结晶、荣誉的象征。他为教堂圣殿设计了

3个宏伟的正门，每个门的上方安置4座尖塔，12座塔代表耶稣12个门徒。还有4座塔共同簇拥着1个中心尖塔，象征4位福音传教士和基督本身。3个门目前仅竣工1个。

在设计教堂内部装饰时，他想方设法把《圣经》故事人物描绘得真实可信。为此，他煞费苦心地去寻找合适的真人做模特。譬如，他找到一个教堂守门人来描绘犹大，又好不容易找了一个有6个指头的彪形大汉来描绘屠杀儿童的百夫长。此外，为了在一座门的正面表现被残暴无道的犹太国王希律下令屠杀的数以百计婴儿的形象，他还特地去找死婴，制成石膏模型，挂在工作间的天花板下面，工人见了都感到毛骨悚然。

上百米的高塔、五颜六色的马赛克装饰、螺旋形的楼梯、宛如从墙上生长出来的栩栩如生的雕像……庞大的建筑显得十分轻巧，有如孩子们在海滩上造起来的沙雕城堡。教堂显得有些令人恐怖，难怪有的民众称之为"石头构筑的梦魇"。但当罗马教皇利奥十三世宣布支持建筑这一教堂时，巴塞罗那人马上便喜欢上这座教堂，也爱上它的建筑师高迪了。

参观完高迪的作品，我买了当地出版社出版的《奎尔公园》《圣家族大教堂》两本书，印制得很精美。回国后我在上海，又见到了《高迪的世界——建筑、几何和设计展览》，让我很震惊，留下这样几句话……

高耸的尖塔
像沙滩上的城堡
石头砌成的梦魇
塑造了这座城市的生命
是巴塞罗那的象征

高迪的天才和执著
至今空中的起重吊臂还在烦劳
一个建筑超过三个世纪的大教堂
编织充满雄心的信仰
那恒久光荣的梦

绘画大师米罗。米罗是20世纪著名的绘画大师,超现实主义绘画的伟大天才之一。米罗艺术的卓越之处,并不在于他的肖像画或绘画结构,而是他的作品有幻想的幽默,以及他的空想世界非常生动。

米罗是非常多产的,画风始终如一而又多样变化。早期作品受塞尚、梵高和毕加索及野兽派画家的影响,作品或带有极为精雅的色彩和线条的运动,或具有立体主义的作风。《哈里昆的狂欢》是其第一幅超现实主义的图画,在于有一个奇特的空间逆转感。室内举行着狂热的集会,只有人类是悲哀的,那人带有颇为风雅的胡子,叼着长杆的烟斗,忧伤地凝视着观者。围绕着他的是各种各样的野兽、小动物、有机物,全都十分快活。没有什么特别的象征意义,画家充分地描绘了一种辉煌的梦幻形象。《加泰隆风景》中的幻想,虽然神秘但很生动。在画中,黄色和橙黄的两块平面,相交于一条曲线。猎人和猎物都画成几何的线条和形状。一些不可思议的物体散置在大地上,有些可以辨认,有些好像暗示为海上的生物或显微镜下的生物。

令人激动的作品是《静物和旧鞋》,有旧鞋、酒瓶、插进叉子的苹果,还有一端变成一个头盖骨的一条切开的面包。所有这一切又都安排在一个捉摸不定的空间里,色彩、黑色和凶险的形状令人厌恶。这幅画显示了这位非政治的艺术家,为反对西班牙内战的法西斯分子而做出的深切的反应。早期深受梵高和主体派的影响,作品呈明显的具象,干巴巴的素描、生硬的分面和明亮而乏力的色彩。但是米罗的秉性、直觉,具有根本的反理性主义,他的超现实主义绘画具有鲜明的个人风格。

当我们看厌了画室作品、美学示范、华丽辞藻之后,在米罗的画中找到了清新的水源,它平静地荡涤着我们的一切陈规俗套。

在巴塞罗那海滩,广袤壮丽的海景,由近到远的金黄色的沙滩、白色的波浪,绿色的海水、深蓝色的海洋,心潮随着海浪起伏,视线随着海色展开,温暖湿润的海风吹在脸上,让人久久地不忍离去。

有人说,如果世界上有一个人们眼睛的天堂,那一定不是泰国,不是古巴,而是巴塞罗那。挤满比基尼女郎的海滩,是最养眼的地方。加泰罗尼亚的姑娘似乎天生就具有了所有美丽女性的必备要素,性感的身材、健康的肤色、金色的披肩长发、艳美的脸庞……更重要的是她们拥有加泰罗尼亚民族特有的热情奔放，有一种洋溢着活力和快乐的美。

我找到一处木椅，凭海临风，欣赏白浪拍岸的蓝色海洋，观瞻芳草延绵的绿色城市，心胸立刻被打开，其乐无穷。

在兰布拉大街的终点，是哥伦布瞭望塔。这是巴塞罗那为了纪念哥伦布发现美洲400周年而建的纪念碑。1888年万国博览会期间，哥伦布瞭望塔正式落成。这座巍峨的圆柱形纪念碑全部用赭红色大理石建成，塔身高达60米，上有“光荣属于哥伦布”“向哥伦布致敬”两行大字。环绕柱体中部雕有五个凌空飞舞的女神，底座四周雕有八头巨大的黑狮。

顺着哥伦布手指大海的青铜像，我找到了当年哥伦布远航出海口。这里现在是巴塞罗那港的一个深水码头。密密麻麻的私人游艇让人艳羡不已，湛蓝的海水里停泊着一艘哥伦布出海时乘用的“拉尼亚”号帆船复制品，供游人参观。

在吹着浪漫海风的海上 Ramble del Mar 浮桥畔，波浪般的曲线如相框般勾勒出巴塞罗那最浪漫的景象。长长的海岸线铺着一条别具一格的彩色石板人行路，与惹人心醉的蓝色海洋仅隔一条十几米宽的浪漫迷人的金色沙滩。每隔一段路都有仅供情侣两人面向大海的石头座椅，凸显了巴塞罗那人激情之外的柔情似水。道路两旁种植着高大挺拔的棕榈树，翠绿的阔叶随海风摇曳，仿佛向行人发出种种神秘的信息。

晚餐后，当地弗拉蒙(FLAMENCO)为我们进行了专场歌舞表演，强烈而有节奏的西班牙舞，让我更加感受到西班牙的火热和盛情……

西班牙的火热
盛放在毕加索的画卷
河水清蓝的田园风光
金塔夕阳的哥特色王冠
塞维利亚的阳光沙滩港湾
痴狂在对梦的描绘

西班牙的火热
盛放在高迪的天才创意
白墙丽瓦的惊叹
繁花饰巷的乡趣
天边的橄榄和甜橙的庄园
浪漫在魔幻线条和象征意味

西班牙的火热
盛放在堂吉诃德热情张望的眼眸
百褶长裙艳红飞舞
激情活力的踢踏舞
吉卜赛女郎的爱情
流淌在人们心灵的最深处

西班牙的火热
盛放在奔牛追逐的火红风衣
斗牛场的碧血黄沙
阿尔塔米拉的石洞
康苏格拉的大风车
快感在青春乃至生命作赌注

离开巴塞罗那，终于正式完成了这次欧洲三国之行。

走过西班牙，从踩着细高跟鞋、跳着弗拉门戈舞的西班牙女郎，到斗牛士手中挥舞的红色斗篷，这个国度处处散发着红色骄阳般的气质，是那样浪漫，是那样狂傲，是那样热情洋溢，又略带几分神秘与几分高贵。

我的感悟是，人类文明最伟大的两部著作就是《圣经》和《堂吉诃德》，前者是世界共享的，而后者唯独西班牙享用。

这是一种文化力，也是一种生产力。是许多地方缺失，而又需尽快补习的，也是不能逾越的东西。

也许，这就是大国之所以崛起的秘诀吧！

蓝色烈焰下的日记

作为一个土著人，我别无他求，除了梦想天堂是什么样。

——吉米·蔡

1

大年初一，这是新年伊始，也是人生崭新一天。

在中国城乡的千家万户，有多少位母亲翘首或望穿双眼，等候着家门被敲响，听到那熟悉的游子归来的跫音。

但这天傍晚，机舱里空姐将《入境旅客登记卡·澳大利亚》递给我。我这才醒悟，现在我已离开"爆竹声中一岁除"，"总把新桃换旧符"的故乡，踏上去澳大利亚的路了。

应该说，新年一大早儿，我就起床了。先给老妈打电话——一是拜年，二是向老人家请假，这个春节假期不回家了。对于在外的游子，或许老妈心里有准备，我已连续几年都是利用春节长假期，偷闲到外地去转转。

老妈也习惯了："那正月十四，别忘掉我的生日。一定要回来看看我呀！"

老妈这辈子从未向儿子提过要求，我这才记得，过了年，她老人家 79 岁了。

按老家风俗，做九不做十。我心里一酸，忙答应道："老妈，儿子再忙，也要回来为你祝寿！"

就在我急着出门时，中国社科院财贸所夏杰长博士又突然来电："大年初一早上 8 点，我搭北京班机飞到杭州，来给你拜年！"

夏博士突然而来，真的让我有点受宠若惊。感激之余，我猜想，或许是因中国社科院财贸所裴长洪所长曾在杭州挂职过几年市长，夏博士受他的影响吧。加之，他的弟子夏博士，这几年参与了不少杭州经济社会方面的课题研究，在我们平时交流时，我已发现，夏博士非常喜欢杭州这个人间的天堂。

巧合的是，2009 年 5 月，浙江树人大学率先在全国成立了第一个现代服务经济学院，裴长洪所长欣然同意出面担任了第一任院长，而夏博士任副院长，我则被他们聘为教授。

多层关系的叠加，促使他们对杭州有了这份特殊感情吧！才使得夏博士百忙中，抽出过新年第一时点，从遥远的北京赶早到杭州来看我。

盛情之下，我十分过意不去，非常难为情。

不凑巧的是，先前我已有计划在大年初一下午，必须从杭州赶往上海浦东机场，与女儿一起去澳大利亚旅行。这样，我得先向夏博士做个说明，不是我对他远道而来不热情，不欢迎。

中午，杭州许多酒店已放假，后来托人好说歹说，杭州星都宾馆破例为我们做了接待安排。我的好朋友陈兄赶来助兴，破例与我们一起过新年。我们边吃边相互祝福，边吃边交流工作。我斟满家乡美酒一杯接一杯，酒不醉人自醉，以表我的真诚与感激。

门外爆竹声不绝于耳，想起美国记者安德鲁雅评说的："中国人没有太多的娱乐时间，也没有太多机会做一回自己。对他们而言，这是唯一能够无拘无束发疯的机会。"

分别时，我们相互依依不舍。其实，我的双眼早已热泪盈眶，除了感激还是感激。

飞机翱翔在蓝天，天空的夕阳掩在厚厚的云层中，放射出美丽七彩的阳光，我打开随身的相机抓拍了下来。"夕阳里载一船云霞，静波上把冷梦泊下”，这是我尊敬的臧克家大诗人说的，现在被我的数码瞬间勾画成像，就像把我心中思念的人的倩影定格下来，找到了自己久违的快意。

我面对飞机窗口，一边沐浴着不肯落山的太阳，一边梳理着缕缕心情，开始搜肠刮肚地寻觅对澳大利亚的记忆。因未到过此国，所以一切又都是空空的。

好在近年，因工作直接或间接关系，我对澳大利亚接触慢慢多了起来。如2009年浙江吉利公司，在我们的支持下，到澳大利亚全资收购全球第二大自动变速器公司DSI。现在回头看，这次收购非常成功。

还有去年9月，长三角外资工作会议在上海召开，东道主争取到几张世博会VIP票子，省去了我们排队等候之苦，随到随入场参观。澳大利亚展馆有着流畅的雕塑式外形，幕墙的颜色随时间的推移日渐加深，最终形成浓重的红赭石色。现在我知道了，红赭石色是澳大利亚内陆的红土颜色。如果我没记错的话，在澳大利亚展馆墙脚下，还堆了许多铁矿石，这让我记住了这是一个资源极为富有的国家。

印象最深的是，今年春节前两周，我在单位接待了澳大利亚驻上海总领事馆副总领事叶仁庭一行。在他对中国经济社会的提问中，我感到他对长三角特别是浙江未来5年或10年经济社会发展轨迹很感兴趣。

如今，我觉得“澳”佬们虽然一直比中国强大，但在中国人面前，它又越来越离不开“中国制造”。当下，“澳”佬们已不得不放下架子，看我们中国人的脸色行事了！

老实说，这次出国，我好像也没有要提前了解澳大利亚情况的渴望。更没有像过去出国，会傻乎乎地跑到书店或到网上、图书馆，去收集国外的相关资料。

我不知道，是因为崛起的中国人更自信了，还是因为我过于忙碌的工作，难以脱身。

这几年，我对澳大利亚，也有不愉快的印象。去年七八月份，刚好是我兼管外资口工作。澳大利亚某商会负责人找到我说：他们要在杭州举办澳浙投资洽谈推介会。该负责人不着边际的夸夸其谈，给我留下很不好的形象。后来,有同事提醒我,这些商会都是靠刮投资人的钱过日子的。为此,我冷淡了对他们事情的处理。直至今日,我也不知后来他们的推介活动办得如何。

今年春节前,我又在网上接到他们拟到杭州拜访的计划。但不知什么原因,至今我也未见到他们过来。

几天前,我憋不住了,打澳大利亚某商会负责人的手机,一直处于关机状态。为此,我发了一条短信。

当晚,我就收到了他们一个不着边际的回信,摘录如下:

人生难得相遇,友谊天长地久!祝你春节愉快,万事如意,身体健康,兔年吉祥!

欢迎 6 月底 7 月初光临悉尼的投资论坛洽谈会,我初六至初九在温州市区,其余在杭。

浙商港湾,中澳两地皆情义!WWW. AZLBA. org. au,澳某商会某某某衷心祝愿。

看了这个短信,我不知大家有何感觉,反正我感到很不爽,确切说,太浮躁了。

应该说,我与澳大利亚友人没有什么恩怨,我曾在海拔 4500 米以上的藏北工作过,面对雪山草地,蓝天白云,藏传佛教,在那连空气也吃不饱的地方,我早已学会了宽容。事后我也反思,真的没必要与人家过不去,更无须出人家的丑。

或许,我是门缝里看人。但愿这仅是我一家之言,一孔之见,相信随着今后合作机会增多,慢慢会化解掉我心头的不悦!

飞机在穿云破雾,机舱乘客也已昏昏欲睡,这时正在播放澳大利亚首部土著的音乐剧《崭新的一天》,剧作者是我极为熟悉的吉米·蔡。这时,我的胃口一下子被他吊起来了,引擎巨大的轰鸣声,也挡不住我静心收看。我特别欣赏他在作品中说的:

作为一个土著人
我别无他求
除了梦想天堂是什么样
我别无他求
那里蛾和铁锈都不会腐朽
我知道我死后
会去天堂
因为你知道
在地球上
我已经生活在地狱
我住在铁皮小屋
一贫如洗
回家看到的
是酒后斗殴
不堪入目
从每晚必醉
等待崭新的一天
每个人都这么说

吉米说的这种铁皮小屋，我 20 世纪 90 年代援藏时，曾住过三年。刮风时铁皮小屋会鸣叫，下雨或下冰雹时铁皮小屋会打鼓。

此时的我，亦如吉米笔下澳大利亚原住民状态：一方面想尽快了解他们；另一方面想通过行走，化解我过去生活中的一切烦恼！

正月初三那天，又是澳大利亚夏日阳光最火辣的一天，我们行走于迷人旖旎的悉尼港，欣赏春节烟花的绚烂，听张扬的爆竹声响遍唐人街，欣赏世界级的艺术盛宴，与摇滚乐队一起 high 翻天。

旅居澳大利亚的华人把传统的中国年味带进了南半球，与寒冷的中国春节不同，这里的人们可以穿着背心短裤，喝着冰镇啤酒来庆祝春节！

跟随着汹涌的人潮，逛逛唐人街，融合了本地风味的中国小吃摊，沿途停下脚步欣赏各类特色的街头表演，传统的舞龙舞狮、划龙舟，还有新年花车的大游行，尝尝澳大利亚的年夜饭，充分感受到这里华人浓浓的思乡之情！

在位于悉尼CBD最繁华的乔治大街，站满了前来观看“中国春节花灯大巡游”的人群，我见到了黄鹤、凤舞和腾龙等花车，数十名扮成凤凰和花仙子的美女飘然而过。随后众多的小伙子表演了闻名于世的武当功夫，让人大饱眼福。

悉尼市长穆尔对我说：“中国农历年的花灯，已成为悉尼市文化的重要组成部分。”

市长的话语，真的让我这位异国他乡的游子感到一阵温暖。我又想到在中国故乡的老妈，我的亲人与我的朋友。

其实，每个人生活中的精彩，都是一盘菜，一杯羹。集结在一起，才是一场盛宴。

人生一辈子，也许太短。但愿崭新的一天，能有你有我的欢笑，生命里才会充满温暖的阳光和无尽的梦想。

“昔我往矣，杨柳依依。今我来思，雨雪霏霏。”

不知是多少次了，当我行走在路上，《诗经·采薇》上的句子便在耳边响起。

那一定是对故乡，对家人，对游子的期盼吧。

既然是一种期盼，那就让我们大胆去拥抱，拥抱住这每一个崭新的一天！去做我们自己想做的事，去找我们自己想要的爱！

但愿我们的日子，天天像过新年，天天有崭新一天，这样便能体悟到禅家朋友总是挂在嘴边的“日日是好日”的缘故。

记得我们从上海出门时，外面的西北风吹得人直哆嗦，到悉尼仿佛进入另一个天堂，又一个夏日季节。

我们乘着中国东方航空公司MU731航班，经过十多个小时的飞行,当地上午 10 点左右抵达澳大利亚悉尼国际机场。一出机场,就是一股热浪、一身汗。接站的导游小黎说,今天这里的温度高达 36℃。

像夏天一样燃烧的澳大利亚,让游子在异国他乡有了走进阳光、终结寒冬的快慰。

早听说,澳大利亚地大物博,人口像珍稀动物般稀少。没想到这里的太阳是这么炽热,炽热得光芒万丈;没想到这里的天空又是这么碧蓝,碧蓝得万里无云。

澳大利亚本义是“南方大陆”。蓝十字星座作为澳大利亚的民族标志已经被印在澳大利亚的国旗上,据说只有从南半球才能看到由五颗星组成的南十字星座。

今天是正月初三,我真的被这里温暖了一把。每个来自北半球或温带地区的人,都会有像我一样的好奇——“这里一切都颠倒过来了”,越往南走越冷,越往北走越暖。

晌午时间,我们从机场直奔悉尼渔人码头。这里作为南半球最大的渔市场,据说其种类数量位居世界第二,每天这里可出售超过百种以上的海鲜产品。那么,谁排全球第一呢?我国舟山普陀水产城作为全国四大渔港之一,目前交易量是全国第一。水产城的胡总是我的老朋友,我当即打电话请教他,他告诉我:“如果到渔人码头中餐馆,按当时销售海鲜品种计,普陀可谓全球第一!”

码头上停靠了无数游艇,不远处耸立着几幢高大的水泥立桶仓,我判断这是 20 世纪三四十年代的工业遗存,形成了现代与过去的鲜明对比。如果这些工业遗存在中国,一定没有好日子过。

一个挨着一个的太阳亭,成了来往游客品尝海鲜的驿站。这让我想起巴厘岛,那里的海边、乡村地头、街道庭院,建有许多尖顶、茅草檐、四面柱子撑起的亭子,当地人美其名曰“发呆亭”,作为人们在这里喝茶聊天发呆的地方。

中午,我们品尝了悉尼当地的大龙虾、皇帝蟹、鲜鲍鱼等,这些丰富天然的野生海鲜,无与伦比,无疑成为当地的金字招牌。

吃饭时,我在阅览处翻到当地一位叫斯蒂芬妮·亚历山大

(Stephanie Alexander)的作者写的一本《厨师手册》的畅销书，她回忆道："在20世纪70年代中期连一棵白菜或香草都没有。"她走过了从典型的法式菜转向更为澳大利亚风味菜的历程，这也反映了澳大利亚饮食变化的历程。

我不是美食家，但这里的美味佳肴，虽价钱不菲，但靠山吃山，靠海吃海，这必定是当地最自然本色的东西。

亦如中国城里人，吃厌山珍海味后，人们都喜欢到农家去，寻找那些土生土长的地地道道的土货，这些自然的本色的东西，有时哪怕是一杯白开水，也让人感到宾至如归，有君子之交淡如水的投缘。

在这里，最自然的也是最美的；最美的也是最有艺术的！

悉尼歌剧院闻名遐迩，听说当今中国有好几位名歌手在这里举办过个人演唱会。

一般来说，能到这个舞台上演出的，必为在世界舞台占有一席之地者，乃非等闲之辈。

下午，我们冒着30℃以上的高温，先到岩石区参观。这里三面环海，碧海蓝天，帆船点点，海风飕飕，令人惬意。

这里曾是早期欧洲殖民者登岸地点，是澳洲最重要的发迹地，有历史性的建筑，有前卫的现代场馆和石径。人类众多古老文明元素，都能在这里找到。

这里绿树成荫，尤其有一棵上百年的无花果树，在烈日下形成几亩地大的阴凉，让人肃然起敬。

这里也是当地唯一可以让悉尼歌剧院和悉尼大桥这两个地标连为一体的最佳摄影点，让人景不醉人自醉。

据说，麦杰里被派遣到此任总督，长期孤独在外的他，每逢佳节良宵，一定在此隔海遥望远方的故乡，思念远方的亲人。久而久之，他对这片海地有了一种特别的感情。

蓝蓝的天，蓝蓝的海，常令麦杰里面朝大海热泪盈眶。后人为了纪念此地，特意在这里设立石砌的观光椅，并在石头上雕刻了他诸多的美好记忆。

远处著名的悉尼大桥，如一道雨后彩虹，横跨两岸。一侧的悉尼歌剧院，如一艘扬帆起航的船，又像一朵舒醒绽放的睡莲，安然静逸地飘荡在海面。

为避开似火骄阳，我们通过地下通道走进悉尼歌剧院，就像步入它的灵魂深处。整座歌剧院分歌剧厅和音乐厅，我们在专人带领下，参观了音乐大厅。那上千人的红色纯羊毛座椅，无论人是坐还是离开，都不会发出响声而影响别人。特殊的吸声地板，无论你穿什么鞋，也不会因你足音破坏音乐感。

同时，我们对歌剧院的历史、背后的故事、建筑设计特色等作了进一步了解。

正好晚上有一场演出，一批人在忙碌着调试音响灯光。悉尼歌剧院作为全世界最大的表演中心之一，给人们带来了超级的审美空间，巨无霸超级的享受。

之前，有人调侃地告诉我：悉尼歌剧院是一个赤裸裸的“烂尾楼”。真的让我吓了一跳。

其实，悉尼歌剧院的简朴无华的装修，乃至所有水泥梁柱都是裸体，没有一丝修饰的痕迹。外形犹如劈波斩浪的白色帆船，据说白色屋顶由上百片瑞典陶瓷铺成，经过特殊处理后可抵挡海风侵袭。

的确，这与人们心目中高雅圣地歌剧院有点不搭。但如果你走进去，你会发现它的魅力所在，所以你如果是为欣赏艺术而来，就别受那些花哨的东西诱惑。

作为一个神圣不可高攀的地方，近三年来，据说我国国家大剧院自制及原创剧目高达成 15 部，年均 5 部的数量，是目前任何一个国家大剧院都无法达到的。这种虚假的繁荣后面，是隐隐作痛的伤口——无法回收投资的窘境。

我在与悉尼歌剧院人员交流时，得知他们的门票贵的一两百元，少的仅几十元，如此广种薄收，实现了剧院收益的良性循环。

幸运的是，2008 年悉尼歌剧院整个建筑并列为最年轻单体建筑世界文化遗产。应该说，这是当之无愧的。

我一直以为，每一位杰出的建筑师，都是哲学达人。通常高超的建筑师，留给人间最伟大的用心良苦，就是拒绝繁复线条，回归自然简约，这是人间最伟大灵魂的光芒。在这里——

艺术来自戏剧的跌宕起伏；

艺术来自光和影的相得益彰；

艺术来自每一帧多声部共鸣的荡气回肠。

这种自然的给力，只有每一位接近的人，才会身临其境，在心灵深处发出由衷的赞美。

夕阳西下，黄昏的阳光把悉尼打扮得五彩缤纷，悉尼又进入到另一个平凡而崭新的世界。

我们从环形码头登上一艘 SHOWBOAT 游轮，追赶着太阳，开始了对悉尼的夜行。

第一站是情人湾：港湾游人如织，棕榈婆娑，绿草如茵，游艇穿梭，可谓当地一颗璀璨明珠。

岸边各式各样的别墅非常时尚，家家又都有匹配的美丽花园，与我曾在英国乡村农舍见到的花园相仿，用地下水喷灌，滋润着园里的玫瑰、菊花、大丽花和翠绿的草坪。特别是家家门前都有一个游艇码头，有的码头直抵房子下的船坞，想必这里住的不是一般人家。

后来我一打听，原来这里住的都是寻常百姓。由于澳大利亚贫富差距极小，社会结构呈橄榄型，两头是贫富家庭，中间全是中产阶层。而我国社会结构相反为呈哑铃型，中间的中产阶层占比太小，两头巨大的贫富差距，给社会带来诸多不谐矛盾。

在海边山林深处，还隐藏着一些高档住宅，令人目不暇接。住在这里的人，每天都能看到太阳冉冉升起，明媚的阳光奢华地倾泻房间，满室弥漫着浓浓的温馨。

什么叫面朝大海，什么叫春暖花开？可能只有这里的百姓，才能体验到这种生活品位与幸福感。

在情人岛不远处有一个孤岛，仍可见到岛上破落不堪的房子，据说曾是当地早期的一座监狱，如今仍保存下来，或让其自生自灭，成了这个社会的一个经历，一段历史。

这两岛之间的巨大反差，让我们看到了：天堂与地狱、自由与死亡、幸福与苦难，就一步之遥。

第二站是悉尼大桥：这座号称世界第一单孔拱桥的建筑，像一道横贯海湾的长虹，巍峨俊秀，气势磅礴，与举世闻名的悉尼歌剧院隔海相望，成为悉尼的象征与地标之一。

夜色中的悉尼大桥，没有像中国许多地方那样用各色灯光裹起来。我看大桥上的钢梁连油漆也没有涂抹过，犹如没有涂脂抹粉的纯真少女。

据说，悉尼大桥结构、施工难度或设计上，都破了当时世界纪录，包括筑桥工人在没有任何安全装备的条件下，在桥身爬上爬下，无怪乎被视为伟大工程之一。

被悉尼人称为"Coat Hanger"的悉尼大桥默默无闻肩负着当地交通枢纽重任，以及其绝佳的地理位置，如今已成为人们心中憨厚朴实的偶像，当地著名景点。

难怪全球众多攀岩高手，包括一般游客，经常云集到桥下，顺着一节钢梁，向上、向云顶攀登。我想此时，人们脚下岂止攀越的是一座大桥，那是人们顺其自然，贴近自然，与自然一起走向和谐，寻找到的各自的快乐和幸福。

绝妙的是，你还可以在这里租到帐篷，留宿在孤岛，然后等到早上，欣赏海港喷薄的日出。这些都像画家笔下的一幅美景，这是自然的给力。

第三站是帮代海滩：在这片延绵蓝色的海天一体与金色地带上，捕捉自己要追逐的海湾，的确是一件极其有趣的快事。

听说帮带海滩是澳大利亚最著名与历史最悠久的冲浪海滩之一。我非常敬佩冲浪者，这是当今世界顺其自然的一个典范。

当然，唯有冲浪者是这里的常客。但从另一角度而言，就我们这些局外人，也能领略到当地人们与海滩不可分离的悠闲自得的生活方式。

金色的海滩，穿着各式泳装的人流，以及远处的星星点帆，奔驰的游艇，天空中飞翔的夜鸟与飞流的白云，构成一个快乐安逸的"清明上河图"。

快来与我们一起跃入那湛蓝、纯净的海水中畅游，向五彩斑斓的鱼儿 say“嗨”,或亲临各大赛事现场,体验这里酣畅淋漓、与众不同的夏日风情吧！眼前这些看似自然的东西,又何尝不是一种艺术再现呢?

第四站是达令港:这里是悉尼另外一个集聚游客的大本营。达令港有悉尼唯一的赌场及其主要娱乐馆、购物中心、繁华饭店等,还有悉尼水族馆与码头众多配套服务设施。

当日周末,众多城市居民,云集在餐厅或路边,手上高举着装满酒的杯子,餐桌上没有佳肴,但相互之间十分热情友好,他们的那种随性自由的生活方式,让我们羡慕不已。

在澳洲流行着一首名叫《没有啤酒的酒馆》的歌,有这样几句歌词,说得十分悲恸:

离开亲人很是孤单
夜晚围着篝火
但是什么也比不上站在没有啤酒的酒馆里
更加孤单、恐惧和抑郁……

正如澳大利亚自由党政府的弗里泽说过的:“生活本来就是不容易的。”时至今日,当地人一直记得这句话,并且不无悲伤地引用这句话。

如今,这里已成了国内外游客游览悉尼的主要落脚点,因距离各知名景点不远,又有许多适中价位的特色旅馆、餐厅和酒吧等,素来有“伦敦生活区”与“纽约时代广场”之称。据一家世界著名机构调查,全球幸福感排第一的国家是澳大利亚。

老百姓的品质生活,在这里得到完美诠释。

可能与我做过国有建材企业老总的经历有关系,在澳大利亚我特别关注当地建筑风格,当然这也是当地给我们的最直观的解读。

建筑如一个现代城乡的窗口,让我们这些初来乍到的人,能通过这里,探视到他们的灵魂深处的心声。

沿途我发觉,澳大利亚建筑师擅长小规模、细致的工程,尤其是擅长遗产保护。大约到 19 世纪中期,淘金工业带来的收入,才使当时的公共设施添了一些华丽。

通常澳大利亚城市里是一些低矮小平房,每幢占地 1/4 英亩的样子。一般建筑都保留着建材的本色,如前面提到的悉尼歌剧院,或者使用常有锈色的材料,如钢构、木头等喜欢裸露在外,颇有怀旧感。而宗教文化特征,如彩色玻璃或者墙面花边,带有装饰的柱廊、前厅及精美的天花板浇铸,都受到欢迎。

澳大利亚的气候,更适合复制加利福尼亚、地中海和亚热带地区的建筑风格。大年初五晚上,我们来到黄金海岸一位叫霍尔的中产阶层家中坐客。霍尔是一位航海船长,可能与他游四方的经历有关,从他家房子装饰到家私以及物品陈列,都带有众多国家文化元素,或者说简直就是一个世界百科全书。

霍尔的夫人是一名医生,他们都是各自离异重组的家庭。如今霍尔仍做着他的航海家的梦想,而其夫人则做起一名全职太太,经营着自己这份来之不易的爱情。

对于我们的到来,他们一家十分高兴,带着我们踩着他家中的高级地毯,随便我们参观他们的三房三厅,直至卫生间、走入式衣柜等都毫无保留地让我们参观。

霍尔在当地只算是中产阶级,这幢别墅仅为 50 万澳元,同比中国房价自然便宜多了。如今澳大利亚老百姓最自豪的是,他们的房价非常公道。这是我们中国自叹不如的。

近年来,澳洲建筑师还十分注意节约、回收利用等问题。遗产保护是一个特别活跃的领域,其范围广泛,包括土著人的“神圣之地”及岩石艺术珍品。

建筑是城市的灵魂,也是文化的窗口。我对澳洲建筑的慢节奏颇感兴趣,如悉尼歌剧院经过十多年的建造,才有了今天这份最年轻的世界遗产。其实,他们对生活也讲究着一种慢节奏。

为此,有人对我说,澳大利亚人是世界上最“懒惰”的人。我觉得,这是对他们“休闲”理念的误解。

因为在这红尘滚滚的忙碌的世界,人们已让巨大的竞争逼疯了。为何不可以在周末与家人共享天伦之乐,或者进行活动,包括开展一些户外活动，做自己想做的事情呢？

看着你的血压慢慢降至正常，延长了你的生命，这样的慢节奏有什么不好呢！

还是要善待自己吧！当今这个世道，无论是做经济还是做社会，其背后一定离不开文化支撑。而最后决定经济社会的竞争力，是文化竞争力。因为文化决定经济社会的差异与差距，艺术则代表文化水平的高低。

长期以来，人们往往只关注经济社会总量，而忽略了文化这个软实力。为什么一方面我们的经济社会在拼命发展，一方面老百姓的幸福指数反在降低？

用哲学的眼光看，任何经济社会发展都不能靠蛮干，这里要讲究艺术。

这个艺术就是我们经济社会发展的一个度。就需要我们还原一切事物自然的本色，千万别让那些花里胡哨的东西，替代或冲击我们的文化。

老百姓要的是真正的文化艺术，而不是人为包装修饰的伪艺术。我们千万别落入浮躁华丽的装饰陷阱，我们需要的是真善美，追求艺术的本色。

早在1873年，英国一位叫安东尼·特罗洛普的作家，写了一本《澳大利亚和新西兰》，其中对澳大利亚赞叹道：

> 你一直在开车，什么也看不到
> 直到你最后简直要放弃看不到什么东西的念头
> 但是，感觉仍是不错
> 在我去过的所有地方中，这个地方
> 似乎是最适合深思的地方

一路走来，澳大利亚的地大物博让我觉得有走不完的路，而幸福和休闲享乐型的生活，又让我觉得这里是全球生活品质最高之地。

在澳大利亚这样一个地方，人的两眼最易发呆。在人生这个最短暂的日子中，恐怕生命最后悔的是，活着时没有到澳大利亚去享受绝世的寂寞。

当然，这与深思与奋斗没有关系。而一旦与梦想上挂钩，我又要奉劝人们：澳大利亚不是干事业的地方！要干事业，就到中国去！

布里斯班是我这次行程中的第二个城市。作为昆士兰州的首府，目前排名澳大利亚第三大城市。在国内几周前的新闻报道中，说这里遭受了百年未遇的水灾，整个城市都飘荡在汪洋大海之中。

来到这里，洪水留下的创伤随处可见，主要是海水倒灌，这里百姓的一楼以下均泡在水中。有趣的是，当洪水退去，清点损失时，惊讶地发现，动物园内的动物没有一只死于水灾。科学家分析，可能动物已提前预知灾难临头，迁徙到地势较高的地方。这些动物远比人类更仔细地倾听和感受大自然"母体"的信息，它们的生存能力或许比人更强。

2月8日，布里斯班市长纽曼告诉我们说："这次洪灾，整个城市的损失高达4.4亿澳元，最大的损失是海道水毁工程。"面对美丽城市的惨不忍睹，老实说，谁都没有兴趣去欣赏当地的景点。

我们仅在南岸河滨公园停顿了一下，那里原本是1988年万国博览会的展地。展览结束之后，当局原本想改建成公寓住宅，但遭市民反对，所以改造了一个亲水公园。

时过境迁，这里给人们仅留下一段历史的记忆。我更喜爱的是那条穿城而过的大河，浑浊的河水像我国的黄河，把人们的所有烦恼与惧怕带入滚滚大海。

我们的汽车，爬上一座铁桥时，导游老王介绍到，这就是澳洲著名的故事桥，由澳籍工程师 John Bradfield 博士设计，他同时又是我们前几天见到的悉尼港大桥的同一设计者，虽然故事桥的知名度不及悉尼港大桥，但它采用百分之百澳大利亚钢铁，比起利用外国建材的悉尼港大桥来说，故事桥更是澳大利亚人的骄傲！

多好的名字，但故事桥背后没有故事，让我们失去了探究的雅致。中午，在布里斯班一家人山人海的中餐馆内，我们草草地吃了一点。在生活上我们没有任何奢想。

我们不想给布里斯班增添麻烦。下午，远行到100多公里以外的黄金海岸。这是澳大利亚最负盛名的度假胜地，在连绵70多公里是海岸上，蓝天、白云、大海、沙滩、美女成了这里一个永恒的快乐主题。

第二天，天不亮我们就起了床，去赶9点到大海捕鱼抓虾的体验活动。到达后，说要改为11点上船。这天，刚好风大水寒，来时我们仅穿了短裤薄衫，而码头边连一个挡风的地方也找不到。

考虑在码头白等两个小时，大家很反感。为此，我们只好忍痛割爱，但我对旅游公司的草率做法，怒火万丈。加之导游又是一个不会办事的人（或许是过于"懒散"的原因），我即与国内公司联系，责成他们尽快处理好此事，并对我们下步澳洲行程做好服务。

开始他们还推托是这个原因那个原因，我很直率并一针见血地说："千万别找托词了。错了就认一次错吧，免得新年大家都不开心！"

本来十分美丽的黄金海岸，在我们面前一下黯然失色，成了游子心中"黑"色海岸。

我的两眼一下子傻了。

阳光呢？

温暖呢？

望着一浪高过一浪的涛声，我们想要寻找的快乐与幸福统统化为泡影。

墨尔本，是我们这次澳洲行程的最后一站。考虑到黄金海岸变成了"黑"色海岸，现在又从"黑色"转为"墨"色，我仍放不下心，长长叹了一口气。

一出机场，我们就放弃了原定去上百公里外一家废址金矿参与河里淘金的项目。因为我们一朝遭蛇咬，十年怕井绳。心中害怕遥远的路程过去后，再遇到什么不测。

干脆一不做二不休，直接改去皇家植物园参观。原来墨尔本是一个因金矿致富的城市，历经200多年欧洲殖民的文化洗礼，如今墨尔本散发着现代又不失典雅的都会气质。

刚好友人卢先生从杭州回澳洲过年，听说他的家就在植物园边。联系上卢先生，他即与夫人一起，早早地等候在植物园门口，并随我们一起游园。

建于1845年的植物园，以19世纪园林艺术布置，内有大量罕有的植物和澳洲本土特有的植物，汇集了数万种奇花异草，还有千年的古树，小桥流水人家。

据说，墨尔本这座不大的城市，有500多个这样的植物园，整个城市都生活在森林之中，或者说墨尔本城市就落在大片森林中。城市很多道路都是在森林中穿行，如果不是偶尔驶过的公交车提醒你，你一定以为自己是在某个森林中探险。

森林起伏不平，道路也是顺势而建，一会儿上坡一会儿下坡，许多珍稀野鸟在你头上盘旋，人分明有世外桃源的感觉。许多澳洲人都喜欢在树林里慢跑或骑车，所以在林中或湖泊边都建有步道和自行车道。

在这样寂静的森林里，接受阳光雨露花草的恩赐，人的灵魂也会一下飘起来！只听见自己的呼吸，觉得这世界仅你一人生存。而在我的故乡——中国，城市何时不再是“只长楼，不长树”的水泥森林，农村何时不再是道路崎岖，人迹罕至的穷乡僻壤呢?!

去卢先生家的路上，他又带我们参观了“二战”时期修建的纪念馆。馆内极简，庄严肃默，一本本翻开的烈士名册，让人们默默记下这些英魂。今天百姓的安康幸福，是用他们的生命换来的，无疑要好好珍惜。

顺着楼梯，盘旋上到塔顶，整个墨尔本高楼林立，森林一新，英姿尽收眼底。从纪念馆翻过一条马路，我们来到了植物园对面17楼的卢先生家做客。泡上杭州龙井茶，端来临安的山核桃，煮沸一壶当地著名的咖啡,让我们一下子有了回家的感觉。

从他家大厅的落地玻璃窗望出去,整个皇家植物园全景图凸显在眼前。不远处是英皇总督办公楼,米字星旗在风中飘动着,像是在向我们招手,又像是在为卢先生家擦窗。

植物园花草散发着花香,黑天鹅在公园里优哉游哉,人的眼睛得到了强烈的滋润和满足。尤其是早上太阳升起的时候,他们可以足不出户,看着太阳是怎样慢慢爬出大海,慢慢放射出万丈光芒,慢慢给大地带来温暖。

这样慢慢地享受人生,才不枉为人吧! 卢先生拍着我的肩说:"一到这房子里,我两眼只会发呆,什么事也做不了!"

我说:"中澳让你选择一个国家呢?"

卢先生斩钉截铁地说:"如果让我重新投胎,我要选择澳大利亚。"

"哈哈,哈哈!"晚上,卢先生在当地华人办的锦江酒店宴请我们。这里紧挨着唐人街,据说伴随着19世纪中叶的维多利亚"淘金热"而形成。

街道至今保留着传统中式建筑,也留下许多"第一":不仅是澳大利亚最古老的唐人街,而且也是西方世界所有城市中最长的一条唐人街。尽管许多当年淘金人的寓所已经不复存在,但当年的诸多建筑遗迹至今依然保留,使这条街道看上去成为古老的中国传统建筑长廊。

墨尔本母亲河从城中穿行而过,对岸铁路站修建成一节节的车厢模样,沿河的步行街上,人们不紧不慢地行走,偶尔有些跑步的男女也是慢悠悠懒洋洋地迈步,甚至水中的鱼儿也是慢条斯理地游弋。

卢先生打开从家里带来的当地最好的红葡萄酒和白葡萄酒,点了当地最好的海鲜佳肴,欲让我们在异国他乡享受一次过新年的味道。

酒桌上,我第一次听到了关于葡萄酒的动人故事。在墨尔本的亚拉河谷,由于雨水带来了湿润,以及当地充足的阳光与适合的气候,早在1860年,来自欧洲的移民就在北方开垦葡萄园。

据统计,河谷目前集聚了 50 多家酒庄,每一家都生产独特风味的葡萄酒。有些品种还获得了许多国际大奖。在这里每年都会举办一次为期两天的酒食节,当地居民会拿出最好的葡萄、食品和葡萄酒,来庆贺自己这个快乐的节日。

先前我们去过的悉尼,有一个叫猎人谷的地方,由于猎人河穿越其中形成河谷而得名,其也是澳大利亚葡萄酒的主要供应地。这里集聚上百家酒厂。

有澳大利亚葡萄栽培之父之称的 James Busagy 对当地贡献最大,不仅在这里种植了几千亩葡萄地,还在澳洲建立一家农业高校,传授着他在法国学习的葡萄栽培与酿酒方法,使澳大利亚葡萄酒有了传人。

喝什么酒呢? 出于法律的缘故,澳洲的葡萄酒是根据制造酒使用的葡萄而命名的,不像欧洲的葡萄酒根据产地命名,如波尔多、博若莱。同时,由于澳洲葡萄酒是用多种葡萄酿造的,通常果味十足,但不冲。

借此机会,我可以向大家推荐怀特德 · 弗莱《假装的艺术》一书,专门教你如何"看起来很懂酒",都非常适合当下的语境。

很长时间,我不习惯品红酒,总觉得那是"星爷"们在搞笑片中的表演,说喝红酒时"要把舌头卷起来,便于舌尖品到甜美,避开两侧品到的酸味、舌根品到的苦味,让热乎乎的葡萄酒在嘴中充分游荡"。那种先甜后苦、亦苦亦甜,宛如初恋的感触。

我是刚开始品尝葡萄酒,与法国葡萄酒相比,我更喜欢澳洲葡萄酒。按照卢先生的指点:可能库瓦拉河谷(南澳)和猎人谷的红葡萄酒口感更好一些,而巴罗莎(南澳)的白葡萄酒、玛格丽河谷(西澳)的赤霞珠及美乐,以及东部各州几乎所有的莎当尼白葡萄酒,赤霞珠—美乐混合红酒目前也较流行。而长相思—赛芙蓉是一种不错的起泡白葡萄酒。

看来,如果你厌倦了大都市生活的烦躁,或也厌倦了田园生活的单调,那么你就可以到悠闲的墨尔本来。

酒桌上,我仅能从经济学的角度,告诉人们"红酒指数",它是为稳定高档红酒的拍卖价，伦敦国际酒类交易所从世界各地选出具有代表性的酒庄，挑选其中最优质的红酒作为成分股，将每月平均交易价，按照内部点数换算机制，编成市场指数，按月公布。

“红酒指数”作为投资者或消费者买卖红酒的参考。由于好的红酒价格不菲，而红酒爱好者也多属于富人，通常“红酒指数”又被视为“有钱人指数”，从中可以窥见上流社会消费意愿与投资动态。

听卢夫人介绍，澳洲对司机管理比较人性化，每一位司机都可适当喝一点。同时，在那里的酒店均设有酒精测试仪，提醒人们千万别醉酒驾车。

那么好的葡萄酒，不喝一点多冤啊。如果你要找澳洲最好的葡萄酒，非彭福农庄的罗纳葡萄酒莫属。它的原料是南澳的一种希拉子红葡萄。自 20 世纪 50 年代生产出来，60 年代名声大振，根据生产年代，每瓶 200～400 澳元不等。实际上，人们经常将其买来收藏，作为投资(一般至少保存 15 年以上)，而不是买来喝。此酒是当地经典产品。

“我能高飞，像只鹰，全因为你是我翅膀下的风。”澳洲的葡萄酒，勾起我大年三十看春节联欢晚会，一首《春天里》中歌词记忆。

轻轻地呷一口澳洲的红葡萄酒，真有一种触动人们心中那柔软的神经，唤醒人心底的“春天”。没有什么比理想的复活、信念的重塑、梦幻再一次飞翔，更令人欣慰的了。

如此，“凭栏饮灯酒，酒暖思乡瘦”，真的又是一种滋味涌上心头。

我不是旅行家，也不是驴友。

大多时间与你一样，在这座城市里穿梭，或在电脑前敲打键盘。

一趟澳大利亚下来，仅是整理一下行程，统计一下穿越了多少城市。也许这些文字很单薄，但足够私人，足够独家。

澳洲令人两眼发呆的地方真的很多。在墨尔本有个港湾环绕的海岛，大约数千年前在沙丘中形成的洞穴，成了当地可爱的小企鹅的栖息地。

在这里有成千上万的小企鹅，据说它们是全球十多种企鹅中体形最小的一种。铁蓝色的背套与雪白的胸袍，看起来既可爱又帅气。

小企鹅通常在日落时上岸，日出后慢慢地离开，最让我感到不可思议的是小企鹅能列队游行，那气势既十分伟大又非常壮观。

而到天堂农庄参观，人可以与澳洲珍稀国宝考拉、袋鼠亲近。尤其考拉特别可爱，细看有点似我国的熊猫，它主要吃当地的桉树叶生存。

由于桉叶有一种麻醉效应，考拉吃饱后，每天都要昏睡 20 来个小时。见它抱着树枝睡觉，无论你如何弄它，都如深睡的孩子，一动不动。它那深睡的样子，仿佛一个绒毛玩具。

我让女儿抱着考拉拍了一张照片留念，考拉十分乖巧。当然，这是一个十分难得的机会，因为澳大利亚大多数州都已立法禁止游客抱考拉，仅剩该农庄所在的昆士兰州还开放。

悉尼西部有一个蓝山国家公园，是世界文化遗产之一，这里以广阔的自然景观著称，海拔有一千多米，群峰巍峨，峡谷深深，瀑布高悬，无论是云雾朦胧，还是阳光明媚，这里始终被一层蓝色遮蔽，显得异常美丽，并透着神秘。

据说蓝山因此而得名。为何有这样诱人的蓝光呢？我从当地原住民口里得知，由于这里桉树集结，树叶散发的香味与湿润空气交合，产生这种蓝色，比空气更纯，比碧海更清。

在如此天堂中，世世代代生活在澳大利亚的祖先们，谁也不会忘却他们那充满血泪的过去。在澳大利亚中西部，通地沙漠，原住民在这险象环生的荒漠中，与大自然和谐生存。他们活得很坚强、快乐、健康，是这地球上少数的真诚人类。

对原住民来说，不是他们拥有土地，而是土地拥有他们，人类和其他生物都属于大地，没有了土地，他们就失去了精神家园。因此，当英国人宣称，澳大利亚大陆不属于谁，任何人都可以占有时，这对原住民的确是一个灾难，他们遭到侵略者屠杀，乃至“人种改良”。

直到 1976 年《原住民土地权利法案》通过，原住民才有了一个安宁的生活。人们忘不了，2008 年澳大利亚总理陆克文在国会上，向原住民道歉，这也提醒着我们现代的文明，必须尊重大地，必须尊重生命。因为这是世界仅存的一块处女地，仅存的一个纯净文明。

飞到墨尔本，当晚我们住在当地皇冠大酒店。这天，我们从卢先生家拜访回来，她夫人亲自驾车送我们到酒店。下车后，我们在上酒店电梯上，用房卡按楼层号时，怎么也显示不出。

这才发觉是走错了酒店，原来皇冠酒店，在墨尔本有三处，好在酒店相互之间，有专门天桥通道连接。在每座楼层均设有博场。老虎机吐币的哗哗声，比大小抛筹码的噼啪声，摇骰子的咔啦声，中彩与不中彩的惊叫声，成了这个城市日夜的主旋律。

后来得知，墨尔本已成为继中国澳门博彩业之后，列为全球第二大赌场。我从未涉足过博彩，当随朋友参观时，我也试着在一个比大小的 17 数字上压了 10 澳元的筹码，竟中了 62 倍翻的大奖。

什么叫一夜暴富，什么叫刺激，赌场能让人惊心动魄，也一定让人魂飞魄散。当然，赌场的制度设置，没有胜利的赌家，只有凯旋的庄家。在这里，识时务者为俊杰。

墨尔本还是全球体育业最为发达的都市。我来之前几日，中国的李娜刚在这里捧着银色奖盘，站在罗德·拉沃尔的奖台上，银色的奖杯离她只一步之遥——这已经是一个历史，从来没有一个亚洲网球球员在大满贯单打赛场上站到过这里。

一万五千多名观众把震动澳网中心场地的掌声送给聚光灯下那个中国女子，主持人把她叫做中国的“民族英雄”。

我到墨尔本当日，在这里又见到老家杭州绿城足球队，抵达墨尔本开始为期 12 天的澳洲拉练。这期间，亚冠附加赛将燃起战火，绿城亚冠小组最后一个对手将在 19 日出炉。这里每月都有全球性重大体育比赛，澳大利亚已实现了全民健身运动，这是一个国家、一个民族的真正希望。

澳大利亚老百姓有钱不惜花在健身上，把身体练得棒棒的，远离医院；而我国正好相反，忽视全民健身，把钱都不惜投在吃补品或排队看医生上。

每当夺冠的时候，竞技场上就会响起澳大利亚国歌。一路走来，我对《前进，美丽的澳大利亚》已耳熟能详：

欢笑吧！澳大利亚人
我们自由而年轻
灿烂的蓝十字星座高高照耀
我们凭着双手和赤诚的心辛勤耕耘

看来，所谓旅行，就是从一个自己厌烦的城市，到另一个或许别人厌烦的城市吧！在这个风和日丽的日子里，我看到身边的人纷纷启程，除了回家，无数的人都在路上——

桑巴与足球的诱惑

桑巴和足球的故乡/深深进入我们的灵魂/你是我们心灵的圣坛!

——安德烈

有这么一个美丽可爱的地方,那里兼有北半球的浪漫和南半球的热情,有热力四射的桑巴舞曲,有激情迸发的狂欢节,有神秘茂密的热带雨林,这些令人难以抗拒的诱惑,令我们惊叹"上帝是巴西人"。

在我的脑海中,那里还是"足球王国",多少人为足球折腰。记得那天,当国际足联主席布拉特宣布巴西获得2014年男足世界杯主办权时,巴西百姓为此倾城而出,在等了长达半个多世纪后,世界杯盛事终于再度降临巴西。虽然拥有着五夺世界杯冠军的辉煌,但巴西人也有自己的窘事——他们从未有过在本土夺冠的经历。

在世界杯开赛前夕,我能去巴西公干,自然是一件特别快乐的事。此时那片足球王国的热土,到底会带给我们什么惊奇与期待?要知道,我去年就曾计划出国,最终因工作忙而放弃。今年出国又遇从严限制,在我忐忑不安之时,我们的出国培训团,如愿以偿,这或许是一种缘分吧!

我们这次赴巴西、秘鲁的出国费用,全部由世银买单。这些年人家每年有三五十个亿的美金贷款投放在中国。在以GDP论英雄的时代,资金紧张已是常态。但我在工作中常遇到一些地方说他们"不差钱"。我就想,对民营经济发达的地方,也许一时半会儿"不差钱"。

其实，全球性的金融危机，不就因为缺钱？前年轰动全国的温州资金链断裂，企业家逃债或自杀，也是因为缺钱。

同样1元钱，内资与外资又不一样。外资跟着进来的还有"要素包"，把人家先进理念、先进技术、先进人才、先进制度等，都带进中国。加之，少数单位或部门人员思想僵化：为什么就你可以出国，为什么不能给没有机会出国的人享用？当出国变成一种福利，那是一件多么可怕的事啊！事实上，目前不少单位出国经费，基本又被少数领导垄断，中国的事情就雪上加霜了。是啊，物极必反。十八大以来，新一届政府从"四风"整治入手，并非没有理由。原谅我扯远了。还是尽快跟着我们的脚步，快快走进那片渴望的土地——

美好的城市
充满了愉悦
美好的城市
我的祖国巴西的心脏
桑巴和足球的故乡
深深进入我们的灵魂
你是我们心灵的圣坛
愉快地歌唱

在蓝天白云、温暖如春的南美12月，再没有比这首《美好的城市》更令我们热血沸腾了，在巴西随处都可以听到这一熟悉的旋律。

与巴西的天高云淡不同，我们举国上下正遭遇雾霾的痛楚，飞机上我不断在想，难道真的是"外国的月亮比中国的圆"？随着制造大国崛起，一些企业以牺牲环境攫取血汗钱，已经十分疯狂！我们不得不承认，雾霾已让我们的月亮黯然失色！想到这几天中国嫦娥玉兔登月，我对同伴们开玩笑道："为让月亮比外国更圆，中国正在行动！"

到了巴西。从飞机俯视下去，巴西拥有辽阔的农田和广袤的雨林。据说巴西的国名，就源于巴西红木。我从英国智库经济与商业研究中心公布的最新年度全球经济体排名得知，巴西的经济规模已首次超过英国，成为全球第六大经济体，这让我十分惊叹。

今天我们要降落的第一个城市叫里约热内卢(Rio de Janeiro)，在葡萄牙语中意为"一月的河"，位于巴西的东南部，来到这里你会发现，里约市坐落在美丽的海湾，海抱城，城抱山，依山傍水，城市处于湖泊山峰间，风景优美，景色奇特。

确切说，城市中有大海也有森林，乡村中有大山也有高楼，这是一个很值得品味的城市。但考虑我们身担世行学习任务，除了8小时之外，我们没有时间游山玩水。即便有深层次了解巴西的冲动，也只能独自咽下这一垂涎欲滴的口水，痛苦啊！

那天我们走出机场，沿途却是依山而造、层层叠叠的贫民窟，甚至正在修葺的足球场周边，也是连绵不绝的贫民房屋，像苔藓、像皮疹，影响着里约城市的面容，真有点大煞风景。负责接待我们的卢女士告诉我们，之所以这么好的位置让穷人给占了，是因为很久以前，在富人的选择中，认为傍水的位置才是好地方，因此他们大都到海边建房筑屋，而穷人就到没人去的半山脚落脚，那时政府对于建房没有规划，等到觉醒时，穷人们依山傍水安营扎寨，已形成一支浩浩荡荡、不可阻挡的洪流。一见面，其实里约留给的我第一印象并不好，甚至令人讨厌。

我们的车，非常近距离地穿过贫民地带，居住条件之差难以想象。我问卢女士，他们的生活怎样？她说，他们中有打工的，有靠乞讨过生活的，生活水平肯定很差，但差到什么程度不得而知，因为贫民窟是谁都不愿冒险进去的，更别说了解他们了。

待我们办好入住酒店手续，时过半夜。我翻来覆去难眠，记得在《里约大冒险》中，这里曾是浓郁的绿树，清澈的湖水；而在《速度与激情》中，这里又破败落后，肮脏一气。面对神圣与魔鬼同舞的城市，此刻我就想早点躺下，缓展一下坐了几十小时飞机的煎熬，即便梦中遇见里约的恶魔，我也感到幸福，因为毕竟走出国门了！

在里约，我们耳畔回荡最多的，是那首《伊巴奈玛的女孩》旋律：“世上无可比拟的优雅／就是她，那个走过来又走开的女孩／在通向海滩的马路上，她的步态甜美而多姿／那女孩有着金色的身躯，伊巴奈玛的太阳赋予的身躯／她婀娜的步态比所有的诗更像诗／是我一生中见过的最美的物事。”

女孩名叫艾诺伊莎，20 世纪 60 年代还是个中学生，每天放学都要经过里约蒙特尼格罗大街。一天，诗人莫拉伊斯和作曲家汤姆·若宾正为写作音乐剧冥思苦想，正好艾诺伊莎路过酒吧门口，她的仪表和步态深深打动了艺术家。于是，这首歌曲与海浪形成一个美妙的天籁之音，征服了所有里约人。同样，当我们一踏入这里，也被带入和融进这一浪漫的地方。

我们所住酒店紧临大海，海浪拍打着海岸，发出的涛声就像一首催眠曲。其实，在这种梦境里，谁都会美梦连连。第二天，一觉醒来，晨光已照到床边。从窗户眺望，美丽著名的瓜纳巴拉海湾，像一位晨练美女活力无限。太阳似巴西产的巨大宝石，水灵灵地跳出海平面，并光芒四射。

乘人们还在睡梦中，我走到大海边。一望无垠的金色沙滩，静静地等候脚印丈量；宽广无际的碧海蓝天，激情澎湃地等待我们耕耘。远处，白色的游艇和帆船如星星一样散落在蔚蓝色的水面上，把美丽的瓜纳巴拉海湾装扮得更加耀眼。近处，林立的高楼、错落的房屋，把里约映衬得更加繁华。最让人窒息的美，是拥有着新月形沙滩的月亮湾，让人恨不得生出翅膀，与蓝天白云共舞，落入碧海长眠不醒。

晨练的人更多的是沿着海边的跑步道运动，很像在推动着大海这一巨大风车旋转，而那些在看海、听海和冲浪的人们，又像是弄潮儿在寻找属于自己的机遇。不少年轻人在沙滩上踢足球，就像在踢着大海那轮刚升起的太阳，每一次射门都是太阳走向大海深处。我十分欣赏他们全民健身的做法，当地人古铜色的肌肤，那是阳光颜色，那是浪滩颜色，那是大自然的本色，向人们传递着一种健康、活力与爱。

因为我们到里约是周末，不能公务活动，我们一方面抓紧倒时差，一方面在附近多走一走，多看一看。在瓜纳巴拉海湾，一座巨大的山横空出世，当地人美其名曰面包山，可能是因为山的形状。因为这里是出海口，山的战略地位就不一般了。一打听，果然这里是里约最早的军事要塞，现在山脚下还保存着当年保卫里约市的古城堡。现在我明白，老百姓为什么叫它面包山了，就像《列宁在十月》电影中的一句经典台词："馒头会有的，面包会有的。"因为"枪杆子里面出政权"！

海湾有一座长达数十公里的大桥，叫尼特罗伊大桥，就像一条巨龙，横卧在大海上。这一建于 20 世纪 60 年代的大桥，提醒我们巴西曾经有过的辉煌。紧临大桥有一个海上钻井平台，刚好一首飘着五星红旗的中国油轮划过海面，蓦然让我对巴西这一发展中国家刮目相看。

在游船上，我见到了当地现代艺术博物馆，它坐落在尼特罗伊市伊卡拉伊海滩边，是巴西名声显赫的现代建筑艺术大师奥斯卡·尼梅尔(生于 1907 年)亲自设计的，建筑造型既像一盏名贵的"威士忌酒杯"，欢迎八方来客，又如一个"空中飞碟"，飘浮在碧海蓝天之中，给人一种现代建筑艺术美的享受。

在海湾，我还见到马拉卡纳体育场，这是我们常常在媒体中见到的足球场馆。它是迄今世界上最大的体育场，据说可以容纳 16 万名球迷，建于 20 世纪 40 年代。在 1969 年的世界杯预选赛上，巴西与巴拉圭的比赛迎来了 183341 名球迷，创历史纪录。如此精确的数据，我想不是为了炫耀，而是说明了足球的力量，足球文化的伟大。

紧贴海边的是巴西第二次世界大战阵亡烈士纪念碑，我们是怀着沉痛心情走进去的。地下为陵墓，存放着烈士的棺木，地面为博物馆，墙壁绘有反映战争场面的壁画。在那里的留言簿上，我用中文写了一句话："中巴友谊，万古长青！"广场有长长的一列军车停放着，开始我以为是道具，走近一看，是十多位老军人收藏的一批"二战"旧式军车。见到我，他们十分热情地邀我留影。也许我也曾经是一个军人使然，我爬上一辆很酷的军车，充当了一回演员。他们之所以要让人们记住那段历史，我猜测，是因为这里有他们长眠不朽的亲人，或者是他们那颗正义的、良知的和不安的心在作祟。

巴西有句谚语："上帝花了六天时间创造世界，第七天，他创造了里约。"用上帝整整一天时间创造的城市，当然绝不只是一种表情，上千万人口，不同的肤色，不同的种族，极端贫穷与过度奢华并存，但却没有发生宗教和种族纷争。人们不停地埋怨社会或抗议示威，但街头热情的桑巴舞步却从未停过。五光十色的社会旖旎，在这里汇成一片奔放粗犷而又色彩斑斓的生命之歌。

当然，里约城市也有自己的不幸，由于附近工厂废水废物不断向瓜纳巴拉湾排放，海湾内水资源受到严重污染，附近生物大面积死亡，当地政府为治理瓜纳巴拉湾的污染问题，不断投入巨资整治，但对附近工厂的污染源控制不力，使得原本美丽的海湾慢慢污浊不堪。我向接待我们的卢女士打听："这里海水，怎么像巴西咖啡色?"我不知道为什么，她不肯告诉我真相，反而强调说："海水就是这个样子!"也许家丑不可外扬。就像前几年中国对 PM2.5 认识也不一致，直到近年雾霾愈演愈烈。好在里约一直给了我们蓝天白云，多少让我们在中国连呼吸都很沉重的心，得到了一丝安慰，见到了一些希望。

我喜欢里约的旧城区，因为那里更能体验《伊巴奈玛的女孩》演绎的经典。日光下，旧式的楼房一层一层错落地向下排列，不远处的尽头是一片蓝色的海湾。老街很多小巷和街道都由碎石子铺成，石缝间的凹凸在清晨和黄昏的阳光下，闪烁着最自然的美感。

而无数艾诺伊莎，正踩着碎石子路，甩着厚厚的赤褐色头发，露着汗湿的棕褐色肌肤，微笑地向我们走来。多像在我的故乡，那里有走不完的江南雨巷，有一位丁香姑娘，"撑着油纸伞，独自彷徨在悠长，悠长又寂寥的雨巷"。

中国人常说"高处不胜寒"，这里人告诉我"高处最里约"。里约

整个城市的制高点，位于蒂如卡市森林公园内，叫耶稣山，我们无论在城市的哪个角度，只要抬头，我们第一眼见到的，一定就是山顶上那座巨大的耶稣十字架，那种神圣，那种沧桑，那种苦难，那种虔诚，连同人的所有酸甜苦辣被定格。

正如人们唱起的圣歌所言："爱使我们相聚一起/上帝圣灵使我们心灵合一/爱使我们相聚一起/让我们一起歌唱/彼此相爱，心心相系。"虽然我是无神论者，但望着一群教徒们在全球最大的耶稣像前的虔诚，心中还是涌起大海一样的奇妙。

我在一个午休空隙，沿着遮天蔽日的林荫盘山公路，独自爬上耶稣山。那座数十米高的耶稣像，钉在受难十字架上的两手伸展，似两个巨型翅膀，仿佛整座大山将飞翔起来。我不是信徒，但站在雕像前，我还是留下了我生命中最庄严的一刻。毕竟，爱是人类最朴实、最美丽的情感。这座原本只是在宗教界知名的雕像，在被评为新世界八大奇迹后，也很快超越了纯粹宗教的范畴，成为整个巴西如火热情和宽阔胸怀的象征。

就像当年我在西藏拉萨，无论在什么角度，抬头就能触到布达拉宫。此时此刻，在神灵面前，我发觉人是多么渺小啊，最多是一粒沙、一根草、一缕光，所谓生命，应该就是尘埃落定的模样吧！下山路过一座教堂，与我见到的许多欧洲古老典雅的教堂不同，她是一座钢筋水泥结构的现代化建筑，可容纳上万信徒。作为 20 世纪 60 年代的建筑，教堂呈圆锥形，框架呈东南西北的方形，穹顶巨大十字架垂直下来，与墙壁组合好似天梯，当地人称其为天梯(或阶梯)大教堂。

那天梯应该是通向天堂之路，也许有曲折，也许有崎岖，只有不畏艰辛的人，才有希望冲破地狱，走向天堂。在这种环境中，可能每一个人，都会有一种忏悔的冲动。同样，我们西湖边的雷峰塔，鲁迅早就说了"让雷峰塔早点倒掉"吧，结果真的倒了。当地官员不甘一倒了之，前些年又筹资新建，上下塔安装了现代化电梯，佛塔的神圣与虔诚早已荡然无存，真的不明白那些穿梭的电梯，是要把人们引向天堂，还是要把人们带向地狱。

如果有人问我："什么最能代表巴西?"我一定会这样回答："除了

足球,是耶稣山神像!”我们经过短期理论学习后,接着进入实践活动。那天一早,我们搭乘JJ3188航班,从里约前往伊瓜苏,考察世行贷款项目,那座由巴西与巴拉圭两国在界河巴拉那河上开发的、仅次于我国三峡的伊泰普(ITAIPU)水电站。巴西经济学家古尼亚教授告诉我:“20世纪五六十年代,巴西就利用世行贷款,该电站应是巴西迄今做的一个最大的项目。”伊泰普水电站不但具有巨大的工业价值,在旅游开发上,其集技术、自然、环境为一体的做法也值得称道。

空中飞行大约两个小时,伊瓜苏机场小得可怜,机场上奔跑的车辆竟然是拖拉机。到现在我还不明白,拖拉机这种用于农田耕耘的机械,除了马力大、运行成本低外,在机场还有什么优势值得采用。莫非农民赤脚上岸后,拖拉机也跟着进城了,哈哈!

这日,伊瓜苏的气温高达30℃,而我们的故乡杭州正迎来入冬的第一场大雪。当我走出机场,突然想起电脑还扔在飞机上。此时我真的傻眼了,因为我刚在飞机上完成了《运河诗行》一书修订稿。这是为明年运河申报世界文化遗产,我前后花了一年心血的成果。如果出版,首先将填补我国运河没有长诗的空白。现在此稿随电脑丢失,不但对我本人,甚至对下步“申遗”,乃至今后中国文化都将是一个无法弥补的损失。

我急了!我拿着护照冲入机场,冲向停机坪。我不管后面警察用葡萄牙语哇哇地乱叫,我拼命挥动着中国护照,用中文吼着。我不懂葡萄牙语,他们不懂中文,双方对峙比画了一阵子,他们可能明白我在找东西,忙与飞机联系,一会儿工夫,一名警官气喘吁吁赶来,手上捧的正是我那宝贝电脑。我一把夺过来,害怕它再次丢失。这时电脑外壳全是水,我猜是警官手上流淌的汗。就像今年五一节,我家小狗皮皮,不小心被我女儿丢失,那些天我几乎彻底失眠,庆幸的是一周后失而复得。那种状态,如无休无止折腾下去,我想再坚强的生命,也将崩溃。

或许我是幸运的。毫不夸张地说,中国的文化也是幸运的。

绿色是伊瓜苏的主色调,那凤凰树,红的花似火,黄的花黄如金,紫的花似葡萄;那棕榈树,挺立在大地上,仿佛一名威武士兵,守卫着这块肥沃土地；那桉树，高大粗壮，就像彪悍的汉子，每年都把旧衣换新装。还有许多不知名的奇花异草，把这座美丽小城装扮得分外娇美。人在画中，画在人中，如入仙境。

巴西和阿根廷先后在伊瓜苏瀑布的南北两侧，建立了国家公园，现已被列为世界人类自然遗产。公园内林木参天蔽日，野生动植物丰富。有黑身、白脖、长大黄嘴的巴西大嘴鸟，有各种颜色的蝴蝶，还有山猴、蟒蛇和美洲豹等。伊泰普水电站就在这个公园内，当我们走到电站时，手机上百条信息一下迸出，我这才得知，这几天手机为什么“哑巴”了，原来巴西手机信号是如此之差！

“伊泰普”为印第安人土语，意为“会唱歌的石头”。伊泰普水电站坐落在号称世界第五大河的巴西和巴拉圭界河的巴拉那河上。该水电站1974年动工，1991年竣工，装机容量为1260万千瓦，年发电量为790亿度。我们搭乘电站专车，从坝底到水电站房，再跨过巴拉圭国土走上大坝。也许当下它的雄姿，无法与我国三峡媲美，但作为一个跨国界的世行项目，是世界独一无二的。我们在河流的汇合点，还见到了巴西、阿根廷和巴拉圭三国交界处，仿佛久别的三国兄弟，今天在这里幸福地重逢。

在巴西国家公园内，还有一个世界著名的伊瓜苏瀑布，当地土著语的意思是“特大的水流”。15世纪被来此寻找黄金的西班牙人发现。伊瓜苏河奔流到巴西和阿根廷交界处的平原地带，由于突然遇到阿古斯丁岛的阻滞，湖水流到弧形大峡谷的绝壁时，飞泻成一个长达几公里，由几百个大小瀑布组成的庞大瀑布群，形成世界闻名的伊瓜苏大瀑布。

从巴西境内观赏伊瓜苏瀑布，以趋近仰视“魔鬼之喉”雄姿为佳。只见平静的淡绿色湖水，骤然跌入“魔鬼之喉”的喉咙口。湖水先是变成玉黄色，然后成为雪浪，顺着月牙形的悬崖飞泻而下，激起高达数十米的白色水雾。水雾顺风扑面而来，瀑声震天动地。

跌入河崖，变成怒吼的瀑布。这在巴西被演绎成一个关于伊瓜苏瀑布形成的古老传说。那是一个悲伤的爱情故事。相传古时，一个印第安人酋长的女儿爱上了一位印第安青年。酋长嫌弃青年家贫，拒准成婚。美丽的少女反抗无效，挥泪跳崖，投入波涛汹涌的伊瓜苏河，其泪水从此变成了瀑布，愤愤地、不停地向人们倾诉着她那不幸的感情遭遇。

水坝的建设者们非常重视环保，为了保护巴拉那河的鱼类，甚至专门在修建水坝时留置了鱼类的产卵通道，使鱼儿们可以自由上溯到水坝上游繁殖；大批稀有动物也被精心转移护理，保留了种群。另外，还在伊泰普水电站周围的沿岸植树绿化，建造了300米宽的林带，巨型玫瑰红树、矮叶棕榈等，葱翠茂密，使水库边的绿色和周围热带雨林融为一体，成为天然的动植物宝库，保护了库区的水体，回归自然。

高温让人晚上难眠，我们几个干脆下水打起排球来，不知是谁一个"晴空霹雳"球，重重打在我左眼部，顿时星光迸发，我知道不行了。因为我当兵时，此眼受过伤。也就一会儿工夫，眼睛充满血。但当晚是我出国几天来，睡得最香的一晚。一觉睡到大天亮，还梦到了我家可爱的皮皮后来不知怎么又丢失了，可能受白天飞机丢电脑的刺激。

在伊瓜苏，水的生命之伟大，使我得到了从未有过的震撼。是啊，水流顺畅时，生命就会变成一个超能量的电站，将水的势能转化为电能传递出去；而水流逆境时，生命就会变成一个美丽大瀑布，使水的苦难从山冈一跃成为生命的"蹦极"，以另一种方式告慰。

在这里，瀑布让我们再次感到神圣与敬畏，既有充沛的水量，又有落差的气势。有人说，伊瓜苏归来不看瀑，极言其壮美。

离开伊瓜苏，我们又来到全球前十大城市之一的圣保罗。因为我们与巴西经济学家古尼亚教授约好，在圣保罗就如何做好城市化基础设施建设专题讨论。

一出机场，圣保罗城市给我的第一印象是脏、乱、差。我见到世界银行发布的2013年《世界发展指标》报告显示，"金砖国家"中城镇化率最高的是巴西，近85%。联合国预测，到2050年，巴西的城镇化率有望达到90.7%。如此高的城市化率，反令人不安起来。巴西人用50年左右的时间，走完了英美等国耗时一两百年的城镇化进程，从农村社会急速转型为城市社会，导致大量社会问题集中爆发。我愈来愈觉得，圣保罗这个以圣徒为名字的城市，怎么像一个被上帝抛弃的城市。

只要走进圣保罗的贫民窟看一看就会知道，改造贫民窟的难度有多大，巴西未来要为城镇化的失序发展付出沉重代价。当地一位叫伊恩的朋友说到，他的家就是当年父亲在贫民窟搭建起的一座两层简易房，他非常希望能够像他所服务的社区里的人一样，住上像样的楼房。但他和伙伴们都知道，这是非常困难的事情。他们只能继续像父辈一样生活在贫民窟里，唯一不同的就是现在这些房子，有了自己的门牌号码。

古尼亚教授说，近年来，为改善城市卫生及基础设施，巴西实施了一项大规模经济发展计划，即加速发展计划。该计划优先发展基础设施、居民卫生、住房建设等领域，以实现加快经济增长的目标。2010年巴西政府推出的“我的家，我的生活”住房计划，也为城镇贫困居民提供了大量廉价房源。

巴中经济文化交流协会会长徐林告诉我，巴西城镇化的一个突出特征是，农村大量劳动力急速涌进城市，他们只能从事低端服务业，导致服务业的非正规化和劳动力无序流动，这加剧了城市贫民的生活困难。因此，我国的新型城镇化建设，应该引以为戒。

古尼亚教授认为，在今后一段时间内，巴西需要在社会收入分配、基础设施建设、物流等方面做出全面改革。虽然巴西已经实施了一系列诸如“家庭补助金”的计划来调整社会分配收入差距，但这还将是巴西未来很长时间面临的最大问题。此外，巴西还应着力提高国民的受教育程度，加大对教育领域的投入。

我顺口说起中国新型城镇化。日前，中央城镇化工作会议的一些说法让人耳目一新，如“城镇化是一个自然历史过程”，推进城镇化要“坚持使市场在资源配置中起决定性作用”，要“遵循规律，因势利导，使城镇化成为一个顺势而为、水到渠成的发展过程”。中国的城市化发展到一个关键节点，在这里应该借鉴巴西城市化的得与失。

一路上，听当地接应我们的小徐说，巴西无小偷，因为小偷要技术，但是有强盗，巴西枪支公开买卖，持枪抢劫是司空见惯的，抢者要求也不高，一次5～10个巴币就可以，而且被抢者还可以讨价还价。巴西贫富悬殊，富人很富，金融街的许多大老板上下班都是乘直升机的，许多高楼的楼顶都是可以起降直升机的。听到这些，我愕然了，连脚都不敢落在街道上，我在想，人要那么多财富，有什么意义呢?

难怪我想走进圣保罗大教堂，当地人再三阻挠说，圣保罗大教堂太危险。要知道，圣保罗大教堂是南美洲最大的天主教教堂，建了50年才完成，气势非常宏伟，在教堂里还保存着许多圣徒的遗骨，可惜这样一个具有历史人文的景观，我们只能擦肩而过。

即便如此，古尼亚教授还是说，圣保罗是巴西的支柱城市，在巴西流传着这么一句话，“谁能治理好圣保罗，谁就是巴西的总统”。记得圣徒保罗曾说过，世界是神的默示！“默示”两字的希腊原文是“呼吸”，即世界是神所呼出来的作品，我相信上帝既然给了巴西许多得天独厚的资源，就不会让它永远落后下去的。

座谈会前，我们刚好有点时间，就来到门前公园溜达，见到一个巨大雕塑，取名叫开拓者。雕像很有气势，大约有十几米长，庞大石基上的一组人物群体，再现了当年开拓巴西的场景，骑着战马，走在前面的是当地著名的开拓者安东尼奥和拉波索塔瓦雷斯。我竭力想从浮雕上读出点什么，但是一片茫然，难道自由必须以非自由为代价?

座谈会后，我们顺道参观了皇宫博物馆，可惜在修缮。这座欧洲风格的建筑，建在佩德罗一世宣布独立的地方，所以也叫独立宫。进门首先看到的是18根白色的石柱，支撑着辉煌的正厅。正面是佩德罗一世的巨大人像雕塑，两旁也是人物雕像，一南一北各一个，他们就是开拓者铜雕上骑马的两个人，一个是安东尼奥，一个是拉波索塔瓦雷斯，之所以这样布置，是缘于他们开拓巴西疆土时，也是一个向南一个向北的。

因无法进去参观，我们只能沿着皇宫博物馆的花园走了一圈，在独立纪念碑前，燃烧至今的纪念碑圣火，表达着巴西独立的坚强信念。据说，独立后的首位国王佩德罗和王后的遗体，就安放在纪念碑下的皇家小教堂中。这使我想起了顾城的那首《墓床》的诗，“人时已尽，人世很长，我在中间休息，走过的人说树枝低了，走来的人说树枝在长”，我们这些人就是在坟头议论树枝长短的人！

巴西的涂鸦文化也是很有影响的。在走过的这些城市和乡村，在建筑、大桥以及能绘画的地方，涂鸦无处不在。巴西的涂鸦有很长的历史，政府开始想管，但由于发展太快，加之许多作品都是趁半夜没人时画上的，政府的管理力不从心。如今只对不健康的内容进行冲刷。一路走来，我也觉得大部分的涂鸦都非常不错，但我始终不知道，涂鸦到底反映着巴西人的一种什么心理和习惯。

明年世界杯开幕式将在圣保罗举行，但在这里我听到一个反映：世界杯球场属于违建！这样的负面消息，令正在修建的圣保罗竞技场继坍塌事故后再度陷入旋涡之中。圣保罗竞技场作为 2014 年巴西世界杯的半决赛场地，担负着重要的使命，但却并没有得到政府的施工许可。在设计图稿曝光后，圣保罗竞技场一度成为振兴该地贫民区的希望。如今这个美丽却脆弱的球场将面临怎样的命运？

隔日，我们匆匆离开圣保罗这一老百姓缺少幸福感的城市：想看的地方，担心被强盗打劫；不想看的地方，拼命消磨我们的时间。气愤的是，我们之前订好的几张公务舱，竟被机场简单一句话告知：由于机场超卖，我们的票必须降为经济舱。为了减少麻烦，我们顺从了。上了飞机，我们的座位均在应急通道上，比一般座位要宽畅些，正在我们还暗暗自喜：没有公务舱，享受一下准公务舱，也好。可我们的屁股还未坐热，机上服务生说着我们听不懂的葡萄牙语，一股盛气逼人的样子，非要我们将座位调给别人。我们不理睬，他们就像癞皮狗不停吼着，按照我过去在部队的脾气，一定是一拳打过去再说。后来我们发现是调剂给他熟悉的几位朋友，我们愤怒了，但为了华人在外形象，我们始终压着心头怒火。

像圣保罗这样，南美最大城市，世界排老四的国际大都市，对城市化还刚刚起步的中国来说,还是“宁做中小城市中的老大,别做大城市中的老二”!

5

从海滨,到高原,到湖泊,到雨林,我们搭乘 JJ8066 飞机从圣保罗,走进神秘的秘鲁——推开“印加”之门,一个神秘的高原文明。在古印第安语中,秘鲁意为“玉米之仓”,因此地盛产玉米而得名。12 月下旬,利马刚刚进入夏季,正是骄阳似火,这里不刮风、不打雷、不下雨,是世界有名的“无雨城”。

如果说,南美大陆是一个用谜铺成的大陆,那里——遥远的秘鲁,一定是当之无愧的谜中之谜。早在 15 世纪,当西班牙征服者皮萨罗建立利马的时候,他认为这片地方不适宜生活及居住,因为这里常年少雨,地震频繁。冬天的天空灰蒙蒙的,弥漫着闷闷的湿雾。但是他的士兵却认为这里是最理想的地方,因为一旦印第安人起义,他们就可以迅速从海上逃走。他们几乎没有想到这片土地在日后会成为新世界的政治和军事的中心。

应当承认,秘鲁生长过最为复杂的文明,也失落过最迷幻的文化;那里,有着《古墓丽影》里最为宏大和瑰丽的场景;那里,没有人知道哪儿是事实的开始,哪儿是神话的结束。为争取世行贷款,利马当地安排我们到圣达罗沙区进行了实地考察。该区在利马市北部,沿途寸草不生的山上,盖满彩色的房子,那里是利马贫民窟,十分荒凉,不堪入目。因区长在外开会,区长助理在办公室接待了我们,他说:“该区是 1962 年设的区。过去这里的海边是富人俱乐部,如今我们将充分利用海滨旅游资源,发展现代服务业。”

望着门外一片贫民窟,曾做过服务业工作的我心想:“打死我,我也不信,在这样的不毛之地上,可以发展现代服务业!”区长助理可能觉察了我们的疑虑,执意要带我们去看看大海。警车开道,一会儿工夫来到海边,这里一条几公里长的沙滩,几个没有穿裤子的孩子在玩耍,海岸不远处散落几幢低矮平房。在这样地方搞服务业,我总以为是一个美丽的“神话”。

利马城市框架拉得很大,回城时我们沿着一条新建的环海高速路,靠海可谓是富人区,不乏现代摩天大楼,而紧邻的光秃秃山坡上是贫民窟,大小不一的鹅卵石堆积着海岸,粗砾的沙滩上男男女女尽情享受着日光浴,即使头发花白的老太太依然毫无保留地身着令人惊艳的比基尼,健硕的中年男子或站或跪“临危不乱”地卖弄着冲浪的绝技……

利马老城区,建于15世纪,长有13个街区,宽有9个街区,方方直直的,亦被称为“方形利马”。其中有些可称为真正建筑艺术瑰宝的建筑物,有众多的巴洛克建筑风格的修道院、教堂等,内部装饰豪华。由于国家的政治经济不济,如今这些建筑均已年久失修。自联合国教科文组织授予利马人类文化遗产称号后,这些老式建筑的修缮成了公众议论的热门话题。

利马的广场很多,中心广场也叫武器广场,广场建于1650年,四周是总统府、大教堂、利马市政大厦,还有步行街,这个广场也是秘鲁政治生活历程中许多重要事件的见证者。其中,1541年利马市创建人皮萨罗在其新卡斯蒂利亚总督官邸内被暗杀;十六七世纪,广场曾被当做斗牛场和宗教裁判所执行死刑的地方;每当重要节日或庆典,总统在靠近市政府一端的阳台上观看中心广场上的庆祝活动,向公众发表讲话。最精彩和吸引游客的是每天中午时辰,总统府卫队举行隆重的换岗仪式,军乐队奏乐,颇为雄壮。

大教堂坐落在Carabaya街道上,位于广场东。17世纪时这里建成了天主教堂,经历过两次大的地震,除了极少数的断垣残壁被保留外,原来的教堂已不复存在。现在我们所看到的教堂是1755年所建,为典型的西班牙古典建筑。教堂从外观来看相当的雄伟,规模更甚于总统府的建筑。进入到教堂内,可以看到处处是精工细琢的画栋雕梁。过一条大街,有一座古修道院,就是圣弗朗西斯科修道院。圣弗朗西斯科修道院里保存着大量艺术珍品。其中,15张大幅画像组成的使徒群像,被誉为“拉丁美洲独一无二的艺术精品”。

已经傍晚，当地人执意要我们到 Miraflores 区参观爱神公园。朦胧中的公园与临近的太平洋相望，靠海修了一条斑斓的马赛克矮墙，上面写有无数爱情诗句，还修有一个情爱雕塑，引人无限遐想。的确，仍有不少的情侣，面对大海或是窃窃私语，或是缠绵拥吻。

利马市中心繁华地段的帕鲁罗街，老远就能看见街口耸立着的一座绿色玻璃瓦牌楼，镌刻着孙中山先生手书的“天下为公”四个大字，李小龙的功夫照醒目悬着，耳边循环播放着邓丽君的小曲。在利马想找个饭店吃饭很容易，只要看见餐馆牌子上写 CHIFA 这个词就是吃饭的地方了。读起来也是“吃饭”，只是要带些广东音去读，据说这个词正是由广东话“吃饭”转音而来。大多餐馆都是华人开的，地道的中国口味。

就在我们抵达利马这个月之初，联合国工发组织第十五届大会在这里召开。工发组织 120 个成员国出席会议。商务部国际贸易谈判代表钟山率领中国代表团与会并在大会上发言。他说很高兴来到美丽的利马，参加工发第十五届大会，共商工业发展合作大计。钟山先生是我 20 世纪 90 年代初结识的朋友，那时他在一家集团公司任职，我刚从一家省属企业调到机关工作，为此我们还一起合作承担了国内首个企业集团发展课题研究。

我们没有时间与传统安第斯音乐翩然起舞，没有时间到太平洋沙滩逐浪，没有时间登顶“失落之城”——马丘比丘，更没有时间驾一叶轻舟沿亚马逊河顺流而下……我喜爱利马的老街夜景，它有一种迷离的美，入夜，灯火辉煌，照映在古朴的建筑物上。朋友介绍说，秘鲁有一种本地产的印加可乐，在当地人心中的分量远超可口可乐，所以可口可乐公司在秘鲁的销量远不如本土的印加可乐。我要了一瓶，与这里人们席地坐在教堂的台阶上，吹着轻柔的凉风，相拥着看这平和的世界，期盼着明天会更好！

短短八天，我们结束了在巴西、秘鲁的学习考察，从利马搭乘 KL744 航班返航，飞机遭遇强气流，在剧烈颠簸中我想到哲学中的一句话：“道路是曲折的，前途是光明的。”

那山，为什么守着金山还穷潦？在工业化时代，巴西有世界上最丰富优质的铁矿，但却缺少煤炭；有广袤的森林，却要进口纸张；作为棉花原产地，但要从英国买纺织品。同为“金砖国家”，巴西经济陷入滞胀，对此我们应引以为戒。目前巴西的债务主要集中在家庭，居民负债过多；中国则集中在政府与企业，产能过剩。

所以当我从巴西政府公布的 2014 年节假日安排得知，明年巴西要放 8 个月假，在网络上火速传播的“巴西假日安排”羡煞了很多人。尽管真相远不如谣传般夸张，但我在这个桑巴国度的确感受了假期不断的巴西生活：除了 15 天左右的全国性假日和法定的 30 天年假以外，巴西还有五花八门的州立节日、宗教节日、民俗节日等，虽并非法定假日，但大多企业和单位都会让员工休假，调整心情。有人将这种对待生活的态度与知足常乐联系在一起。在巴西有一个广为流传的故事：阳光明媚的午后，一位富翁在海滩遇见了正在晒太阳的流浪汉。富翁感到奇怪：“为何这么好的天气不下海捕鱼赚钱?”流浪汉反问：“赚钱何用?”富翁答：“成为有钱人，然后毫无顾忌地享受沙滩阳光。”流浪汉笑道：“我现在不正与你一样在海滩上享受生活吗?”流浪汉的逻辑是，既然大自然赐予我全世界最好的海滩和美景，何必再多费周章，赚了钱再来享受这些呢？我们在羡慕嫉妒中，也许这是巴西刺激内需的无奈之举！中巴发展经历显示，任何一个部门的杠杆率过高，都会升级增长。

那城，面对城中村，巴西和秘鲁的贫民窟何去何从?《红楼梦》中说道：“倏尔青山斜阻，转过山怀中，隐隐露出一带黄泥筑就的矮墙，墙头皆用稻茎掩护，有几百株杏花，如喷火蒸霞一般，里面数楹茅屋，外面却是桑、榆、槿、柘，各色树稚新条，随其曲折，编就两溜青篱。篱外山坡之下，有一土井，旁有桔槔辘轳之属。下面分畦列亩，佳蔬菜花，漫然无际。”看了这段文字的描写，就会理解为什么大家那么喜爱稻香村了。林黛玉的一句“一畦春韭绿，十里稻花香”，贾宝玉的一句“谁谓池塘曲，谢家幽梦长”，为人们所津津乐道。

贾宝玉家在当时是豪门世家，居住的地方当然是那个时代的“都市”。“都市”中的大观园里有这么美丽的农家田园，里面种植着与人们生活息息相关的稻香瓜甜、春韭秋葱、清塘莲藕、杏林果木、竹林春笋和香草藤萝，极大地丰富了大观园的使用价值、经济价值。稻香村的故事说明，古人们在很早以前就在都市园林中尝试过田园生活，且效果极佳。今天我们生活的现代城市，更应该推行这种田园城市模式。什么是田园城市？田园城市不是街道上绿荫成片的柳垂槐曲，不是公园里迷人的花红草绿，不是河面上游戏的鸟翠鱼翡。田园城市是具有便利的城市特征，又具有环境良好的乡村特征的都市。

乡村城镇化后，乡村就是城市，城市就是乡村，城市和乡村融为一体。城市应与乡村一样，到处是庄稼，遍地是果香。白天与大海为伴，夜晚与星月相拥。只闻花香，不谈喜悲，与世无争，没有压力。阳光可以再暖点，时间可以再慢点。

那人，如何以人为本。最重要的是，感受到那里慢生活的闲暇，也许，这种慢是一种节奏，也是一种态度，更是一种意境。在那里，你可以迅速安静下来，遇见不一样的自己。南美人可能是出于天性，会说话就会跳桑巴，会走路就会踢足球。桑巴是大众式娱乐，男人舞步是那么铿锵、阳刚帅气；女人舞姿则是那么性感、妩媚火辣。足球是大众式运动，无论街头巷尾，无论草坪海滩，只要有人，就有足球。

在这里我们应该明了，就像我们为什么提到巴西就想到桑巴舞和足球，因为这就是他们的日常的生活方式，是深入骨髓流淌在血液里的文化内涵。他们无须用这些去表现，向世界去证明，世界自会为桑巴和足球而痴狂。

附录·一个乡村里的中国

水库大河，柳树山林，乡野乡音，唤起了我们多少美好与向往，难道浙江这里真的有我们失落的一个梦？

春到江南，草长莺飞，我们可以听到花开的声音、麦苗叶绽的声音，还有我参与创作的《梦里富春——美丽乡村浙江样本》书稿杀青的声音。作为"文学记忆"重要选题，这本书我们从写作准备到完稿，前后花了三年心血。此间，我将自己的全部业余时间都奉献给了美丽乡村，在这些文字背后留下许多鲜为人知的故事。付梓在即，围绕本书缘起，我接受了《浙江日报》记者李月红的专题访谈，以下为采访实录。

【李月红】**请简单介绍一下您的写作背景。**

【张国云】说到美丽乡村的故事，绝不仅仅是几个村子的故事，而是整个中国、浙江农村的生存现状和社会现象，我们力求对中国农村现状，做出一些解读，管窥蠡测，以此看出整个中国农村目前的景象。我们选了几处美丽乡村，它们"宜居宜业宜游"，但又各具特点。它们是"千万工程"中涌现的万千浪花中的几朵，它们是看得见摸得着的美丽乡村品质生活样本。

大家知道，浙江农村人均收入已经连续30年居全国省区首位。作为美丽乡村建设的参与者，我们一直难以忘怀，时任省委书记习近平在浙江期间，在全国率先作出了《关于推进生态文明建设的决定》，提出要坚持生态省建设方略、走生态立省之路，打造"富饶秀美、和谐安康”的生态浙江，努力成为全国生态文明示范区，为从更高水平统筹经济社会发展与环境保护指明了方向。

2013 年 10 月，汪洋副总理在浙江召开了全国改善农村人居环境工作会议，推广了浙江“美丽乡村”建设的经验，正由于有了浙江“干在实处，走在前列”，也许才有了为“美丽中国”的示范、引领和创新。

在这里，乡村，有我们不尽的追逐与梦想。

【李月红】**本书采访的最美人物总共有多少，给您印象最深刻的又是哪一位，为什么？**

【张国云】书中涉及有姓有名的人物有上百人，接受采访的有近千人。显然，这是一个庞大工程。由于我八小时内有自己工作，对他们的采访都是在工余时间。这也有一个好处，可以见到“八小时外”一个更真实的人。

在这些人物中，给我印象最深刻的是海宁市马桥镇原书记沈顺年。这天，我走到海宁，正是“八月十八潮，壮观天下无”，追逐着那滚滚大潮，我们在那里发现了这样一个“有血有肉”的美丽乡村。就像眼前那片潮水，远望江流茫茫，如雪山压顶，波涛万顷；近看沧海横流，如万马奔腾，惊雷贯耳。千百年来无数名人游客为之倾倒。

就在这样的一个潮起潮落的钱塘江畔，有一个叫马桥的乡镇，在 20 世纪 90 年代末期，这里还仅是一个以农业为主的落后小镇。全镇人口不到 3 万人，一条不到 200 米的斑驳小路就是镇区的中心街道。街道最高的建筑是医院，医院一边是镇委镇政府所在地，一边是马桥中学。两幢破败的三四层小楼，就是马桥的主要商场。商场被分隔成很多小间，里面灯光暗淡。当时的马桥不仅毫不起眼，甚至找起来都有些困难。

在这一点上，马桥人可能更有定力。就是说美丽乡村建设，一定得靠产业支撑。或许有人会骂：“废话！”美丽乡村在农村，除了农业还有什么？此话，看似未错。问题是千百年来，中国多少仁人志士为之奋斗，农民富了吗？

那时我刚从西藏援藏三年归来，在那连空气也“吃不饱”(缺氧)的藏北高原的牧区，能生存下来已觉得很幸运了。一天，时任马桥镇镇长的沈顺年先生，叩开我的办公室，他用一口海宁普通话，让我听得云里雾里，他说要在马桥建设一个经编园区，这是一张什么样的蓝图呢？

一周后，我来到马桥现场踏勘，望着这一极其普通的江南小镇，面积不到 40 平方公里，人口不到 3 万，一个以种桑养蚕为主业的农业镇，与周边一批风起云涌的经济强镇相比，当时的马桥活得很寒酸。

看那一望无边的盐碱农田，连地上、路边树都稀疏不见几棵，偶见田边散落的几幢破厂房，这与我心中的现代工业园区，真的形成极大反差。我毫不客气地说了一句：“老沈，别做梦了！”他突然紧张起来，不知说什么。只见他用那布满老茧的手拼命拽住我，我以为他要打架。我想，我是当过兵的人，料他不是对手。

过了一会儿，他用怜悯口气对我吼道：“给我一个做梦的机会吧！”我没有想到他会说出这样的话，一下击在我心中最柔软之处。当然，沈顺年的话，看似滑稽或看似幽默，其实柔里藏针。紧接着，沈顺年连珠炮似的把建园区的可行性必要性，乃至经济回收期等，滴水不漏地说给我听。如我不是亲见，真的不相信许多涉及高深莫测的经济学的东西，会从一个老实巴交的庄稼汉嘴里流露出来。

也许我做过企业，懂得搞项目的苦衷。我怜惜的天平，倒向了沈顺年一边。对于经编产业，至少有一点我很清楚，经编土工材料在国外已经用了几十年，广泛应用于河堤、水渠、隧道、海用、排水、机场、跑道、铁路、高速公路、地基、水库等工程。而那几年，中国洪涝灾害不断，土工布等材料的需求量，让我多少见到一丝曙光和无限商机。

但是，可能谁也不知道，沈顺年是靠心脏起搏器工作，眼睛在几乎失明中摸着走路，以他的生命代价，为农民换来了一个崭新的马桥。为此，我曾写了这样几句诗：

那是天在崩溃的堤坝
冲天而出的洪流
带着大地撕裂的电闪
带着高山回荡的雷鸣
钱塘仿佛是走秀T台
让我们阅尽风流
那是一江东流春水
能擦亮东方
拽住一个日出
能摇动江南纺机
吐满美丽彩虹

【李月红】**在所有这些最美人物中，您认为谁的瞬间义举最打动人，传播得最广泛？**

【张国云】书中的最美人物，可能个个都有动人之举。但令我难忘的是洪溪村文化礼堂的辣妈宝贝，一群平均年龄近半百的农村女人。这几年，她们现身“中国达人秀”得到三个“YES”，参与“舞出我人生”跻身全国十二强，在北京人民大会堂唱响村歌《美丽洪溪》——昨日的梦想变成今天的绚烂，微笑记录你我的精彩，让生命绽放出最耀眼的色彩，让我们共同决定美好未来……

辣妈宝贝的创始人陈俐勤告诉过我，辣妈宝贝的入选条件：必须是农民，必须是当妈的，必须喜欢跳舞。陈俐勤是嘉善县天凝镇洪溪村十几年的党总支书记和村委会主任，而阿三书记是洪溪村男女老少对陈俐勤一直以来的称呼。

如果外来者问陈书记在哪里，村里人十有八九说不知道。而问阿三书记在哪里，他们都会很高兴地带人去找。“走上人民大会堂的舞台一直以来都是我们的梦想，可我们跳舞不图名、不图利，纯粹是为了开心。”阿三书记说得干脆，笑得真诚。阿三书记这些年来带领辣妈宝贝们踮起脚尖，触碰梦想，让这支由清一色农村妇女组建的排舞队成了“下地扛得了锄头，上台跳得了伦巴”的明星，并最终登上中国最高梦想舞台。

舞蹈的魅力带给洪溪村的精神享受是普降喜雨。每晚 6 点之后，洪溪村文化礼堂便成为村民的一个聚集点，打篮球、打乒乓球、打门球、跳排舞、在健身器材上健身等，文化活动已经成为他们的日常需要。辣妈宝贝固然是夺人眼球，可她们绝不是村里独一无二的风景线，舞龙、排舞、打莲湘等这样的文体队伍，村里加起来就有十几支，全村五百多户人家，家家户户都参与其中。走向"物质富裕、精神富有"的现代农村。2013 年，洪溪村农民人均纯收入超过 2 万元，超过全省农村居民人均纯收入。洪溪村先后获得浙江省"全面小康建设示范村""文化示范村""百姓致富工程先进村"等多项荣誉。

谈到这些年洪溪村的变化和今后村里文化的发展路径，阿三书记说，农村文化不是搞搞形式就能算数的，搞好了就能改变一个人、一个村的精神风貌，"辣妈"就是最典型的例子。在她看来，"辣妈"成功的关键正是农民在富了口袋之后，追求精神富裕的那份来自内心的需求。

阿三书记这次给我的名片上，多了一个头衔——洪溪村辣妈宝贝文化传播公司董事长。看着这张粉红色底色的名片，我真为阿三书记高兴。一个农村女支书，现在办起文化传播公司，居然可以教排舞赚钱，补贴村里的文化活动。其实说到底，美丽乡村建设绝对不仅仅是农民房子规划得比较漂亮，田间的风景能够开发出来，更重要的是人的精神面貌，文化、民风，是精神层面上的。从理念到生活方式的变化，这中间有正能量的价值取向。阿三书记带领的辣妈宝贝们基本不会知道文化自觉的高论，但她们的出彩，应该是全民文化自觉的一部分。

【李月红】**今年是全面深化改革元年，社会转型进一步加速，利益诉求多元化、社会矛盾更加复杂，放在这样一个社会发展背景中，如何认识"最美"现象的意义，其对社会发展又具有怎样的建设价值？**

【张国云】前面提到的辣妈宝贝，在中央电视台"舞出我人生"的竞赛中，一直杀进全国十二强。那天中央电视台的主持人说，阿三书记是全中国最洋气、最火辣、最 High 的村支书，辣妈宝贝完全颠覆了大众心目中原有的农妇形象。

当阿三书记向主持人介绍，她们把摘瓜动作编进了舞蹈时，主持人揶揄说，你们究竟是跳舞还是吃瓜呢，阿三书记笑眯眯地回答，我们是跳舞吃瓜两不误。

当我与阿三书记交谈时得知，2004 年陈俐勤出任洪溪村妇女主任，那时洪溪村是出了名的上访村，村里一点事就会有人吵吵嚷嚷闹到县里、市里甚至省里。陈俐勤看到这些上访的人中有不少是能说会道的农村妇女，想如果把这些人吸引到文化体育活动中，也许她们就不再去上访了。正是在这样的思想指导下，2005 年，洪溪村组建了第一支腰鼓队，2007 年，浙江省普遍开展农民“种文化”活动，洪溪村向来有打篮球的传统，已经当上村支部书记的阿三书记带领腰鼓队，走上篮球场，当起篮球拉拉队。

阿三书记的理念是要让村里每个人都有舞台。年纪略轻一点能蹦能跳的，都去跳排舞，有些年龄大的不愿跳舞的可以参加拔河，还有背米袋等农民自编自演的劳动节目，从 2006 年开始，洪溪村无人上访。

阿三书记在农村土生土长，老爸也是乡里干部。她知道农村里最困难的就是征地和拆迁，也是矛盾最多的两件事。2009 年，村里征地 230 亩，都是村民自发做工作，最后一户钉子户在街坊邻舍的劝说下最终还是按时搬走了。

文化不仅仅是文化界文化人的事情，它应当是全社会的共同认知，得到全社会的共同参与。文化所创造的价值，是整个民族的精气神！“以文化活动，来聚人心、稳人心。”阿三书记深有感触。文化活动从眼前看来并没有直接产生经济效益，可长远来看，会产生很大的社会效益和经济效益。

【李月红】**市场经济发展促进了人民福祉，但也让传统价值体系受到考验、冲击，也因此让“最美现象”引起人们内心更大共鸣。那么，我们应该怎样看待市场经济发展带来的这种冲击？一个社会应该怎样处理经济发展和内心建设的关系？**

【张国云】“最美现象”是时代的产物。每个时代都有自己独特的价值观和时代榜样。讲一个仙草故事,也许人们就明白了。

我之所以知晓仙草,除了文学和戏剧中贾宝玉和白娘子的故事,更因为现实生活中一位要实现仙草梦想的普通老人:庆元县淤上乡长砻村的村支书兼村委会主任周世忠。

某次聚会,聊天中有朋友谈到这位年已花甲却依然执著的追梦者——周世忠。周世忠属蛇,2013 年正好一甲子,已经连任四届村支书和村委会主任。按说周世忠已到国家法定退休年龄,而且他患糖尿病多年,隔天就要做血透,也不像其他村干部那样至少有高中甚至大学学历,或者到部队经受过革命大熔炉的锻炼,不管从哪个方面说都可以回家颐养天年享福了。

可 2013 年的村级换届中,长砻村全体村民和 24 个党员仍然一心认定周世忠,于是他第五次全票当选,连任村委会主任和村支书。据说这次村民和党员投票给老周的一个重要原因,就是他这段时间一直挂在嘴边的仙草梦。实现仙草梦的现实是村民可有较大幅度增收。

在朋友的谈论中,周世忠简直就是一个传奇。2013 年 9 月 16 日,浙江省农科院和庆元县签订了全面战略合作协议。签约仪式后,中国工程院院士、发展中国家科学院院士、省农科院院长陈剑平为庆元县作了《关于农民增收、现代农业发展和美丽乡村建设的思考与实践》专题报告。

我问周世忠去听陈院士的报告没有,他的回答有点答非所问。

周世忠更愿意和我谈仙草。因为仙草种植力争全国第一是他心中的梦。他说实现仙草梦的第一步是成立仙草合作社,之后以仙草项目作为龙头成立种植基地,拉长产业链,带动村民进一步致富。

虽然自家田地种啥应该由农民说了算。可村里人都听周世忠的。他说种仙草,到谷雨时分仙草播种季,村里人个个都会来拿种苗。仙草属一年生草本植物,一年种植可多年受益。庆元的土地条件春夏秋季均可栽培,一年可以收割多次。收下的鲜草晒干即可卖钱。

为了 2014 年春天能让村里人都种仙草,2013 年秋季周世忠已请来高级农技师专门种了几亩仙草宿根。待春季气温回升到 15℃左右，宿根就会萌发许多新苗。苗高3厘米以上就可将蘖生苗分株连根移栽。

除了物质上开始种植仙草的准备，周世忠还让农技师到福建云南等地去参观学习，以让仙草梦的实现多些精神力量支撑。在周世忠看来，仙草种植开发培育有广阔的前景，因为县里提出了“养生庆元、生态建设”以落实十八大以来的生态指向。他要求自己一定要把仙草计划落到实处，一定要保证农民增收。

和周世忠长谈中，我问：“为什么全村的党员和村里人一定要一再选你？”“有些事情我不带头做不了。我说话有号召力，是因为我做事公平，不只帮着周家的亲戚朋友。”诚然，以周家五兄弟两姐妹的人多势众在村里肯定是大户，说话总是有些分量的。周世忠能够公平办事，就能赢得村里人的拥护。而周世忠有一个做人准则：既然参加了共产党，就不能光想着自己，要把党的事大家的事放在前面。

我又问：“你身体这么差为什么还答应连任再干？为什么不退休回家享福？”他回答，一来是不能辜负全体村民和党员的期望；二来还是跑来跑去做事能够忘掉病痛，闲躺在床掰着指头数日子感觉会很差。他说做人要懂得知恩图报，三年前他因糖尿病去杭州医院治疗，村民们一个个打电话来慰问，句句话宽他心，还有家里经济不咋的都五十元一百元地捐给他治病，甚至有把下蛋老母鸡拿来给他补营养的。电话里和探望者说来说去就是一句话：“老天保佑周书记你身体早点好起来。”周世忠感动得眼泪一次次掉下来，感恩的心只想着出院后要继续带领全村人奔小康……

虽然只是浙江省几万个村干部的普通一员，周世忠却活出了一番精气神。就如仙草，虽然究其本质只是一株草，但当草能救人益民，则被冠以“仙”之美誉。

【李月红】**从盆景到风景，既是点到面的数量变化，也是从引导到内生的质变，要主动实现这样一种转变，还需要做哪些方面的努力，比如在制度设计方面？**

【张国云】在书中，采访“三农”专家顾益康时，我们就美丽乡村建设来带动美丽经济的发展这一话题,展开了热烈探究。

美丽的背后应该是富裕,要有一个经营美丽乡村的理念。要把美丽转化为生产力,要把美丽经济作为农业的优势。山水养心、绿色保健等养生经济,运动探险、拓展训练等运动经济,寻根探史、写生摄影等文化创意经济,农房出租、会堂入股等物业经济,产品直销、电子商务等商贸经济,来料加工、旅游品加工等劳务经济:一大批"美丽产业"异军突起。

在多年的践行中,顾益康提炼出美丽乡村建设就是要提倡一村一品,一村一业,比如梅家坞就是龙井茶,开化就是龙顶茶,桐庐就是有梅花村有西瓜村。一村一业必须是优势农业产业,再把农业精品园和农业产业园结合起来搞成一村一园,进而达到一村一景,把农业变成美丽乡村一道亮丽的风景。再上层次努力做到一村一韵,把这个村的文化韵味渗透到风景产品中去。

听顾教授讲这些时,我的眼前出现了台湾"云门舞集"的新作《稻禾》。林怀民以台东池上的稻田为灵感,历时数年创作,2013 年 11 月 22 日为云门舞集 40 周年庆生首演。而为了传神演绎自己的"稻米情结",还特别把演出安排在了稻田间,专门设计在稻田上架设舞台,并设立可容纳 5000 人的观众席,让观众和舞者一直置身在稻浪中与自然融合。《稻禾》是对土地最美丽的呼唤,是以舞蹈向土地最崇高的敬意,这样的美丽自然而然也会赢得美丽经济。

在中国现阶段,大部分农村每个人占有的耕地、山地、水域基本上都差不多,传统农业单纯提供物质产品,很难进一步提高农村经济发展水平和农民的经济收入。所以顾益康提出美丽乡村建设一定要走生态绿色低碳路线,一定要走农业多功能化的路子,一定要打开农业的产业链。

忽然听顾教授在讲:"农业很厉害,是第十产业。"这是说原本是第一产业的种植业"接二(农产品加工)连三(农产品销售服务)进四(文化创意)",加起来就成为第十产业。

说起正在蓬勃发展的乡村旅游和农家乐,顾教授的讲述越来越幽默——为什么欠发达地区穷? 因为只有老公老婆自给自足。当老公种老玉米，只给老婆吃，给家里老母猪吃，一分钱也没得赚。老婆也给老公烧菜，洗衣服，生养小孩，这就是夫妻间自我服务，自娱自乐，自给自足的小农经济，这永远是穷光蛋经济，到最后就自生自灭。

顾教授认为，农民只有进入市场参与社会分工分业才能摆脱贫穷，美丽乡村建设的过程中要推动老公老婆的合理化分工。老公种出来的农产品不能只给自己老婆吃，而给城里的别人家老婆吃就成为商品，给富婆吃就成为奢侈品，给高级领导吃就成为贡品。同样的道理，老婆给老公洗衣服就是家务活，给城里别人家的老公洗衣服就成为家政服务；老婆给自己的老公烧饭叫家常饭，给城里别人家的老公烧饭就成为农家乐。所以统筹城乡一体化，就是要推动城乡之间的合理分工，推动城乡之间的交融，推动城乡之间的交换。让农产品有品牌，让农产品有品位，让农产品有品相，这样农业就赚钱了。

和农民打了几十年交道的顾益康总结农民工生产生活的一条轨迹是五个“子”：外出打工赚票子、积钱回家造房子、欢天喜地娶娘子、传宗接代生儿子、辛辛苦苦一辈子。但现实中老顾看到农民造了房子还得带着娘子外出到城里打工赚票子，家里房子给农村老鼠作屋子，自己还要住在城里老鼠成群的破房子！这五个子和两只老鼠的故事，突显出推进户籍制度改革和农村宅基地改革的紧迫，更显出城乡一体化的必要。

美丽乡村建设代表着农村发展已走出“温饱”阶段而进入精神追求的阶段。“美丽”既不能当饭吃，也不能当衣服穿，但在吃饱喝足之后，美丽就成为某种不可或缺的需求，要留住农村人口，保证农业得到持续发展，仅满足温饱是不够的，只有乡村美丽起来，人的需求得到全面满足，才能不但留住农村人，而且吸引城市人。

【李月红】**请举一例您在日常生活中能够真切感受到最美盆景变最美风景的事例的示范价值。**

【张国云】如果“美丽”是盆景，“美丽乡村”才是一道风景。对于如何让风景更加亮丽起来，在写作《梦里富春——美丽乡村浙江样本》时，我深深体会到：没有智慧，“三农”扶不起来；没有“中国梦”，越扶越贫穷。不管是扶智还是扶志,关键在于怎样让农村农业留得住当地年轻人、引得进外来年轻人。就像许多大量兴起的观光农业,实现农民在家门口创业就业,年轻人才自然愿意留在村里当农民,高素质的人才也愿意从事农业生产。

那天,我来到富阳,对照黄公望那幅旷世之作,本想寻找往日文化苦旅的坐标。结果出乎意料发现,那座曾经留下黄公望不知多少脚印的五韵峰山脚下,著名作家麦家先生,在这里建起一座麦家理想谷。

麦家说是在江南繁华的都市中,有一个让人心可以静下来的地方。我看很像一个世外桃源,这是一个文人香格里拉,也是一个平民香格里拉。

也许,这曾是黄公望老先生的梦,今天被一个后生实现!我曾当面问过麦家,为什么取名理想谷?他说算是一种追求,或是一种梦想吧!

麦家给我们描绘起天堂的模样,“六七年前,我的存款刚超过100万的时候,真想做一点事。那时博尔赫斯的一句话突然点亮了我:天堂的模样就是图书馆的样子”。

我一直以为麦家理想谷就是农村图书室,或是农村俱乐部。目前,理想谷已成为国内唯一一家只看书不卖书、免费提供咖啡茶水等饮品的书吧,作为一个公益性书店综合体,它还特别设立了文学写作营,免费为文学新人提供良好的创作环境,属国内独创。

同时,理想谷开谷半年,共收到了400多份稿件,其中有从德国、美国、加拿大、英国漂洋过海而来的作品,题材涉及小说、散文、诗歌、剧本、随笔,共计字数2000余万。为此,麦家专门聘请了6位经验丰富的编辑进行初选。用“盲选”的形式来评选,就像《中国好声音》一样,以文字论英雄。

最近,麦家理想谷又复制到杭州西溪湿地。仿佛作家史铁生在《我与地坛》中的这段话,恰似“理想谷”的写照:“人的故乡,并不止于一块特定的土地,而是一种辽阔无比的心情,不受空间和时间的限制;这心情一经唤起,就是你已经回到了故乡。”

当下正逢"美丽乡村"建设，空心、老去、消亡，不应是农村注定的结局。谁都知道，小康不小康，关键看老乡。一定要看到农业还是"四化同步"的短腿，农村还是全面建成小康社会的短板。中国要强，农业必须强；中国要美，农村必须美；中国要富，农民必须富。而麦家理想谷，它唤起农村青年的文学梦，召唤着农村青年投奔此地。

就这么一个好项目，麦家企图争取服务业引导资金时，当地要他提供投资发票。天啊！这房子、这书籍、这场面都在这里，但要这个作家去找回一张张发票，比他再写一部茅盾奖的书还难。采访那天，回对这位不善言语，一脸无奈，但又才华横溢的人物，我特别激动，挥毫写下这样几句诗：

麦家理想谷
也许仅是一点星光
相信他会点亮万家渔火
也许仅是一缕秋风
相信他会带来金桂飘香
也许仅是一叶小舟
相信他会让我们慢慢抵达……

【李月红】**浙江是"最美"现象较早引发全国性关注的省份，今年又提出了建设"美丽浙江，美好生活"的战略，在"两美"建设中，"最美"现象可以发挥怎样的作用？**

【张国云】清清的水库，流淌的大河，满城的柳树，绿色的山林，美丽的乡野，淳朴的乡音，唤起了我们多少美好与向往，难道浙江这里真的有我们失落的一个梦？我们深知，在这大千农村里不仅有最美，还有更多的更美。美丽乡村的大规模建成，也可能就是美丽中国的实现。我们和未来约定在那天。如果把浙江美丽乡村的建设历程描画成一幅富春山水长卷，那么一个个时间节点都可以定格成为历史镜头。不是每个历史镜头都会有画外音，但每个历史镜头定有无法删除的背后故事。

"两美"建设,又一次吹响了提升美丽乡村建设的集结号。就像我们在书中提到,如利用世行贷款开展浙江农村污水治理项目,使其成为浙江乃至成为全国农村示范性、引领性、创新性的项目。一句话,通过实施《美丽乡村建设规范》,提升标准,优化布局,强化特色,让广大人民群众望得见山,看得见水,记得住乡愁。

"最美"现象就是要把千万个美丽乡村提升为"中国幸福乡村"。为人民服务的最高宗旨就是为人民谋幸福,让全体人民都过上幸福美好的生活。我们在书中,极力推荐了江山建设"中国幸福乡村"的一些做法。也许大陈乡大陈村"幸福就是一碗大陈面的浓情",清湖镇和睦村"幸福就是陶车慢转中的喜悦",贺村镇丰益村"幸福就是创新创业中的激情",等等这些都可以成为中国"美丽乡村"建设的经典案例。

当我们带着书稿,走出杭州超山创作基地,那迷蒙的江南雨丝,正滋润着远山小桥流水人家,滋润着岸边桃红柳绿乡愁,也滋润着帕乌斯托夫斯基对我们的告白:"当我们在观赏美的时候,心头会产生一种骚动感,这种骚动感乃是渴求净化自己内心的前奏,仿佛雨、风、繁花似锦的大地、午夜的天空和爱的泪水,把荡涤一切污垢的清新之气渗入了我们知恩图报的心灵,从此永不离去。"

的确,一本好书,它的魅力在于,欣赏者在不经意中感受到了时间的流逝,感受到了历史的沧桑。因此,当人们打开这本书,瞬间就得到了记忆或怀旧的心灵给予的一种温暖,一种寄托。如果它还见证了历史,那么就更加值得探究;如果除了这些,它还表达了一种风华的才情,给人们至真至善至美,那么,我就知足了!

我们用业余把双脚深深扎在泥土,记录下人们春的播种、夏的耕耘、秋的收获、冬的储藏。我真的感激这些乡村,感激乡村生活,感激生活撞击我心灵的每一个故事。当然,我之所以一直坚持美丽乡村的主题,既为了世人心中那一抹乡愁,也为了自己心中那一抹乡愁!

后记·我不是过客是归人

在见到《几多城色乡风》校样时，我正赶往山西出差，途经晋祠时，当地朋友鼓动我拢一拢，我犹豫再三。早已听说，晋祠是"山西小江南"，还有历朝历代美丽的殿堂楼阁。

从高速公路拐进，本无大碍。现在的问题是，十多年前我曾来过山西，那次被漫天煤炭粉尘，折磨出一场大病。也许，人就是这么脆弱，一朝遭蛇咬，十年怕井绳。

即便之后，遇见著名经济学家梁小民，在为我的书出版作序时，他要我关注一下晋商，当我得知他是山西人时，也就一笑了之。去年，我与山西籍著名作家葛水平，同时获得冰心文学奖，其也盛情相邀，我仍一笑而过。

今天这样冒昧走进晋祠，我总觉得背后被人用枪逼着。好在门前有副对联，算是为我压了惊："山环水绕无双地，神乐人欢第一区。"没有想到晋祠，曾经有过如此水光山色？

带着一些疑惑，我又见到清末民初，有人跟着作的一长联："巍巍冠盖日纵横，景其美兮，景其淑兮，景其灵兮，晋阳焜耀无双地；混混源泉时潋滟，清且涟漪，清且直猗，清且沦猗，山右声名第一区。"

仔细品读，这里不仅山美水美，而且还是生态高地。这与时下工业污染对乡村的肆虐，形成了一个巨大反差。

我头顶苍郁古树，脚淌清澈晋水，穿越在一个个殿堂楼阁，深深被"三绝八景""三大建筑""三大镌刻""三大名匾"等景观感召。现在我又来到一个名不经传的"台骀庙"前，当地人告诉我：此庙，为500年前修建的张氏祖庙。

我疑虑地问道："这是张氏祖庙？"那人肯定地说："据说遍布全国

的张氏，基本都源自山西。”

蓦地，头顶像遭五雷轰顶，我跺脚捶胸地说：“啊呀！这是我张家的祖上，我的血脉！”难怪这些年，我身体一直在漂泊，心灵始终无处安放。如果今天不拐进来，也许我将永远与祖庙擦肩而过。

是啊，一个不知道生于兮长于兮的故里的人，可谓大逆不道呀！而这一刻，我仿佛有了一种归宿，我忙扑通地跪在“台骀庙”前，此时无声胜有声——

确切地说，我最早知道山西故里，是毛泽东时代提出的“农业学大寨”的样板。那时的大寨是“七沟八梁一面坡”的穷山沟，老百姓要靠双手辟开一道道“大寨式”梯田。听说，曾有外国人死皮赖脸向中国要援助，周恩来总理带着他们来到穷得叮当响的大寨参观，那些人马上就不吱声了。

也许是这样的一穷二白，穷则思变，要干要革命，这才造就了一个伟大的晋商阶层。在祁县就有古民宅千处，我探寻为什么会是有500年历史的“乔家大院”，保存得最完整。我发现乔家第三代传人乔致庸的许多逸事，非常能代表晋商的精神，而乔家大院的存在又离不开晋商这块土壤。

离土不离乡，让后生望得见山，看得见水，记得住乡愁。晋商们充分利用山西离北京近的地理优势，做足进关入关的大文章，将茶、丝、盐、粮在手下形成赚钱的大物流。山西商人也很有特点，就算再有钱、再惊天动地，他们也是这块泥土地上的人。反之，我这张家后生，来到故里还想要躲开，真的丢人现眼。

在平遥古城，我还发现在19世纪，那里曾是中国的金融中心。历史上，平遥地处一条古老繁华的贸易线路上，当地有头脑的商人发觉，人们有往外地运送银两的需求。于是，他们纷纷开设票号，取代了此前需要长途跋涉的车夫和马帮。

迅速的现代化进程，造成了社会的剧变。难怪我们几乎都生活在城市和农村的夹缝之间，植根于乡土的精神世界正慢慢被城市改变，或重塑。但是，在我们无数人们的心中，城市和乡村都变得那么遥远。

地理上的距离终究还能克服，心理上的遥远距离，恐怕是难以跨越的。这种距离，让我们都变得如此孤独。我不知是过去对山西了解不够，还是长期以来的误读，这次在山西故里，我的乡愁急速发酵。

在古城榆次，我又进一步明白了新型城镇化建设，如何才有历史传承，有自然风貌，有文化记忆。在山西许多地方，令人引以为豪的是：一个贫困潦倒的地方，只有我们努力奋斗，照样可以富可敌国。

交流之际，当地人幽默地说，不明白城里人为什么喜欢喝那么苦的咖啡，但又必须去喝？我感慨地回答："就像山西人好吃醋，不是愈酸愈有味道吗？"千万别问喜欢或不喜欢，正因为咖啡的苦涩，迎合了许多人的口味，我们才从中找到那一丝难得甜香。

其实这种转换，已经成为当下中国社会转型的一个缩影。沿着汾河河谷，到处可见盛唐之风，河山大好，给我留下深刻的印象，也让我带着一种敬佩、敬畏，向故乡投去深深的一瞥。

这让我想起儿时喜欢的一首歌，记得是郭兰英唱的："人说山西好风光，地肥水美五谷香。左手一指太行山，右手一指是吕梁。站在那高处望上一望，你看那汾河的水呀，哗啦啦流过我的小村旁。"

……

离开山西时，我遇见山西大学马作楫老师，将他 93 岁的新书起名为《梦想依然》。在这个物欲横流、信仰缺失、拜金主义甚嚣尘上的今天，诗人马作楫，却在历经世纪的沧桑之后，依然诗意地栖居在这块大地上！

那书上有这样一首诗：

啊，太原，你装满钢铁的船
双塔像你耸天的桅杆
东西山为你叠成船舷
漫天红霞与白云戏成彩色的帆

我日夜倾听汾水的欢唱
疑是你的手指弹响欢乐的乐章
看黄尘滚滚是你溅起的浪花

这诗巧妙地将太原比作一条装满了钢铁的船，这是一件多么美丽的事儿。

转念一想，在弘扬生态文明的今天，对我们既要金山银山，也要绿水青山，提出了新的更高的要求。是啊，一方水土养一方人。故乡的山川土壤塑造了我们的品格和心灵，故乡的水土风物养育了我们的生命，故乡的亲情文化赋予了我们情感认知。

这些看似是我们思念故乡，其实是地缘文化的强大吸引力让我们不由自主。故乡是聚合了亲情、历史、文化的综合体，狡黠地在我们灵魂深处。面对山西，这个我新发现的故里，正一步步归来。

这里我要衷心感谢中国散文学会副会长、《民族文学》杂志原主编叶梅女士，百忙之中审读了《几多城色乡风》书稿并作序。感谢中国散文常会名誉会长、中国报告文学学会顾问、中国报告文学杂志社社长、中国现代文学馆原馆长周明先生为本书题词“乡情永驻”。感谢我的写作指导老师、首届鲁迅文学奖得主、著名作家夏坚勇先生为本书作推荐语。感谢中国散文学会副秘书长张立华先生对本书的推荐。感谢中国经济出版社编辑丁楠女士对本书的认真把关。感谢我的助理青青兄承担了书稿出版前的一揽子的前期工作。

想必我们都一样，无论我们是离开千万里，还是苦等数十载，在外的游子都无法拒绝深深烙印于骨髓的原乡呼唤。就像郑愁予先生发自肺腑的呐喊：“我达达的马蹄是美丽的错误，我不是归人，是个过客。”而此时此刻，在山西故里的我，更多是一声叹息——

我不是过客，是归人！

张国云

2015 年 8 月